DROEMER

VINCENT KLIESCH

Nach einer Idee von

SEBASTIAN FITZEK

AURIS

TÖDLICHER SCHALL

THRILLER

DROEMER

Besuchen Sie uns im Internet:
www.droemer-knaur.de

FSC
www.fsc.org
MIX
Papier | Fördert gute Waldnutzung
FSC® C083411

Originalausgabe Juli 2024

Dieses Werk wurde vermittelt durch die AVA international GmbH
Autoren- und Verlagsagentur, München.
www.ava-international.de
Redaktion: Regine Weisbrod
Covergestaltung: ZERO Werbeagentur, München
Coverabbildung: Composing von ZERO Werbeagentur unter Verwendung eines Motivs von Varunyuuu / Shutterstock.com
Satz und Layout: Adobe InDesign im Verlag
Druck und Bindung: CPI books GmbH, Leck
ISBN 978-3-426-44876-2

2 4 5 3 1

Dieses Buch ist allen gewidmet, die mich während meiner Erkrankung an Bauchspeicheldrüsenkrebs unterstützt haben.

Allen Ärzten, Pflegekräften, Servicemitarbeitern, Therapeuten und natürlich auch meinen Freunden, die sich während meiner zahlreichen Krankenhausaufenthalte um mich, meine Wohnung und mein Leben außerhalb der Klinik gekümmert haben.

Der Krebs wurde durch glückliche Fügungen früh genug entdeckt, konnte entfernt werden, und ich gelte mittlerweile offiziell als geheilt. Ohne alle diese wunderbaren Menschen wäre das nicht möglich gewesen.

Herzlichen Dank!

PROLOG

VEITH VRIES

Alles war minutiös geplant und gewissenhaft vorbereitet. Es hatte viele Jahre gedauert, an diesen Punkt zu gelangen, doch Veith Vries bereute keine einzige Minute davon. Nicht jetzt, nachdem alles exakt so geworden war, wie er sich das vorgestellt hatte. Wie viele Nächte hatte er wach gelegen, um über jeden einzelnen seiner Züge nachzudenken? Wie viel Zeit, Mühe und Geld hatte es gekostet? *Und wie viele Menschen werden wohl ihr Leben lassen müssen, damit dieses Schwein endlich bereut, was es mir angetan hat?* Nein, er hatte keine Angst. Weder Sorgen noch Gewissensbisse. Jetzt, nachdem es endlich losgehen konnte, verspürte Vries nichts weiter als ein tiefes Gefühl inneren Friedens. Eigentlich fast zu schade, dachte er, dass nur zwei Menschen – höchstens vielleicht drei – sein Werk würden verstehen und wertschätzen können. Und selbst das nur dann, wenn sie es alle überlebten, was, wenn er es realistisch betrachtete, eher nicht zu erwarten war.

»Ich hoffe, du hast eine angenehme Heimreise.« Er strich mit dem Zeigefinger über das Display seines Rechners, auf dem er den Bericht über Matthias Hegels Entlassung aus der Rehaklinik aufgerufen hatte. »Ich werde bei dir sein, und du wirst es bemerken. Allerdings auch nur du …«

Vries schüttelte den Kopf, während er das Foto von Matthias Hegel betrachtete. Wie war es diesem Kerl bloß schon wieder gelungen, den Hals aus der Schlinge zu ziehen und dem Tod ein weiteres Mal von der Schippe zu springen? Unbestritten, Hegel war ein Genie. Ein brillanter Phonetiker, Arzt und Psychologe.

Es gab zudem nicht viele Wissenschaftler, die sich einer so großen Medienpräsenz erfreuen konnten wie er. Wobei wahrlich nicht alles, was man in den vergangenen Jahren über Hegel zu lesen bekommen hatte, als erfreulich zu bezeichnen gewesen war. *Zumindest nicht für ihn.* Seine Frau sollte er ermordet haben, freimütig hatte er die Tat sogar vor Gericht gestanden und sich widerstandslos verurteilen lassen. Doch dann kam die Wende: Einer Verschwörung sei er zum Opfer gefallen, hieß es plötzlich. Die junge True-Crime-Podcasterin Jula Ansorge hatte das vermeintliche Komplott unter Einsatz ihres Lebens aufgedeckt, Hegel war freigesprochen worden.

Diese Jula hat mir im Grunde einen Gefallen getan. Im Gefängnis hätte ich schließlich nicht dieses wundervolle Spiel mit dir spielen können.

Doch nach Hegels Freispruch war der Wahnsinn erst so richtig losgegangen. Man hatte ihn und Jula Ansorge entführt und ihn gleich mehrmals beinahe getötet. Und gerade so als hätte er einen Exklusivvertrag mit den Medien zu erfüllen, hatte Hegel danach einen komplizierten Mordfall aufgeklärt, um unmittelbar darauf mit einem lebensgefährlichen Aneurysma ins Koma zu fallen.

Wenn dein Leben eine einzige Show ist, dann lassen wir die Show doch einfach in die nächste Runde gehen. Nur dass du dieses Mal nicht der Regisseur bist, sondern das Versuchskaninchen.

Veith Vries schloss für einen Moment die Augen; dieses Pressefoto von Hegel zu betrachten war gleich auf mehrere Arten unangenehm für ihn. Nicht nur, dass er den Anblick der Visage dieses Kerls kaum noch ertragen konnte, das Foto roch für ihn zudem nach fauler Minze und schmeckte wie Staub in seinem Mund.

»Deine Reha hat mir Zeit verschafft, um es perfekt zu machen.« Er verschränkte zufrieden die Hände hinter dem Kopf, öffnete die Augen wieder und ließ den Blick über die zahlreichen Fotos schweifen, die er in der Abgeschiedenheit des Souterrains aufgehängt hatte. »Ich werde dich ganz bestimmt nicht unterschätzen, diesen Gefallen tue ich dir nicht. Wer ein Genie wie dich zur Strecke bringen will, der muss schon selbst eins sein. Nun ja, bei aller Bescheidenheit … Matthias, ich schätze, du wirst ein paar wirklich miese Tage haben.« Er merkte selbst nicht, wie seine Lippen sich zu einem breiten Lächeln verzogen, während das Bellen eines Hundes vor dem Haus den Duft von Zedernholz an seine Nase trug. »Du bist so gut in allem, was du tust, so präzise und effizient. Ganz besonders darin, den Menschen zu nehmen, was sie lieben.«

Vries erhob sich von seinem Sessel und positionierte sich in der Raummitte. Er drehte sich im Kreis und ließ den Blick über die Wände gleiten. Wie lange hatte er darauf warten müssen? Wie oft hatte er es bereits in seinen Gedanken durchgespielt? Doch jetzt nicht mehr, die Tage des Planens waren endlich vorbei. Er trat auf die Wand zu, beugte sich zu einem der Fotos vor, ließ den Blick mit melancholischem Lächeln kurz darauf verweilen, spürte noch einmal den Geruch von Zedernholz in der Nase und flüsterte schließlich so, als könne die Frau auf dem vergilbten Schnappschuss ihn verstehen: »Jetzt ist für Hegel die Zeit der Gerechtigkeit gekommen. Wie viel Spaß wir haben werden …« Kurz schloss er mit seligem Lächeln erneut die Augen und fühlte den warmen Atem der Stille. Dann sagte er leise: »Matthias, das werden die schlimmsten Tage deines Lebens.«

KAPITEL 1

DIENSTAG
HEGEL

Die Töne piepten so unangenehm in seinen Ohren, dass Hegel zusammenzuckte und missmutig das Gesicht verzog. *Was ist denn das, verdammt noch mal?* Schon wieder meinte Hegel diese schrecklichen Klänge wahrgenommen zu haben. Auch wenn sie nur ganz leise und keiner konkreten Ausgangsquelle zuzuordnen waren. So als versuchten sie, sich zu verstecken. Subtil, im Grunde kaum da, aber dann eben doch. Diese quälende Tonfolge, die unmelodisch war und allein schon deswegen nicht von irgendwoher aus einem der Kopfhörer seiner Mitfahrer zu ihm vorgedrungen sein konnte. Abgesehen davon, dass sich niemand, der auch nur halbwegs bei Verstand war, diese komplett unsinnige Aneinanderreihung von Tönen anhören würde.

Matthias Hegel war sich im Klaren darüber, dass er Geräusche hören konnte, die den Ohren vieler Menschen verborgen blieben. Sein extrem empfindliches und zugleich absolutes Gehör war eine ihm angeborene Eigenschaft. Hegels Ohren waren beinahe so empfindlich wie die einer Fledermaus, und wenn ihn dies auch zu einem der besten Phonetiker der Welt gemacht hatte, so war es doch jetzt, in diesem Zugabteil, weit mehr Fluch als Segen. *Wo kann denn dieses grausame Gepiepe bloß herkommen?* Hegel sah sich ein weiteres Mal im Abteil um, doch nach wie vor ließ keiner der Passagiere auch nur irgendeine Reaktion auf die beißenden Klänge erkennen. Er hatte wegen dieser schrecklichen Geräusche sogar das Abteil gewechselt, und schon im vorigen Wagen schien er der Einzige gewesen zu sein, der die Töne hatte wahrnehmen können. Zumindest hatte auch dort niemand außer ihm auf die Laute reagiert. Doch dass diese nun hier, weit von dem vorigen Abteil entfernt, in seinem Ohr tosen würden, ergab keinen Sinn.

Hegel atmete tief durch, als die Laute endlich verklungen waren. Er wartete noch einige Sekunden, ob sie wiederkehren würden, doch da dies nicht geschah, atmete er durch und lehnte sich erleichtert in seinen Sitz zurück. *Lass deine Gedanken einfach frei fließen.* Das monotone Rauschen, das der Zug beim Rollen über die Gleise verursachte, beruhigte Hegel schnell wieder. Er musste sogar schmunzeln, als er sich plötzlich als Kind vor seinem inneren Auge sah.

Von klein auf hatte er es geliebt, mit der Bahn zu fahren. Sein Vater war Diplomat gewesen und seine Mutter eine wohlhabende Unternehmerin. Die drei waren viel gereist und hatten an verschiedenen Orten auf der Welt gelebt. Und auch wenn seine Eltern kaum Verständnis dafür aufgebracht hatten, dass ihr Sohn anstelle eines kurzen Fluges eine lange Bahnfahrt mit oft mehreren Umstiegen bevorzugte, hatten sie ihm diesen Gefallen getan, wann immer es die Reiseroute ermöglichte. Hegel war damals vielleicht drei oder vier Jahre alt gewesen, sodass er seinen Eltern noch nicht hatte erklären können, aus welchem Grund er so gern mit dem Zug fuhr. Dass es die spezifischen Fahrgeräusche der Bahn auf ihren Gleisen waren, die er dem ruppigen Klang von Flugzeugturbinen vorzog, war ihm damals selbst noch nicht bewusst gewesen. Ganz abgesehen von der Veränderung des Luftdrucks, sobald das Flugzeug sich auf seinen Weg in die Wolken aufmachte. Was für normale Menschen eine Kleinigkeit war, die sich mit einem simplen Druckausgleich beheben ließ, hatte den jungen

Matthias regelmäßig zu Tränen gequält. *Meine Eltern mussten ganz schön viel mit mir durchmachen, aber sie haben sich nie beklagt. Wie schade, dass ich mich dafür nicht mehr bei ihnen bedanken kann.* Hegel verspürte einen Schauer von Wehmut, bevor er wieder die Augen schloss und sich entspannte. Das Fiepen blieb verschwunden, und das wunderbare Rauschen des Zuges über die Gleise schien ihn nun wie ein Baby in der Wiege zu schaukeln.

»Ist Ihnen bewusst, dass Sie im Grunde schon tot waren?« Die Worte der Oberärztin klangen in Hegels Erinnerung nach. *»Die Leute sagen ja immer, dass Ärzte die schlimmsten Patienten seien, aber in dieser Art und Weise hätten Sie das nun wirklich nicht bestätigen müssen! Ihr Aneurysma stand kurz davor, Sie ins Jenseits zu befördern. Und das Koma nach der Operation hätten Sie auch vermeiden können, wenn Sie nicht so unvernünftig gewesen wären.«*

Sie hatte vollkommen recht gehabt, keine Frage. Doch Hegel wusste selbst nach langem Nachdenken noch nicht, was er hätte anders machen können. Wann immer er während seiner Reha in den vergangenen Wochen Überlegungen dazu angestellt hatte, war er stets von Neuem zu dem Schluss gelangt, dass er alles ganz genau so wieder machen würde, wie er es getan hatte. Natürlich, sein Handeln war verantwortungslos und lebensgefährlich gewesen. Dennoch hatte er aber das einzig Richtige getan. So fasste er die Tatsache, dass er entgegen jeder statistischen Wahrscheinlichkeit trotz allem noch am Leben und sogar vollständig genesen war, nicht etwa als ein Geschenk des Schicksals auf. Vielmehr betrachtete Hegel die zusätzliche Lebenszeit, die sein Glück und die Arbeit seiner Ärzte ihm beschert hatten, als einen Auftrag.

Zweifellos hatte er in der Vergangenheit viele Fehler gemacht. Und auch wenn ihm bewusst war, dass er meist keine andere Wahl gehabt hatte, war es jetzt doch Demut, die er in sich spürte. Wie oft hatte er sich gefragt, was wohl aus seiner geliebten Tochter Mathilda geworden wäre, wenn er die Folgen seines Handelns nicht überlebt hätte. Die Kleine lebte zwar die meiste Zeit des Jahres bei ihren Großeltern, doch Margrit und Bodo Konradi waren nicht mehr die Jüngsten, und nachdem Mathilda schon ihre Mutter verloren hatte, wäre sein Tod ein kaum zu überwindendes Trauma für seinen kleinen Engel gewesen. Eines Tages, so dachte Hegel voll Wehmut, würde er seiner Tochter erzählen müssen, wie es zum Tod ihrer Mutter gekommen war.

Immerhin gab es außer ihm vermutlich niemanden mehr, der die ganze Wahrheit um den Mord an Johanna Konradi kannte. *Aber das hat noch Zeit. Jetzt genieße ich einfach die Zuggeräusche, das leichte Ruckeln und den Geruch der alten Polster.* Tiefe Zufriedenheit zeichnete sich in Hegels Gesicht ab, und für wenige Sekunden war seine Welt vollkommen in Ordnung.

»Sagen Sie mal, kenne ich Sie nicht aus der *Abendschau?*« Die grelle Stimme der Frau auf dem Sitz ihm gegenüber riss Hegel nach wenigen Minuten aus seiner Ruhe.

Er öffnete die Augen und traf den Blick der älteren Dame, die sich zu ihm vorgebeugt hatte, als wolle sie ihn hypnotisieren. »Meinen Sie mich?«

Es schien heftig im Kopf der Frau zu arbeiten. »Ihr Gesicht kommt mir bekannt vor. Das war doch in der Presse! Kann es sein, dass ich Sie in der Zeitung gesehen habe?« Sie starrte Hegel an, als sei er ein Museumsexponat.

Natürlich hatte die Frau mit ihrer Frage auch die Aufmerksamkeit der umsitzenden Fahrgäste auf Hegel gelenkt. Sowohl der korpulente Herr mit dem etwas selbstverliebt wirkenden Zwirbelbart sowie die Frau am Gang mit den drei übereinandergezogenen Jacken sahen ihn nun prüfend an. Hegel überdachte seine Optionen. Dass er gestanden hatte, Mathildas Mutter ermordet zu haben, war schon eine Weile her, doch die Medien, gerade die regionalen, hatten viel darüber berichtet. Die Ermittlungen der jungen Podcasterin Jula Ansorge, der es schließlich gelungen war, seine Unschuld aufzudecken, waren überwiegend über Julas Podcast im Internet zu verfolgen gewesen. *Aus dem Internet kennt sie mich eher nicht, sie sieht nicht so aus, als wüsste sie, was ein Podcast ist.*

Was hätte sie noch über ihn gesehen oder gelesen haben können? Nach seiner Haftentlassung war er entführt worden und hatte in der Folge gemeinsam mit Jula Ansorge große Teile einer international agierenden Verbrecherorganisation auffliegen lassen. *Das könnte der* Abendschau *einen Bericht wert gewesen ein.* Und dann war da ja auch noch diese Schießerei in seiner Agentur, nachdem er innerhalb weniger Stunden einen komplizierten Todesfall aufgeklärt hatte und kurz darauf ins Koma gefallen war. *Okay, was von alledem hat die Gute wohl in der* Abendschau *gesehen?*

»Ich bin Lyriker.« Hegel lächelte mit einer dezenten Note von Bescheidenheit. »Man hat mir vor Kurzem den Kleeberg-Preis verliehen für meinen lyrischen Gedichtband *Gespräche mit dem spanischen Mädchen.* Sie haben mich vermutlich in einer Kultursendung des RBB gesehen.«

Die Frau hüpfte leicht in ihrem Sitz hoch und klatschte erleichtert in die Hände. »Genau das war's, ich wusste es! Ich vergesse nämlich niemals ein Gesicht, das ist eine Gabe von mir. Sie sind also Autor? Das ist ja toll! Ich wollte auch mal ein Buch schreiben, über mein Leben. Was ich schon alles erlebt habe, ich sage Ihnen, diese Höhen und Tiefen … Aber ich habe leider keine Zeit zum Schreiben, ich muss ja arbeiten. Wo nehmen Sie denn die Ideen für Ihre Texte her?«

Hegel bereute es bereits, dass er sich zu diesem Scherz hatte hinreißen lassen. *Wenn ich gesagt hätte, dass ich als brutaler Frauenmörder in den Medien war, hätte sie sofort Ruhe gegeben. Das Schöne an der Wahrheit ist, dass sie einem nie jemand glaubt. Okay, das sollte ich mir fürs nächste Mal merken.* Hegel sah beiläufig aus dem Fenster und erkannte zu seiner Erleichterung, dass sich der Zug allmählich dem Berliner Hauptbahnhof näherte. Sehr lange würde er diese Farce also nicht mehr mitspielen müssen. »Wissen Sie, wenn man mit dem spanischen Mädchen spricht, dann benötigt man keine Ideen. Die Worte dieser jungen Frau, ihre Gedanken, ihre ganze Aura – das ist so inspirierend, danach bewegen sich die Finger wie von selbst über die Tastatur.«

Die Frau wollte den Blick nun anscheinend gar nicht mehr von Hegel wenden. Doch gerade als sie mit großer Geste zu einer weiteren Frage ansetzte, zuckte er zusammen und krümmte sich in seinem Sitz.

»Ist alles in Ordnung mit Ihnen?« Die Frau riss besorgt die Augen auf und griff seine Hände.

»Diese Töne! Das sind ein b und ein a.« Hegel kniff die Augen zusammen und zuckte erneut. »Dann kommt ein c, ein h, dann eine Pause.«

»Brauchen Sie Hilfe?« Jetzt wirkte auch der Mann mit dem Zwirbelbart besorgt.

»Können Sie die Töne denn gar nicht hören?« Hegel presste sich die Hände an die Ohren.

»Was denn für Töne?« Die Frau rückte auf ihrem Sitz so nah an Hegel heran, als wolle sie sich auf seinen Schoß setzen. »Brauchen Sie irgendwas?«

Doch schon fiepte es erneut in Hegels Ohr. »Jetzt kommt ein e und dann ein g. Immerzu, das ergibt überhaupt keine Melodie.« Und während seine Mitfahrer noch hilflos zu Hegel hinübersahen, waren die Töne auch schon wieder verklungen. Doch kaum dass er wieder durchatmen und seine besorgten Mitfahrer beruhigen wollte, erklangen die Töne ein weiteres Mal. Dieses Mal leiser, langsamer, aber nicht weniger deutlich zu vernehmen. Kaum vorstellbar, dass niemand außer ihm es hörte.

»So ist das mit den Schriftstellern.« Der Mann mit dem Zwirbelbart schenkte Hegel ein mitleidiges Lächeln. »Das sind alles Mimosen! Hätten Sie mal was Richtiges gelernt!«

KAPITEL 2

Die Tür hatte keine Einschusslöcher mehr, Hegels Rückkehr ins Leben fing also schon mal gut an. Er war direkt vom Berliner Hauptbahnhof mit dem Taxi ins Hotel Adlon gefahren, in dem er vor einigen Monaten eine komplette Suite gekauft und in seine *Agentur für phonetische Ermittlungen* umgewandelt hatte. Er betrieb diese gemeinsam mit Jula Ansorge, der Frau, die zunächst seine Unschuld im Fall des Mordes an seiner Partnerin Johanna herausgefunden hatte, bevor sie danach gemeinsam mehrfach in Gefahr geraten und beinahe ums Leben gekommen waren. *Es mangelt uns beiden jedenfalls nicht an gemeinsamen Erinnerungen …*

Ihre äußerst unterschiedlichen Dickköpfe hatten sie entgegen aller Wahrscheinlichkeit im Lauf der Zeit tatsächlich zum geradezu idealen Ermittlerduo gemacht: Hegel, der mit seinem Wissen und seinen herausragenden phonetischen Kenntnissen Dinge herausfinden konnte, die anderen verborgen blieben. Und Jula, die mit unzerbrechlichem Mut und dem bedingungslosen Glauben an das Gute stets so lange für eine Sache kämpfte, bis der Gerechtigkeit Genüge getan war. Ja, die beiden waren ein gutes Team, und das, obwohl Jula wahrhaft kein Fan von Hegel gewesen war. Ganz im Gegenteil, die schlimmsten Vergehen hatte sie ihm bereits vorgeworfen, und es war äußerst schwer für ihn gewesen, Jula davon zu überzeugen, dass er nicht das Monster war, das sie lange Zeit in ihm gesehen hatte. In vielen kleinen Schritten hatte sie ihre Abneigung gegen ihn weitgehend abgebaut. Dass er vor ihren Augen beinahe an den Folgen seines Aneurysmas gestorben war, hatte ein Übriges getan.

»Ich hatte ehrlich Angst, dass Sie nie wieder aufwachen würden«, hatte sie bei einem ihrer Besuche in der Reha zu ihm gesagt. »Das war vermutlich der Moment, in dem ich erkennen musste, dass Sie vielleicht doch nicht so schlecht sind, wie ich immer dachte. Sie haben immer wieder Menschen geholfen, die ohne Sie verloren gewesen wären. Und wenn Sie dabei vielleicht auch eigennützige Ziele verfolgt haben, hat Ihre Arbeit trotzdem viele Unschuldige vor schlimmen Schicksalen bewahrt. Das ist eine Tatsache, die ich wohl nicht länger einfach ignorieren kann.«

Hegel atmete noch einmal tief durch. Nach der Zugfahrt mit diesen schrecklichen Tönen kam ihm die Musik, die im Flur des Hotels aus den Boxen dudelte, zum ersten Mal seit seinem Einzug hier regelrecht erholsam vor.

»Dann ist die Zeit der Krankheit wohl offiziell beendet. Auf, zurück ins Leben!« Hegel sprach zu sich selbst, ganz leise, aber doch voll innerer Überzeugung. Die tiefere Symbolik, die sich hinter seinem unmittelbar bevorstehenden Eintreten in die Agentur verbarg, war unverkennbar, und er konnte nicht leugnen, dass sie ihm gefiel. Wie viele Wochen er schwach, hilflos und mit starken Schmerzen im Bett gelegen hatte. Angeschlossen an Maschinen, durch Schläuche ernährt. Er hatte über einen Knopf an seinem Bett die Möglichkeit gehabt, sich selbst starke Schmerzmittel verabreichen zu können, wenn die spürbaren Folgen seiner Operation für ihn nicht mehr auszuhalten gewesen waren. Diese selbst verordnete Dosis stand ihm aus naheliegenden Gründen zwar nur einmal pro Stunde zur Verfügung, doch wäre es nach Hegel gegangen, hätte er am liebsten minütlich auf den Knopf gedrückt. Und das, obwohl er selbst Arzt war und sehr genau wusste, wie sich derart starke Schmerzmittel auf den Körper auswirkten. Hegel hatte nach seiner Operation viel Gewicht verloren, und seine Muskeln hatten sich durch das lange Liegen ebenfalls zurückgebildet. Doch in der Reha waren die Kräfte – und schließlich auch viele seiner Kilos – wieder zu ihm zurückgekehrt.

Die Zeit des Leidens ist jetzt vorbei. Der Tod war so freundlich, mich noch einmal von der Leine zu lassen, und ich bin gern dazu bereit, dieses Geschenk anzunehmen. Es gibt noch viel zu tun, und es würde mich nicht wundern, wenn es schon hinter dieser Tür auf mich warten würde …

»Also dann!« Sanft lächelnd zog er die Schlüsselkarte aus seiner Tasche und entriegelte das Schloss. »Die Pause war lang, aber heilsam. Und das auf allen Ebenen.« Er nickte knapp und öffnete die Tür. »Das ist jetzt also meine offizielle Rückkehr in den Wahnsinn.«

Hegel würde sehr bald erfahren, wie passend seine Worte gewesen waren.

KAPITEL 3

Es war ganz still im Eingangsbereich. Jedes Möbelstück, jede Vase, jedes Dekoelement stand an seinem Platz. Die Bilder im Flur hingen exakt gerade, in den Vasen standen frische Blumen, und der Lufterfrischer hatte das Büro in einen dezenten, äußerst angenehmen Duft getaucht. Ja, es war alles genau so, wie es immer gewesen war. Und doch horchte Hegel, wie er es immer tat, tief und aufmerksam in die Stille hinein. Immerhin, Jula hatte ihn gleich zwei Mal gefragt, wann genau er heute nach Berlin zurückkommen und wo er nach seiner Ankunft als Erstes hingehen wolle. Und auch wenn sie dies bemerkenswert beiläufig getan hatte, fiel es Hegel doch schwer, nicht damit zu rechnen, dass ihn gleich eine *Überraschung* erwartete. Frau Mohr vom Empfang hatte Hegel zwar freundlich und professionell wie immer begrüßt. Doch es hatte eine minimale Schwingung in ihrer Stimme gelegen, die ihn auf ihren leicht erhöhten Puls aufmerksam gemacht hatte. *So als müsse sie sich bemühen, sich irgendetwas nicht anmerken zu lassen.*

Dass die Suite nach Reinigungsmitteln duftete und aussah wie aus einem Katalog über Traumimmobilien, war nicht weiter besonders. Der Service des Reinigungsteams im Adlon war erstklassig und verlässlich. Doch dass fast alle Türen der Suite weit offen standen, bis auf die zu seinem Büro, kam Hegel dann doch verdächtig vor. Kurz setzte er seine klackenden Schritte über das Parkett aus und hielt für einige Sekunden den Atem an. Jetzt war es vollkommen still auf dem Gang, zumal die massiven Fenster so gut wie keine Geräusche vom belebten Pariser Platz nach hier oben vordringen ließen. Da, es war minimal gewesen, doch trotzdem eindeutig. Hegel lächelte, nachdem er dieses winzige Scharren vernommen hatte. So als habe sich eine Schuhsohle für den Bruchteil einer Sekunde über den Parkettboden bewegt.

Das Scharren kam nicht von Julas Schuhen. Jedenfalls nicht von welchen, die sie in meinem Beisein schon mal getragen hat. Dann sind es also mindestens zwei Gäste, wenn ich davon ausgehe, dass Jula wohl in jedem Fall dabei ist. Ich werde ihr die Überraschung nicht verderben, das wäre gemein.

Hegel zog sein Handy hervor und wählte Julas Nummer. So wie er es erwartet hatte, war ihr Smartphone abgeschaltet, weswegen sofort die Mailbox ansprang.

»Liebe Jula, ich bin heil in Berlin angekommen und gerade im Adlon eingetroffen, um nach dem Rechten zu sehen.« Er griff nach der Türklinke zu seinem Büro und drückte sie etwas zu langsam hinunter. »Vielleicht könnten wir ja heute Abend …« Weiter kam er nicht.

»Herzlich willkommen zurück!!!« Nicht völlig synchron, aber doch deutlich darum bemüht, schallte es ihm entgegen.

Hegels Tochter Mathilda, deren Großmutter Margrit, natürlich Jula, deren kleiner Bruder Elyas, dessen bester Freund Friedrich und sogar Kommissar Oswald Holder, Hegels engster Vertrauter beim LKA Berlin, waren gekommen. Sogleich knallte eine Konfettikanone, bunter Flitter flog durchs Büro, und die Musikanlage spielte »Auf in den Kampf, Torero« aus Georges Bizets Oper *Carmen*.

»Eine passendere Musik hätten Sie nicht auswählen können, Chapeau!« Hegel strahlte übers ganze Gesicht, und seine Freude war alles andere als gespielt. Er selbst hätte nicht sagen können, wann genau ihm dies zuletzt passiert war. »Sie wollen wohl, dass ich gleich wieder umfalle, was?«

Hegel sah die Runde seiner Gäste mit offensichtlich gespielter Strenge an, lächelte dann väterlich und beugte sich zu seiner Tochter hinunter, um sie auf den Arm zu heben. Er stellte fest, dass Mathilda in den vergangenen Monaten etwas größer und schwerer geworden war. *Mein Engel wird langsam erwachsen. Aber solange ich sie noch auf diese Weise begrüßen kann, werde ich es tun.*

»Bist du jetzt endlich wieder ganz gesund, Papa?« Die Kleine sah Hegel sorgenvoll an.

Natürlich hatte Mathilda ihren Vater oft in der Klinik besucht. Doch die gerade für ein Kind überaus kläglichen Umstände, unter denen sie ihren Vater dort vorgefunden hatte, waren für die Kleine durchaus fordernd gewesen.

»Die Ärzte sagen, ich werde wieder ganz der Alte.« Hegel drückte Mathilda einen dicken Kuss auf die Wange und zog sie noch etwas fester an sich heran.

»Ganz der Alte? Na, das wollen wir doch wohl nicht hoffen!« Jula zwinkerte ihm zu. »Schließlich habe ich Sie in den letzten Monaten vollkommen anders erlebt, als es *der alte Hegel* war. Sie waren teilweise sogar freundlich, und hier und da haben Sie auch mal ohne mysteriöse Untertöne mit mir gesprochen.«

Nie zuvor hatte Jula so vorbehaltlos flapsig mit ihm geredet, und Hegel spürte deutlich, wie sehr ihn das freute. »Ich werde versuchen, in Zukunft ein bisschen weniger undurchsichtig zu sein. Aber erwarten Sie keine Wunder, ich bin immer noch *Auris*, das wandelnde Ohr.« Hegel sah Jula mit Verbindlichkeit im Blick an. »Der Mann, den mein Leben aus mir gemacht hat, steckt auch nach dieser schweren Zeit noch in mir. Nur dass er viel Zeit und Ruhe zum Nachdenken hatte.«

Jula nickte und zog die Mundwinkel hoch, wenn auch nur ein wenig. »Dann hoffen wir mal, dass Sie über die richtigen Dinge nachgedacht haben.«

Hegel spürte, dass er mit Jula bereits eine komplexe Konversation eingegangen war. Allein durch diese wenigen Worte, einzig innerhalb dessen, was zwischen den Zeilen gelegen hatte. Aus einem Gefühl heraus legte er ihr die rechte Hand auf die Schulter. »Ich denke schon.« Seine Mimik war eindeutig. »Das sage ich nicht einfach nur so dahin, glauben Sie mir bitte.« Hegel meinte zu erkennen, dass Jula und er einander verstanden hatten. Wirklich verstanden.

Jula wandte sich ab und deutete in die Weite des Arbeitszimmers. »Wie gefällt Ihnen denn Ihr Büro? Ich meine, als Sie das letzte Mal hier waren, sah es ja am Ende doch etwas verwüstet aus.«

Hegel musste erneut lächeln, wenn es dieses Mal auch ein eher nachdenkliches Lächeln war. Als er zuletzt in diesem Raum gewesen war, hatte ein aggressiver, unter Drogen stehender Mann mit einer Schrotflinte das Schloss zu der Suite zerschossen und sich dadurch gewaltsam Zutritt verschafft. Hegel konnte sich gut erinnern, dass der Mann vollkommen außer sich und dadurch unberechenbar gewesen war. Er sah zu einem seiner Gemälde hinüber, die er selbst angefertigt hatte. Es hing etwas weiter hinten an der Wand. Dieser Kerl mit der Schrotflinte hatte damals damit gedroht, sich zu erschießen, doch das hatte Hegel unbedingt verhindern müssen. Der halbe Schädel dieses bekoksten Arschlochs wäre auf das Gemälde gespritzt, doch das, was Hegel auf der Leinwand festgehalten hatte, war für ihn ebenso kostbar wie unwiederbringlich. Schließlich war es Hegel gelungen, den Mann zu beruhigen, so viel wusste er noch. Kurz darauf setzte seine Erinnerung aus. In seinen Sessel hatte er es noch geschafft, die Bilder davon sah er wie verwaschen vor seinem inneren Auge. Und ja, er hatte wohl noch etwas zu Jula gesagt. Dann war es schwarz und still gewesen. Wenn auch nur für die gefühlte Dauer weniger Sekunden, bevor er auf der Intensivstation wieder zu sich gekommen war.

Wochen später, wie man ihm zu seiner Verwunderung mitgeteilt hatte. *Wer hätte gedacht, dass ich dieses Bild noch mal sehen würde?* Hegel setzte Mathilda ab, atmete tief durch und sah sich im Kreis seiner Gäste um.

»Ich danke Ihnen und euch allen, dass ihr hier seid. Die letzten Wochen waren nicht leicht für mich. Ich habe dem Tod ins Auge sehen müssen und begriffen, was ich durch ihn verlieren würde. Ich habe mich gefragt, wie man wohl über mich denken und reden würde, wenn ich jetzt sterbe. Was ich gut und was ich weniger gut im Leben gemacht habe. Ich muss gestehen, dass es nicht sehr angenehm war, meine bisherige Zeit auf der Erde noch einmal vollständig zu rekapitulieren. Ich weiß selbst, dass ich nicht immer der sein konnte, der ich gern gewesen wäre. Und ja, oft wollte ich auch genau der sein, der ich war. Aber zu wissen, dass es noch ein paar Menschen gibt, die sich vielleicht über meine Rückkehr freuen würden, hat mich während der schweren Zeit sehr angetrieben.« Er zwinkerte in die Runde. »Na ja, zum einen das, und zum anderen das Wissen, dass niemand von euch sehen konnte, was für lächerliche Übungen ich in der Reha machen musste …«

Alle lachten, und kurz war es für Hegel, als beginne hier und jetzt ein neuer Abschnitt in seinem Leben. Wie viele Geheimnisse er mit sich trug, von denen er wusste, dass er sie niemals teilen durfte. Wie viele Dinge er schon getan hatte, auf die er wahrlich nicht stolz war. Doch Hegel hatte jedes Mal zu seinen Entscheidungen und Handlungen gestanden. Sie waren notwendig gewesen, auch wenn ihm wahrlich nicht jede leichtgefallen war.

»Gucken Sie mal, wir sind nicht die Einzigen, die an Sie gedacht haben!« Elyas strahlte Hegel an und deutete auf dessen großen, gläsernen Schreibtisch. »Die Leute haben Ihnen wie bekloppt Grußkarten geschickt! Ihre Bekannten scheinen noch nichts von WhatsApp mitbekommen zu haben.«

Tatsächlich lag ein bemerkenswert hoher Stapel Post auf dem Schreibtisch. Hegel staunte selbst darüber, mit wie vielen Menschen er anscheinend bislang beruflich zu tun gehabt hatte. Wirkliche Freunde hatte er in seinem Leben hingegen wahrlich nicht viele gefunden. *Bis auf die, die jetzt hier im Raum stehen.* Kurz blendete Hegel die Geräusche um sich herum aus. *Freunde …* Mathildas Großmutter hatte ihn vor einiger Zeit erschießen wollen. Nur weil sie rechtzeitig von diesem Plan abgekehrt war, hatte man sie mit einer Bewährungsstrafe davonkommen lassen. Und Jula? Sie hatte öfter als ein Mal versucht, Hegel den Mord an Mathildas Mutter nachzuweisen. *Sie hat ja keine Ahnung, was wirklich dahintersteckt.* Oswald Holder vom LKA Berlin hatte Hegel eigentlich schon immer mit Skepsis gegenübergestanden, es war wohl in erster Linie seine gute Arbeit als Polizeiberater, die Holder schätzte. Und die beiden Jungs, Elyas und sein bester Freund Friedrich, waren zwar nette Kerle, aber auch ein ziemlich chaotisches Teenagerduo mit hohem unfreiwilligem Comedypotenzial. *Doch ohne genau diese Menschen wäre mein Leben trist und einsam. So seltsam es klingt, aber ich schätze, das sind wohl wirklich meine Freunde. Und ich würde um nichts in der Welt auf sie verzichten wollen.*

»Ich hoffe, Sie haben am Samstag noch nichts vor.« Elyas strahlte Hegel an, als habe er ihm einen Lottogewinn zu verkünden. »Da gibt es nämlich ein spektakuläres Konzert in Berlin, das Sie auf keinen Fall verpassen dürfen!«

»Ich weiß.« Hegel sah zu dem Jungen. »Die Rolling Stones kommen ins Olympiastadion. Ich denke aber nicht, dass ich mir hunderttausend Menschen dicht um mich herumgedrängt antun möchte.«

Elyas sah Hegel an, als habe dieser ihn soeben persönlich beleidigt. »Wer redet denn von den Stones? Ich spiele im Mauerpark ein paar Nummern aus meinem neuen Album! *BigEly* live, alle Songs von Friedrich produziert. Das dürfen Sie nicht verpassen!«

Hegel lächelte väterlich. »Das ist natürlich etwas anderes. Und bei der gewaltigen Konkurrenz im Olympiastadion müssen wir ja auch aufpassen, dass es vor deiner Bühne am Ende nicht leer bleibt.«

»Ich komme auch zu *BigElys* Konzert!« Mathilda lachte fröhlich auf. »Mit Oma und dir!«

Friedrich von Würzburg fuhr sich durch die blonden Locken und griff eine Karte vom Schreibtisch. »Okay, nachdem wir das geklärt hätten, wollen Sie denn jetzt gar nicht wissen, wer Ihnen alles geschrieben hat?« Er zeigte Hegel mit einem Lächeln die Grußkarte. »Die hier kam nur eine halbe Stunde bevor Sie eingetroffen sind. Sie wurde persönlich übergeben, von einer jungen Frau.« Friedrich grinste. »Alter, die war einfach mal so was von heiß, da haben Sie was verpasst! Und sie hat gesagt, der Inhalt ist total wichtig und würde Sie sicher sehr interessieren. Ich sollte Ihnen die Karte gleich als erste geben, sie hat es ziemlich dringend gemacht.«

Hegel sah den Jungen etwas zu ernsthaft an. »Nun, in diesem Fall muss ich wohl ohne weiteren Zeitverlust der Frage nachgehen, was für eine dringliche Beglückwünschung mir diese *heiße Dame* hat zukommen lassen.« Er zwinkerte Friedrich zu, streckte die Hand nach dem Kuvert aus und ließ es sich von dem schlaksigen Jungen reichen. Hegel zog die Karte hervor und sah sie mit theatralischer Mimik an. »Da steht nur ein großes W vorn auf der Karte. Anscheinend muss man die Texte auf Grußkarten neuerdings nach Anzahl der Buchstaben bezahlen. Wofür das W wohl stehen mag?« Er zeigte die Frontseite unter seinen Gästen herum, tatsächlich war der Buchstabe das Einzige, was darauf zu lesen war.

»Vermutlich für *Waschlappen!*« Elyas lachte auf und gab

Friedrich ein High Five. »Sorry, war ein Spaß! Das W steht natürlich für *Wurstfachverkäuferin.*«

Jetzt lachten alle.

»Dann wollen wir mal hoffen, dass diese ominöse und gleichwohl attraktive Wurstfachverkäuferin bei ihrem selbst verfassten Grußwort etwas weniger kryptisch vorgegangen ist.« Hegel klappte die Karte auf, als wäre sie eine königliche Depesche.

Piepende Töne erklangen.

»Was soll das denn sein?« Mathilda sah ihren Vater skeptisch an. »Ein Lied? Das klingt aber blöd!«

Es handelte sich um eine dieser Karten, die beim Öffnen Musik abspielten. Nur dass keine typische Geburtstagsmelodie, Hochzeitsfanfare oder sonstige erwartbare Komposition erklang. Der Chip in der Karte spielte eine scheinbar willkürliche Folge von Tönen ab, die keine erkennbare Melodie ergab. Vier Töne, dann eine Pause, dann noch zwei Töne. Und wieder von vorn.

»Ich …« Hegel war schlagartig wie erstarrt, sein Lächeln gewichen, das Gesicht blass geworden. »Ich kenne diese Tonfolge. Ich habe sie …« Er stockte, und es wurde ihm schwindelig.

»Matthias, ist alles in Ordnung mit Ihnen?« Oswald Holder trat an Hegel heran und sah ihm besorgt ins Gesicht.

»Es ist das W.« Hegel zeigte dem Kommissar die Frontseite der Karte. »Das kann man nicht in Noten schreiben, den Rest schon.«

»Papa, was ist denn mit dir?« Mathilda sah ihren Vater besorgt an, der jetzt wie seine eigene Statue dastand. Regungslos, fahl, als habe ein böser Geist Besitz von ihm ergriffen.

»Oswald, Sie müssen sofort eine Einheit in den Bachweg schicken. Da wird gleich etwas passieren.« Hegel war so ernst geworden, dass auch Holder die Gesichtszüge entglitten.

»In den Bachweg? Wie kommen Sie denn darauf? Und was soll da passieren?«

»Ich kann es Ihnen nicht sagen, ich weiß nur, dass mir jemand mitteilt, dass…«

Doch da hörten sie auch schon den Knall. Dumpf, bedrohlich, aus einiger Entfernung. Jedoch so laut, dass nicht einmal die weitgehend schalldichten Fenster der Suite es unterdrücken konnten. Hegel sah nach draußen, und er bemerkte, dass die Blicke seiner Gäste dem seinen folgten. Dann sahen sie auch schon den Rauch aufsteigen. Ganz hinten am Horizont.

»Das ist die Gegend, in der der Bachweg liegt.« Jula trat näher ans Fenster, bevor sie sich wieder Hegel zuwandte. »Okay, was ist hier los?«

»Papa?« Mathilda zitterte am ganzen Leib.

Holder setzte nach. »Matthias, im Ernst: Wie konnten Sie wissen, dass da gleich etwas passieren würde?«

Hegel bemerkte, wie sich nacheinander alle Anwesenden zu ihm umwandten und ihn mit weit geöffneten Augen fixierten.

»Das ist es ja.« Er sprach ganz ruhig, und er konnte spüren, wie seine Kehle trocken wurde. »Er hat es mir schon den ganzen Tag über angekündigt.«

»Matthias!« Holder sprach jetzt forscher, griff Hegel an die Schultern und sah ihn eindringlich an. »Was zur Hölle ist hier los?«

Hegel ließ die Karte aus seiner Hand zu Boden fallen, bevor er mehr hauchte als sprach: »Ich habe keine Ahnung.«

KAPITEL 4

»So haben Sie sich Ihren ersten Tag zurück im Leben nicht vorgestellt, was?« Oswald Holder ließ den Blick ohne erkennbare emotionale Regung über die Trümmer gleiten, während immer neue Einsatzwagen eintrafen und das Rufen und Hupen hinter der Absperrung mit jeder Minute lauter wurde.

»Sie stellen die falsche Frage, Oswald.« Auch Hegel versuchte, sich keine Emotionen anmerken zu lassen, doch in seinem Inneren schossen die Überlegungen wie die Funken eines Feuerwerks durch seinen Verstand.

Die beiden waren nur wenige Minuten nach der Explosion gemeinsam aufgebrochen und hatten den Bachweg dank der Sirene von Holders Dienstwagen innerhalb kurzer Zeit erreicht. Der Kommissar hatte sich noch auf dem Weg von Hegels Suite zu seinem Wagen telefonisch mit den zuständigen Kollegen besprochen und angekündigt, dass er den Phonetiker offiziell als Berater zu der Angelegenheit hinzuziehen wolle. Somit waren sie nun beide legitimiert, den Tatort zu betreten und sich dort umzusehen.

»Welche Frage hätte ich denn stellen sollen?« Holder klang so ruhig wie immer, Hegel konnte trotz seiner kleinen Provokation kaum einen Anstieg der Spannung in der Stimme des erfahrenen Polizisten erkennen.

Die Szenerie, die sich den beiden bot, erinnerte Hegel an Bilder, wie er sie von Kriegsberichterstattungen kannte. Das dreistöckige Gebäude mit den neun Wohneinheiten war bis auf die Grundmauern eingestürzt. Und obwohl es ein eher windiger

Tag war, stieg noch immer so viel Rauch und Asche in die Luft auf, dass sie Schwierigkeiten mit der Sicht hatten.

»Ihre Frage hätte lauten müssen: Wer war es, der sich meinen ersten Tag zurück im Leben ganz genau *so* vorgestellt hat? Und, noch viel wichtiger: warum?«

Holder spitzte kurz die Lippen und nickte leicht mit dem Kopf zur Seite. »Von mir aus, dann kommen wir also ohne Umwege zum springenden Punkt: Was hat das hier mit Ihnen zu tun? Warum hat dieses schreckliche Gedudel auf Ihrer Grußkarte Sie darauf gebracht, dass etwas im Bachweg geschehen würde?«

Im Hintergrund war die Sirene eines Rettungswagens zu hören, der sich mühsam den Weg durch die Menge der Schaulustigen hinter der weiträumigen Absperrung bahnte. Es hatte nach Holders ersten Informationen ein paar leichte Verletzungen durch umherfliegende Steine und Splitter gegeben, ein Todesopfer war bislang nicht in den Trümmern gefunden worden.

»Das Gebäude steht seit Jahren leer, das Mauerwerk war marode, das Haus nicht mehr bewohnbar. Es gab immer wieder Proteste deswegen, Wohnraum in Berlin, darüber müssen wir ja nicht reden …« Hegel sah den Kommissar nicht an, vor seinem geistigen Auge ging er noch einmal die bisherigen Ereignisse durch. »Der Senat konnte sich nicht entscheiden, ob er abreißen lässt oder sanieren will, und das hätte sich locker noch ein paar Jahre hingezogen. Wer immer das hier war, wollte nicht willkürlich Menschen töten. Er hatte eher vor, mir seine Macht zu demonstrieren. Und das so, dass ich ihn nicht einfach nur bemerke.«

Holder nickte. »Er wollte, dass Sie ihn bewundern!«

»Das denke ich nicht, Oswald.« Noch immer war Hegel so ruhig und entspannt, als befände er sich in einem Skulpturenpark. »Wer das hier angestellt hat, der wollte, dass ich ihn fürchte!«

»Also gut, gehen wir von einem narzisstischen Psychopathen aus. Hätte der in seinen Augen nicht einen weit größeren Effekt erzielt, wenn es möglichst viele Tote gegeben hätte? Würden Sie ihn dann nicht umso mehr fürchten? Ich denke, er hat dieses leer stehende Haus hier ausgewählt, weil er zwar großen Lärm machen, aber niemanden verletzen wollte.«

»Und genau das beunruhigt mich am meisten.« Hegel hatte einige Jahre lang als Psychotherapeut praktiziert, allein schon, weil er die Tiefen und Weiten der menschlichen Seele so gut ergründen wollte, wie es ihm nur möglich war. »Das, was er hier abgezogen hat, ist so groß und spektakulär, dass es kaum Zweifel daran geben kann, dass er für seine narzisstische Machtdemonstration auch über Leichen gehen würde. Leider hat er genau das heute ziemlich augenfällig vermieden.«

»Ich bin mir nicht sicher, ob ich Sie richtig verstehe.« Zum ersten Mal konnte Hegel einen Beiklang von Sorge in Holders Stimme feststellen. »Aber daran bin ich ja bei Ihnen gewöhnt.«

Hegel schloss die Augen, machte eine abwehrende Bewegung und sagte: »Er wollte mich provozieren, testen. Vielleicht wollte er mir sogar die Möglichkeit geben, diese Sprengung noch zu verhindern. Er konnte ja nicht wissen, wann genau ich seine Karte öffnen würde. Und dass er sie von einer attraktiven Dame in die Hände eines hormongeladenen Teenagers hat geben lassen, damit Friedrich mir diese eine spezielle Karte trotz der vielen anderen so bald wie möglich aushändigt, zeigt, dass er das alles hier mit viel Aufwand und genauer Planung durchgezogen hat.« Hegel lächelte, wenn auch nicht vor Bewunderung. »Aber wirklich bemerkenswert ist, wie er heute im Zug vorgegangen ist.«

Holder sah Hegel mit einem Blick an, der ihn geradezu anzuflehen schien, sich nicht jede Information einzeln aus der Nase ziehen zu lassen.

»Er hat mir heute Mittag eine Chance gegeben, ihm bei seiner Sprengung zuvorzukommen. Ich wette, Ihre Spezialisten werden herausfinden, dass man den Zünder relativ einfach hätte entschärfen können, wenn man gewusst hätte, wo man ihn suchen muss. Deswegen hat er mir heute musikalisch mitgeteilt, an welchem Ort er zuschlagen will. Allerdings ohne Einzelheiten dazu, was er plant. Das wäre musikalisch allerdings auch ziemlich schwer geworden.«

Holder war viel zu professionell, als dass ihm die Gesichtszüge entgleiten würden. Hegel meinte aber, zumindest ein Zucken der Wimpern bemerkt zu haben.

»Musikwissenschaft?« Der Kommissar atmete schwer aus. »Okay, wir reden also über das schreckliche Gedudel auf dieser Grußkarte. Matthias, bitte: Was, verflucht noch mal, ist hier gerade passiert?«

Weitere Einsatzfahrzeuge trafen ein, und die Beamten der Schutzpolizei hatten zunehmend Mühe, die immer größer werdende Menge an Schaulustigen vom Ort des Geschehens fernzuhalten. Zudem war die Evakuierung der umliegenden Gebäude in vollem Gange, da weder eine weitere Sprengung noch das Einstürzen benachbarter Gebäude infolge der Explosion ausgeschlossen werden konnten.

»Diese Töne von der Karte. Ich habe sie heute schon einige Male gehört. Und zwar *nur* ich! Deswegen bin ich mir auch so sicher, dass es hier ganz persönlich um mich geht. Derjenige, der das hier durchgezogen hat, konnte sich mit dem Tag meiner Rückkehr aus der Klinik kaum einen dramaturgisch besseren Zeitpunkt auswählen.« Hegel ging in die Knie, griff einen Steinsplitter vom Boden und sah ihn an, als symbolisiere dieser ganz allein das volle Ausmaß dessen, was heute an diesem Ort geschehen war. »Die Töne sollten keine Melodie ergeben. Sie sollten mir den Ort verraten, an dem er seine Machtdemonstration geplant hatte. Mit dieser Idee hat er beim Bachweg echt Glück gehabt! Er hatte nämlich fast den gesamten Straßennamen in Form von Tönen zur Verfügung. Seine Tonfolge war b, a, c und h. Dann eine Pause, danach die Töne e und g.«

Holder nickte, und ein anerkennendes Lächeln huschte für die Dauer eines Wimpernschlags über seine Lippen. »Schreibt man es auf, ergibt es *Bach-eg.*«

Hegel zuckte wie zum Bedauern die Schultern. »Wirklich verstanden habe ich es leider erst, als ich die Karte gesehen habe. Es stand ein großes W darauf. Man kann das W nicht mit einem Ton darstellen, das gibt es in der Notensprache nicht. Er hat mir abschließend noch den fehlenden Buchstaben geliefert. *Bachweg.*«

»Er wusste also nicht nur, wann Sie mit welchem Zug fahren würden, er wusste auch, dass Sie das absolute Gehör haben. Normale Menschen können einen Ton ja schließlich nur erkennen, wenn sie eine Referenz haben.«

Hegel konnte in Holders Augen lesen, dass dieser wohl eifrig dabei war, die Puzzleteile zu einem Bild zusammenzusetzen. »Er hat mir bereits den ganzen Tag über mitzuteilen versucht, wo er etwas vorhatte. Aber nicht, wann und was. Und wie hätte ich darauf kommen sollen, dass er mit großem Aufwand, minutiöser Planung und absolut kaltblütig und gewissenlos ein Gebäude mitten in der Berliner City sprengen würde? Dass es keine Toten gab, könnte er gehofft haben. Sicher sein konnte er sich da nicht. Jetzt ergibt auch die Methode Sinn, wie er mir diese Töne im Zug vorgespielt hat. Es gibt tatsächlich eine Möglichkeit, Töne so abzuspielen, dass nur eine bestimmte Person in einem vollen Raum sie hören kann. Und obwohl ich deswegen im Zug sogar das Abteil gewechselt habe, hat er es trotzdem weiterhin geschafft, mich zu beschallen.«

»Matthias, wenn das stimmt, dann hat heute irgendjemand ein extrem gefährliches, aufwendiges und kostspieliges Spektakel veranstaltet. Nur um herauszufinden, ob Sie es noch verhindern können – oder nicht.«

Jetzt schwiegen sie beide. Und wenn das Rufen und Tosen um sie herum auch mit jeder Minute drängender wurde, fühlte es sich für Hegel dennoch so an, als stünden sie beide, er und Holder, ganz allein vor dem Trümmerhaufen dieses Gebäudes.

»Nicht *irgendjemand.*« Hegels Blick ging nach oben zum Himmel. Er war blau und wolkenlos, womit er dem Phonetiker den einzigen friedlichen Anblick weit und breit bot. »Derjenige, der das hier angerichtet hat, wusste sehr genau, was er da tut. Und er wusste auch sehr genau, für wen.«

»Ich verstehe.« Holder klang etwas aufgeregter, obwohl jemand, der ein weniger geschultes Ohr als Hegel hatte, es vermutlich nicht bemerkt hätte. »Sie denken, dass das hier ein Täter war, der sich mit Phonetik auskennt. Und der Ihnen beweisen wollte, dass er besser ist als Sie.« Der Kommissar senkte die Lautstärke, obwohl niemand in der Nähe stand. »Matthias, warum haben Sie gerade gesagt, dass er es *leider vermieden hat,* seine Macht durch Todesopfer zu demonstrieren?«

Hegel wandte den Blick noch nicht von den Wolken ab. »Weil er sich das aufheben wollte. Selbst wenn ich schnell auf den Bachweg gekommen wäre, hätte ich nicht gewusst, worum es genau geht. Und selbst wenn ich darauf gekommen wäre, nach einem Sprengsatz in einem Haus zu suchen, was ja nun eher abwegig gewesen wäre, hätte ich in einem vollkommen anderen Haus gesucht.«

»Wie meinen Sie das?« Holder wurde ruhiger. »In welchem Haus hätten Sie denn gesucht?«

Hegel wandte sich in südliche Richtung um und deutete mit dem Finger auf ein Hochhaus, das einige Hundert Meter entfernt stand. »In dem Studentenwohnheim.«

Holders Augen öffneten sich etwas weiter. »Jetzt reden Sie schon! Was wissen Sie über diesen Anschlag hier?«

»Ich habe im Bachweg gewohnt, vor langer Zeit. Und zwar in dem Studentenwohnheim. Und da hat jemand mit mir gewohnt. Ein Phonetiker. Einer, der weiß, wie man Töne so einspielt, dass nur einer im Raum sie hören kann.«

»Sie wissen, wer das hier gewesen ist?« Holders Stimme wurde leiser. »Deswegen haben Sie also gesagt, er habe beim Bachweg *Glück* gehabt. Weil er die Straße nicht einfach danach ausgewählt hat, dass man sie gut in Noten schreiben kann.«

»Nein, der Ort ist eine Botschaft an mich. Er fordert mich zu einem Spiel heraus. Jemand, der mir schon immer beweisen wollte, dass er besser ist als ich.«

»Also gut.« Holder wurde immer leiser. »Wer war das hier?«

Erst jetzt wandte Hegel den Blick vom Himmel ab und sah dem Kommissar in die Augen. »Er heißt Veith Vries. Während unseres Studiums waren wir Freunde, aber es wurde immer schlimmer mit seiner Psyche. Irgendwann ist die Freundschaft zerbrochen, ich habe ihn lange nicht gesehen. Veith ist anscheinend mittlerweile zu allem fähig, also bereiten Sie Ihre Kollegen auf das Schlimmste vor. Uns stehen ein paar bemerkenswerte Tage bevor. Ich meine, wenn eine Haussprengung am helllichten Tag mitten im Stadtzentrum nur sein Auftakt ist, dann dürfen wir gespannt sein, was er sich noch alles hat einfallen lassen.«

KAPITEL 5

VEITH VRIES

Der Anblick der staubenden Trümmer klang wie das Kratzen von Fingernägeln auf einer Schultafel, und kurz ließ der Schmerz Vries zusammenzucken. Doch sogleich wurde das Quälen des Geräuschs, das nur er zu vernehmen imstande war, von einem überwältigenden Wohlgefühl überlagert. Von der befriedigenden Erkenntnis, dass alles exakt so abgelaufen war, wie er es sich vorgestellt hatte.

»Du weißt es, oder?« Sein Blick wich kurz vom Fernseher auf die Wand mit den Bildern aus, genauer gesagt auf das alte Foto, das sie beide gemeinsam zeigte. Lachend, Arm in Arm vor der Universität.

»*Zurzeit ist noch völlig unklar, wie es zu dem Einsturz kommen konnte.*« Die Journalistin stand so weit vom Ort des Geschehens entfernt, dass man lediglich ein wenig Staub in ihrem Hintergrund aufsteigen sehen konnte. »*Wie die ermittelnden Behörden uns mitteilten, kann ein terroristischer Anschlag jedoch nicht ausgeschlossen werden.*«

Vries lächelte selig. Die Worte der Frau auf dem Monitor rochen nach Schokolade mit verbrannter Ananas.

»Ich wusste, dass du dich hier versteckst. Sehr clever, wirklich. Hier finden sie dich nie …« Die ihm wohlvertraute Stimme erklang hinter seinem Rücken, von der Kellertür her. »Du willst es jetzt also wirklich durchziehen …«

»Wundert dich das?« Obwohl Vries nicht mit ihr gerechnet hatte, blieb seine Stimme sanft, sein Atem ruhig. Er drehte sich nicht einmal zu ihr um. Sein Blick haftete weiterhin fest am Fernsehmonitor, ohne dass sein Puls sich beschleunigte. »Du hast immer gedacht, dass ich ein selbstmitleidiger Schwafler bin, der seine großen Pläne nur in seiner Fantasie umsetzt, oder?«

Es war etwas kühl hier unten, doch Vries mochte das. Er hatte die Wände mit zahlreichen Fotos und Zeitungsausschnitten bedeckt, die scheinbar willkürlich, tatsächlich jedoch nach einem genauen System an die mit edlen Tapeten verzierten Wände geklebt waren.

»Diese selbstherrlichen Sprüche kannst du dir schenken.« Sie trat näher, was er allein an der steigenden Intensität des Halls ihrer Schritte berechnen konnte. »Was ist passiert? Warum tust du das, und warum gerade jetzt?«

Er wollte auflachen, doch das hätte wohl arg melodramatisch gewirkt. »Es ist nie zu spät, seine Träume zu Realität zu machen.« Zu seinem Bedauern gab die Außenreporterin wieder zurück ins Nachrichtenstudio. Vries hob die Fernbedienung, schaltete den Ton ab und wandte sich aus seinem Sitz heraus um. »Dein Problem ist vermutlich, dass du es mir nicht zugetraut hast. Du hast mich immer unterschätzt, warum eigentlich?«

Sie sah gut aus, das musste er sich eingestehen. Etwas müde vielleicht, ihre Haare konnten mal wieder einen Schnitt vertragen, und die Ringe um ihre Augen waren auch nicht unbedingt kleiner geworden. Ihr Duft hingegen schmeckte nach Butterkeksen, der Anblick ihrer Haare fühlte sich wie ein unangenehmes Kribbeln auf der Haut an, während der Klang ihrer Stimme in leuchtendem Gelb strahlte.

»Veith, das ist kompletter Wahnsinn!« Sie verschränkte die Arme vor der Brust, während sie sich direkt vor seinem Sessel aufbaute und zu ihm heruntersah. »Es heißt in den Nachrichten, dass sie bisher keinen Toten gefunden haben. Ich hoffe wirklich, dass es dabei bleibt!«

»Ich fürchte, dass ich dir das unmöglich versprechen kann.« Vries lachte auf. »Was mich interessieren würde, ist, wie du mich hier gefunden hast.«

Sie schwieg. Und wenn Vries auch spüren konnte, dass sie nicht ansatzweise in dem Maße hinter ihm stand, wie sie es eigentlich sollte, meinte er doch, eine gewisse Form von Anerkennung in ihrem Blick zu schmecken.

»Wie lange kennen wir uns jetzt?« Sie sah ihn an, als wäre sie seine Lehrerin aus der Grundschule. »Du hast mir tausendmal von dieser Idee erzählt, warum hast du mir nicht gesagt, dass du Ernst machen willst?«

»Wenn du im Begriff wärst, dein Lebenswerk zu vollenden, wem würdest du davon erzählen?«

»Das hängt vom Lebenswerk ab.« Sie verzog keine Miene. »In deinem Fall vermutlich einem Psychotherapeuten.«

Vries zuckte nicht einmal mit der Wimper. Stattdessen sah er sich demonstrativ im Raum um. »Du bist der einzige Mensch, dem ich von meiner Idee erzählt habe, mich hier zu verstecken. Da kannst du mal sehen, was Liebe aus Menschen machen kann.«

»Ach ja?« Sie streckte das Kreuz durch. »Was macht Liebe denn aus Menschen?«

Unwillkürlich schossen ihm Bilder durch den Kopf. Erinnerungsfetzen, Eindrücke, glückliche und tragische Momente. Und zusammen mit den Bildern kamen unweigerlich die Verknüpfungen. Gerüche, Klänge, körperliche Empfindungen. »Liebe macht uns schwach und angreifbar. Wir machen Fehler, wenn wir verliebt sind.« Er sah sie durchdringend an. »Und wir vertrauen Menschen Dinge an, die sie vielleicht gar nicht wissen sollten. Liebe ist im Grunde so etwas wie ein Virus im System.«

Sie lächelte milde. »Das ist Blödsinn. Du weißt, dass ich immer hinter dir gestanden habe. Es war schlimm für dich, was damals passiert ist. Aber heute hast du deswegen das Leben Unschuldiger gefährdet.«

»Wer ist denn schon unschuldig?« Er lächelte milde. »Abgesehen davon, dass es sowieso zu viele Menschen auf dem Planeten gibt.« Er erhob sich aus seinem Sessel, während sich der Duft, der von ihr herüberzog, vor seinem inneren Auge in Ziegelsteine verwandelte. »Dich nervt doch etwas ganz anderes. Du hast mich immer für einen letztlich harmlosen Spinner gehalten, der sich vor dem Einschlafen Geschichten darüber ausdenkt, was er *mal irgendwann durchziehen will*. Ein Nichtsnutz, ein begabter, gerissener Träumer, der aber am Ende eben doch einer von denen ist, die einfach nur viel heiße Luft produzieren.« Vries konnte fühlen, wie sich ihr Atem beschleunigte, und er konnte sehen, wie die Sicherheit in ihrer Haltung bröckelte.

Damals, als er sie kennengelernt hatte, war es umgekehrt gewesen. Er, der unsichere Außenseiter mit den großen Plänen, und sie, die selbstbewusste Frau aus einfachem Hause, die sich mit viel Fleiß, Ehrgeiz und Klugheit in die Riege der besten Absolventen ihres Jahrgangs hochgearbeitet hatte. Ein paar Jahre älter als er, humorvoll, charmant und mit diesem besonderen Lächeln, das immer dann über ihre Lippen kam, wenn sie ihn sah. Damals hatte ihr Anblick nach Narzissen geduftet und ihre Stimme sich wie Daunen angefühlt. Es waren unglaubliche Zeiten gewesen, vermutlich die schönsten seines Lebens. *Was machst du dir hier vor? Hör auf damit! Das war nicht … verdammt, doch, das war …*

»Ist alles in Ordnung?« Sie fasste Vries an die Schultern und sah ihm tief in die Augen. »Veith, wir müssen reden! Vielleicht ist das heute noch mal ohne Tote ausgegangen, hoffen wir es. Aber wenn du wirklich vorhast, diese ganze verrückte Geschichte …« Sie brach ab, als sie sah, wie sich sein Blick veränderte.

»Verrückte Geschichte?« Er kam ihr jetzt so nah, dass nur noch wenige Zentimeter zwischen ihnen beiden lagen. »Du weißt doch genau, was passiert ist, du kennst meine Gründe. Aber vor allem …« Er holte tief Luft. »Du kennst meinen Plan.«

Das Selbstsichere wich jetzt aus ihrem Blick, und sie atmete flacher. »Ich habe das immer für eine Art Spiel gehalten. Eine Fantasie, die dir geholfen hat, leichter mit den Dingen klarzukommen. Ich wusste sofort, dass du es warst, als ich das gerade in den Nachrichten gesehen habe. Muss ich davon ausgehen, dass du … also, du weißt schon. Hast du …?« Sie flüsterte nur noch, ihre Stimme war brüchig, und die Angst, die darin mitschwang, schmeckte nach gepökelter Aubergine.

»Du verletzt meine Gefühle.«

Sie wollte anscheinend widersprechen, doch es kam nur ein heiseres Hauchen aus ihrem Mund.

»Ich werde mich in den nächsten Tagen unsterblich machen. Und danach ist mir alles scheißegal.« Er sah sie etwas zu freundlich an. »Was das für dich bedeutet, ist dir ja wohl klar?«

Sie starrte ihn mit weit aufgerissenen Augen an, während sie am ganzen Körper zu zittern begann. »Ich … ja, ich schätze schon.«

»Dann entscheide dich.« Er umschloss mit beiden Händen ihre Kehle und drückte so fest zu, dass sie blau anlief. »Auf wessen Seite stehst du?«

KAPITEL
6

JULA

»Ich werde Ihnen jetzt demonstrieren, wie Veith es geschafft hat, dass nur ich seine Tonbotschaft im Zug hören konnte.« Hegel hatte sowohl Oswald Holder als auch Jula in sein Büro im Adlon gebeten. »Das phonetische Phänomen, von dem wir hier reden, heißt *Beamforming.*«

In der Raummitte hatte er vier Stühle so positioniert, wie er und seine Mitfahrer in der Bahn beieinandergesessen hatten. Etwas weiter hinten, so, dass er selbst es im Zug nicht hätte sehen können, hatte Hegel einen Aktenkoffer positioniert, der noch geschlossen war.

»Was ist das?« Jula deutete auf den Koffer und sah fragend zu Hegel hinüber.

»Das ist alles, was man braucht, um ein Tonsignal so abzuspielen, dass nur diejenigen es hören können, die es auch hören sollen.« Hegel ging zu dem Aktenkoffer und öffnete ihn.

Jula steckten die Ereignisse der vergangenen Stunde noch immer in den Knochen. Sie hatte alle Mühe gehabt, die Situation in Hegels Büro zu beruhigen, nachdem sie auf dessen Wiedersehensfeier gemeinsam den Rauch hatten am Horizont aufsteigen sehen. *Kümmern Sie sich um Mathilda und die anderen,* hatte Hegel ihr noch zugerufen, bevor er gemeinsam mit Holder zum Ort der Sprengung geeilt war. Während Margrit Konradi sofort zur kleinen Mathilda geeilt war, war es Julas Hauptproblem gewesen, Elyas und Friedrich im Zaum zu halten. Die Jungs hatten Hegel und dem Kommissar folgen und am liebsten selbst die Untersuchungen am Ort des Einsturzes durchführen wollen. Doch Jula war es gelungen, die beiden Teenager davon zu überzeugen, dass sie als Begleitschutz für Mathilda und ihre Großmutter deutlich bessere Dienste leisten konnten.

»Elyas, Friedrich, ich brauche euch jetzt!« Sie hatte die Jungs mit großer Ernsthaftigkeit angesehen. »Ihr beide überlegt euch jetzt einen Ort, an dem ihr noch nie gewesen seid und an dem man euch niemals vermuten würde. Da bleibt ihr mit Mathilda und ihrer Oma so lange, bis ich mich melde.« Die Jungs hatten bereits an Julas Mimik erkannt, dass der Ernst der Lage selbst für sie nicht zu unterschätzen war. Tatsächlich waren Elyas und Friedrich daraufhin mit Mathilda und ihrer Großmutter in einem Carsharing-Fahrzeug ins etwa zwei Stunden entfernt gelegene Köthen aufgebrochen, wo sich nach Elyas' Recherchen eine Ausstellung über Leben und Werk von Louis de Funès befand, den außer Margrit Konradi keiner der vier kannte. *Da findet die vier so schnell niemand.*

Jula und Holder traten jetzt näher an den Aktenkoffer und beäugten dessen Inhalt.

»Sind das sieben kleine Soundboxen, die an Batterien angeschlossen sind?« Jula betrachtete den Versuchsaufbau genauer. »Warum soll jemand so viele Boxen verwenden, wenn er will, dass nur einer im Raum den Ton hören kann? Sollte er nicht nur eine kleine benutzen?«

Hegel huschte dieses Lächeln über die Lippen, das Jula mittlerweile nur allzu gut von ihm kannte. Es war eher jovial, so wie man einem Kind zulächeln würde, das eine nicht ganz so dumme Frage gestellt hatte. Dennoch wusste sie, dass dieses kleine Aufblitzen von Freundlichkeit in den Mundwinkeln möglicherweise die höchste Form der Anerkennung darstellte, die der Professor gegenüber phonetischen Laien auszudrücken bereit war.

»Gute Frage!« Er deutete Applaus an und nickte Jula zu. »Man würde ja denken, dass man umso mehr Schall erzeugt, je mehr Lautsprecher man verwendet. Tatsächlich ist es in diesem Fall aber genau umgekehrt: Der Lautsprecher in der Mitte ist auf meinen Sitzplatz ausgerichtet. Und auch wenn ich im Zug zwischenzeitlich den Platz gewechselt habe, war das für Veith kein Problem. Nachdem er einen Aufbau hergestellt hatte, der genauso mobil war wie dieser hier, konnte er mir unauffällig folgen und dafür sorgen, dass er meine Ohren jederzeit erreicht. Und das, ohne dass ich ihn dabei sehen konnte. Und ja, dafür benötigte er wirklich nur einen der sieben Lautsprecher. Die anderen sechs sind erforderlich, damit die Fahrgäste um mich herum die Töne nicht hören konnten.« Hegel deutete auf die Stühle, die er aufgestellt hatte. »Wir sind zwar nur zu dritt, aber das reicht für meine Demonstration völlig aus. Setzen Sie sich bitte. Egal auf welchen Platz.«

Jula sah kurz zu Holder, in dessen Blick nicht weniger Fragezeichen lagen als vermutlich gerade auch in ihrem eigenen. Sie folgte der Aufforderung und suchte sich ebenso wie der Kommissar einen der Plätze aus. Als Jula bemerkte, dass der Blick des Professors kurz noch einmal zur Fensterfront auswich, sah auch sie hinaus auf die Dächer der Stadt. Die Staubwolke vom Bachweg hatte sich verzogen, weswegen der Ausblick von hier oben nun wieder trügerisch ruhig und friedlich wirkte.

Hegel räusperte sich und schloss für einen Moment die Augen. Dann griff er seinen Koffer und stellte ihn so, dass die mittlere Box exakt auf den Sitzplatz ausgerichtet war, den er selbst im Zug eingenommen hatte.

»Veith könnte mir mit ziemlich genau so einem Koffer im Zug gefolgt sein. Beide Abteile, in denen ich im ICE gesessen habe, waren groß, und üblicherweise widme ich den Mitfahrern im Zug bewusst eher wenig Aufmerksamkeit. Es könnte auch sein, dass er seine Vorrichtung in einer Gepäckablage deponiert hat – für den Fall, dass ich mich umsehe, woher die Geräusche kommen. Es gibt mehrere Möglichkeiten, wie er es konkret angestellt haben könnte, aber die genaue Methode ist nicht wichtig. Reden wir lieber darüber, wie *Beamforming* funktioniert!« Hegel richtete den Koffer aus und betätigte eine Fernbedienung.

Ein etwas zu schriller Ton erklang. »Was ist das denn?« Jula verzog das Gesicht und sah zu Hegel hinüber.

»Das war ein zweigestrichenes c. Und, Oswald? Haben Sie es auch gehört?«

Der Kommissar sah mit Pokerface zwischen Jula und dem Professor hin und her. Erst nach einigen Sekunden sagte er: »Ich habe weder ein zweigestrichenes c noch sonst irgendwelche gestrichenen Buchstaben gehört.«

»Also gut, dann machen wir das jetzt mal andersrum.« Wieder richtete Hegel seinen Koffer aus und betätigte die Fernbedienung.

Jetzt war es Holder, der zuckte. »Okay, das war jetzt klar und deutlich zu hören! Das hat fast im Ohr wehgetan …«

»Ernsthaft?« Jula sah verblüfft zu Holder. »Ich habe nichts gehört.«

Hegel nickte zufrieden. »Sie sehen, Veith Vries hat sich wirklich Mühe gegeben, mir seine Botschaft auf diese besondere Weise zukommen zu lassen. Ich will es Ihnen erklären.« Hegel erhob sich mitsamt dem Aktenkoffer, um die Anordnung der Boxen zu präsentieren. »Wann immer Ton erzeugt wird, entstehen Schallwellen, die das Geräusch zu unseren Ohren tragen. Weil man die naturgemäß nicht sehen kann, stellen Sie sich anstelle von Schallwellen jetzt einfach mal zwei Wasserwellen im Ozean vor, die aufeinandertreffen. Diese beiden Wellen können sich gegenseitig verstärken, und zwar dann, wenn sie sich so begegnen, dass die beiden Wellenberge und die beiden Wellentäler aufeinandertreffen. In diesem Fall würden sich die Wellen addieren und dabei ihre doppelte Größe annehmen. Das nennt man *konstruktive Verstärkung.* Wir kennen dieses Phänomen von Flutwellen. Im ungünstigsten Fall verstärken sich mehrere Riesenwellen gegenseitig so stark, dass es zu einer Naturkatastrophe wie einem Tsunami führt. Wir haben so was ja in der Vergangenheit leider schon erleben müssen.«

»Schallwellen können sich gegenseitig addieren?« Jula sah Hegel kritisch an.

»Nicht nur das, es funktioniert auch umgekehrt. Trifft nämlich ein Wellenberg auf ein Wellental, dann löschen sich die beiden Wellen gegenseitig aus. Sie werden quasi zu null.«

»Also gut, jetzt mal ganz konkret.« Holder stand auf und trat ans Fenster. »Was haben Sie da gerade mit uns gemacht?«

Hegel öffnete den Koffer und stellte ihn auf seinen Schreibtisch. Sowohl Jula als auch Holder traten näher, um sich den Versuchsaufbau genauer anzusehen.

»Man braucht nur ein kleines Lautsprecherset. Vier Stück müssen es mindestens sein, besser funktioniert es mit sechs bis acht. Dabei ist die Größe der Lautsprecher völlig egal, es geht nur darum, dass der Schall nicht nur von einer Quelle ausgeht, sondern von mehreren.« Hegel deutete auf den mittleren der sieben Lautsprecher in seinem Koffer. »Aus diesem hier kommt das Schallsignal, das die Zielperson empfangen soll. Also in meinem Fall die absurde Tonfolge mit der versteckten Bedeutung. Ein Signal, das aus einem Lautsprecher kommt, breitet sich normalerweise fächerförmig im Raum aus, weswegen alle Passagiere um mich herum die Tonfolge ebenfalls gehört hätten. Aber jetzt kommt der Clou.« Hegel deutete auf die Boxen links und rechts neben der mittleren. »Wenn man mit den Lautsprechern, die links und rechts um den zentralen herum angeordnet sind, das gleiche Signal verwendet, wird es stärker, also lauter. Allerdings nicht, wenn ich das Signal verzögere.«

Jula sah Hegel an. »Verzögern? Sie meinen, wenn Sie mit der mittleren Box die Töne abspielen und mit den anderen Boxen auch, aber zeitlich etwas versetzt?«

»Ganz genau!« Hegel nickte Jula zu, kurz zeigte sich ein zufriedenes Lächeln auf seinem Gesicht. »Die anderen vier Boxen senden die Töne ebenfalls, allerdings exakt so verzögert, dass beim Aufeinandertreffen der Schallwellen auf dem Weg zum Ohr die Wellenberge der mittleren Box auf die Wellentäler der umliegenden Boxen treffen. Einfach ausgedrückt führt das dazu, dass die ausgesendeten Töne sich praktisch gegenseitig aufheben. Das ist wie Mathematik: Eine Box sendet eine Fünf in die Luft, die andere Box zieht der Luft gleichzeitig eine Fünf ab. Heraus kommt null, zumindest für das Ohr.«

Holder fuhr sich mit der Hand durchs Gesicht, vermutlich ohne es selbst zu bemerken. »Okay, Töne können sich also gegenseitig auslöschen, interessant. Aber warum konnten Sie die Töne als Einziger dann trotzdem noch hören?«

»Der Tonstrahl, der durch die mittlere Box kommt, wird bei dieser Anordnung nicht ausgelöscht. Der dringt als einziger zu seinem Ziel vor. Man muss die Boxen also nur so ausrichten, dass der mittlere Strahl die Ohren der Person erreicht, die man erreichen will. Alle anderen werden nichts hören.«

»Dieser Vries hat heute also ein Signal so an Ihr Ohr gesendet, dass es sich dabei an den Seiten nicht fächerförmig ausbreiten konnte?« Holder wahrte sein Pokerface, doch Hegel schien trotzdem erkannt zu haben, was dem Kommissar durch den Kopf ging.

»Ja, Oswald. Er hat heute einen nicht unbeträchtlichen Aufwand betrieben, um mir wieder und wieder eine Tonfolge so vorzuspielen, dass sie sonst keiner hören konnte. Und das, obwohl es vollkommen egal gewesen wäre, wenn die anderen sie gehört hätten.«

Jula dachte nach. »Es bestand kein wichtiger Grund, diesen Aufwand mit dem Beamforming zu betreiben. Das war also keine Notwendigkeit – es war eine Botschaft!«

»Das sehe ich genauso, Jula.« Hegel trat näher an sie heran. »Veith wusste sehr genau, was er tut. Und vor allem, mit wem er es tut! Er wollte mir nicht wirklich eine Chance geben, diese Sprengung zu verhindern, das konnte er nicht ernsthaft erwarten. Ich sollte nur verstehen, was er vorhat.«

»Sie meinen …« Jula blieben die Worte im Halse stecken.

»Ja, das denke ich.« Hegel setzte sich und ließ sich in die Stuhllehne sinken. »Veith fordert mich zu einem Duell heraus.«

Für einige Sekunden blieb es still im Raum. Holder war der Erste, der wieder Worte fand: »Und können Sie uns auch erklären, aus welchem Grund Ihr alter Studienfreund das tut?«

Hegel atmete noch einmal tief durch, wich mit seinem Blick kurz zu einem der Gemälde an der Wand aus und sagte schließlich so klar, dass seine Worte wie Pfeiler im Raum standen: »Veith ist nicht nur ein sehr guter Phonetiker, sondern auch ein Psychopath! Diese Entwicklung seiner Psyche ging damals ganz langsam, Schritt für Schritt. So langsam, dass ich es erst viel zu spät bemerkt habe.«

»Wie hat sich diese Entwicklung seiner Psyche denn gezeigt?« Holder sprach etwas leiser als zuvor, und er klang fast väterlich besorgt.

»Das erzähle ich Ihnen später, jetzt müssen wir ihn erst mal stoppen. Oswald, Sie müssen jetzt etwas für mich tun.«

»Was denn?« Holder hauchte mehr, als dass er sprach.

»Sie müssen sofort jeden Menschen, der mir auch nur irgendwie nahesteht, in Haft nehmen.« Dann sah er zu Jula. »Auch Sie, Frau Ansorge!«

KAPITEL 7

JULA

»Okay, das wird euch jetzt absolut nicht gefallen …« Jula hatte Elyas angerufen, gleich nachdem sie mit Hegel und Holder die Einzelheiten durchgegangen war.

»Alter, wenn du schon so anfängst!« In Elyas' Hintergrund waren Fahrgeräusche zu hören, anscheinend befand sich die Gruppe bereits wieder auf dem Rückweg nach Berlin.

»Der Typ, der das Haus gesprengt hat, ist offenbar ein Irrer, der es auf Hegel abgesehen hat. Und leider müssen wir damit rechnen, dass er dabei auch auf die Leute aus seinem Umfeld abzielen könnte.«

Kurz blieb es still in der Leitung, allein die Fahrgeräusche und ein paar unverständliche Worte von Mathilda auf der Rückbank waren zu vernehmen.

»Du willst mir jetzt nicht erzählen, dass ein Typ mit Horrormaske und Axt durch die Straßen zieht und Jagd auf uns macht?« Elyas' Spott klang etwas zurückhaltender als sonst.

»Das ist kein Witz! Wer einfach so ein Haus sprengt, dem ist noch viel mehr zuzutrauen. Ihr müsst für ein paar Tage in Schutzhaft, und tu mir bitte den Gefallen, das jetzt ausnahmsweise mal *nicht* stundenlang zu diskutieren.«

»Wir müssen … was?« Elyas wurde leiser.

»Jemand von der Polizei wird sich gleich bei euch melden und euch sagen, wie es weitergeht. Ihr fahrt dann direkt zum Treffpunkt, von da werdet ihr in Sicherheit gebracht.«

Es vergingen einige Sekunden, bevor ein bitterböses Lachen

durch das Handy klang. »Alter, das kannst du aber mal so was von vergessen! Am Samstag ist mein Konzert im Mauerpark. Denkst du echt, ich sage die Premiere von meinem neuen Album ab?«

Obwohl Jula ihren Halbbruder nicht sehen konnte, meinte sie genau zu wissen, welchen Blick er aufgesetzt hatte. »Wenn Hegel vermutet, dass ein rachsüchtiger Irrer Jagd auf die Menschen in seinem Umfeld macht, sollten wir ihm das glauben. Er ist nicht dafür bekannt, dass er sich besonders oft irrt. Elyas, es geht hier nicht darum, ein Konzert zu verschieben. Es geht darum, zu überleben!«

»Alter, ich überlebe die Scheiße, die dein Hegel uns einbrockt, andauernd! Das ist inzwischen so was wie ein Hobby von mir geworden!« Elyas schien noch immer kaum zu halten. »Mein Konzert kann ich nicht verschieben, der Termin ist perfekt! Es ist mein fünfzehnter Geburtstag, das Album heißt *Fifteen,* und ich habe schon über zwanzig Zusagen von Influencern, die auf ihren Kanälen live davon berichten wollen.«

Jula warf einen Blick zu Hegel hinüber, der ohne Regung dastand und eines seiner Gemälde betrachtete. »Elyas, was meinst du, wie viele Influencer erst kommen, wenn du das Konzert spielst, nachdem du an der Nummer mit dem gesprengten Haus beteiligt warst? Das ist gerade in sämtlichen Medien Topthema.«

»Du meinst, es kommt gut, wenn ich mich als Opfer darstelle?« Elyas war noch immer aufgebracht, wenn Jula auch meinte, dass er sich allmählich etwas zu beruhigen begann. »*BigEly* hat sich heulend bei den Bullen verkrochen, weil er Schiss hatte, sich mit einem Gangster anzulegen? Alter, du solltest echt niemals einen Rapper managen!«

»Es geht nicht anders! Der Termin am Samstag ist doch sowieso nicht optimal. Ich meine, du spielst zur selben Zeit im

Mauerpark, zu der die Stones im Olympiastadion sind. Die ziehen dir doch viel zu viele Zuschauer ab.« Jula sah auf die Uhr, die Beamten vom Opferschutz warteten vermutlich schon am geheimen Treffpunkt auf ihren Bruder, Friedrich und Mathilda.

»Genau!« Elyas lachte bitterböse auf. »Die Stones ziehen mir Publikum ab! Alte Männer, die Hunderte Euro dafür ausgeben, anderen alten Männern dabei zuzuhören, wie sie Lieder aus dem Mittelalter singen. Meine Fans wissen nicht mal, wer die Stones *sind!*«

Jula musste beinahe lächeln, als ihr bewusst wurde, dass Elyas' Argumentation die deutlich bessere war. Doch ihre Mundwinkel blieben unten, die Lage war schließlich alles andere als zur Erheiterung geeignet. Sie sah zu Hegel hinüber, der ihre Misere offenkundig bemerkt hatte. Er nickte Jula zu, trat an sie heran und streckte wortlos die Hand nach ihrem Handy aus. Sie aktivierte den Lautsprecher, sodass sie nun beide am Gespräch teilnehmen konnten, und reichte Hegel ihr Handy.

»Hallo, Elyas. Bitte tu mir den Gefallen und mach, was deine Schwester sagt.«

Gänsehaut überkam Jula, als sie Hegels Worte hörte. Es klang so, als würde er gerade auf irgendeiner Frequenz oder mit einer ganz besonderen Technik zu Elyas sprechen, die beim Zuhörer unbewusst Vertrauen erzeugte. Sie wusste zwar nicht, ob das überhaupt möglich war, doch zumindest wäre es ihm zuzutrauen gewesen.

»Der Mann, der heute nur deswegen ein Haus gesprengt hat, um mich zu provozieren, ist gefährlich. Sogar sehr gefährlich. Bevor wir ihn gefunden haben, ist niemand sicher, der auch nur entfernt ein Teil meines Lebens ist.«

»Ach so, ich bin jetzt also ein entfernter Teil Ihres Lebens?« Noch immer klang nichts Einvernehmliches in Elyas' Stimme mit.

»Das hier ist keine ergebnisoffene Debatte, Elyas!« Jula legte jetzt deutlich mehr Schärfe in ihre Stimme. »Dieser Typ will Hegel vermutlich zeigen, was er alles draufhat. Und er will Hegel beweisen, dass er das nicht verhindern kann. Das funktioniert aber nur, solange Hegel am Leben ist. Er wird also nicht ihn selbst angreifen wollen, zumindest vorerst nicht. Wenn dieser Typ also noch mehr vorhat als diese Haussprengung, dann kann es sehr gut sein, dass er Menschen angreift, die Hegel nahestehen. Und dazu gehören du und Friedrich eben auch. Das konnte er den Medien in den letzten Monaten sehr gut entnehmen.«

Zum ersten Mal seit Beginn des Telefonats blieb es still am anderen Ende der Verbindung. Es war Hegel, der das Schweigen brach. »Ich habe bereits veranlasst, dass mit dir und Friedrich auch Mathilda und ihre Großeltern an den sicheren Ort gebracht werden, bis diese Sache hier erledigt ist.« In Hegels Stimme lag neben einem hohen Maß an Entgegenkommen jetzt auch ein leises, kaum wahrnehmbares Bitten. »Du und dein Freund Friedrich könntet leider tatsächlich sein Ziel werden. Genauso wie Jula.« Er sah sie mit klarem Blick an.

»Und warum muss Jula dann nicht in den Knast?« Elyas klang etwas ruhiger.

»Wer sagt das? Deine Schwester wird auch in Schutzhaft genommen. Jeder weiß, dass ich mit ihr zusammenarbeite.«

»Und was ist mit Ihnen selbst?« Elyas wurde immer ruhiger. »Wenn der was von Ihnen will, dann hauen Sie doch einfach ab. Wie soll er ein Spiel spielen, wenn sein Gegner fehlt?«

»Das war auch mein erster Gedanke.« Achtung klang in Hegels Worten mit. »Aber ich habe darüber nachgedacht. Ich bin der Einzige aus unserer Runde, der die Stellung halten muss. Denn was auch immer mein alter Freund noch vorhat – er wird sich so oder so ganz sicher nicht mehr davon abbringen lassen.

Schon gar nicht, nachdem sein furioser Auftakt gerade das Gespräch des halben Landes ist. Wenn ich jetzt einfach von der Bildfläche verschwinde, könnte ihn das so sehr provozieren, dass er durchdreht. Er könnte versuchen, meine Anwesenheit mit extremer Gewalt erzwingen zu wollen. Das können wir nicht riskieren, nicht bei diesem Mann. Dem ist buchstäblich *alles* zuzutrauen!«

»Was haben Sie denn bitte mit diesem Typen gemacht, dass er so am Rad dreht?«

Hegel verzog keine Miene. »Wie es scheint, bin ich gut darin, mir Feinde zu machen.«

Jula meinte mit Händen greifen zu können, wie es in ihrem Bruder arbeitete. Schließlich sagte er: »Alter, dann schnappt euch den Typen aber bitte vor Samstag! Auf keinen Fall sage ich mein Konzert ab, vier Tage habt ihr ja noch!«

Hegel und Jula sahen einander an. Er nickte ihr knapp zu, mehr war nicht erforderlich.

»Wir hoffen, dass er lange vor Samstag geschnappt wird. Kommissar Holder und das LKA sind mit Hochdruck an der Sache dran. Aber das kannst du dir ja nach der Sprengung vorhin sicher vorstellen.«

Jula atmete tief durch und schloss kurz die Augen. Dann richtete auch sie wieder das Wort an Elyas. »Ich sage dir jetzt den Treffpunkt mit den Leuten vom Opferschutz. Du kennst den Ort, gib ihn also bitte nicht ins Navi oder sonst irgendein Gerät mit Internetverbindung ein. Ihr alle werdet da gleich abgeholt und in ein Safehouse gebracht. Und keine Sorge, das ist kein Gefängnis, sondern einfach nur ein Ort, an dem euch keiner finden kann.«

»Na geil.« Elyas klang nach wie vor wenig begeistert, wenn auch sein Widerstand gewichen schien. »Und wann kommst du in dieses verkackte Safehouse?«

»Ich komme nicht zu euch.« Jula schloss die Augen. »Ich werde in ein anderes Haus gebracht. Die teilen uns auf verschiedene Orte auf, das ist Teil des Sicherheitskonzepts.« Jula sah zu Hegel, und sie bemerkte, wie sich in dessen Blick etwas veränderte.

»Alter, soll das ein Witz sein?« Elyas lachte bitterböse auf. »Für wie sicher halten die ihre Schutzhäuser denn bitte selbst, wenn sie verschiedene von den Dingern haben, für den Fall, dass eins doch nicht so sicher ist, wie sie dachten?«

Jula streckte das Rückgrat durch. »Es reicht, Elyas! Ihr fahrt jetzt auf direktem Weg zum Treffpunkt. Und bau keinen Scheiß! Keiner kann wissen, was der Irre noch alles geplant hat. Jeder Ort, an dem einer von uns regelmäßig ist, wird gerade von Sprengstoffhunden abgesucht. Du bist nur an einem Ort sicher, an dem dich niemals jemand vermuten würde.«

Elyas lachte auf. »Alles klar, dann müssen die Bullen mich einfach nur in mein Klassenzimmer bringen!«

Zum ersten Mal seit Beginn des Gesprächs huschte ein Lächeln über Julas Lippen. »Okay, wir reden später, jetzt kommst du erst mal aus der Schusslinie.« Sie beendete das Telefonat.

Hegel blieb zunächst auffallend lange still. Schließlich trat er einen Schritt von Jula weg und sah sie an, als kenne er sie gar nicht. »Was sollte das denn gerade? Sie werden in dasselbe Safehouse gebracht wie Ihr Bruder. Und das wissen Sie auch ganz genau …«

»Ihnen ist doch wohl klar, warum ich meinem Bruder das erzählt habe.« Jula legte die rechte Hand auf Hegels Schulter. »Ich kann Elyas schließlich nicht sagen, dass er ins Safehouse muss, ich aber nicht. Da hätte er niemals mitgespielt.«

»Jula, ich bitte Sie …« Er sah sie voll Besorgnis im Blick an.

»Sie hatten doch wohl nicht im Ernst geglaubt, dass ich Sie in dieser Situation allein lasse?« Jula legte den Kopf leicht schräg.

»Schon gar nicht, wenn meine Freunde genauso bedroht sind wie Sie.«

Hegel winkte ab. »Sie lassen mich absolut nicht allein, das gesamte LKA steht hinter mir. Außerdem die Berliner Polizei und die Terrorbekämpfung.«

Jula zuckte mit den Schultern. »Ich weiß nicht, was Sie wollen. Wenn ich Sie richtig verstanden habe, bin ich doch wohl kaum irgendwo sicherer als in Ihrer Nähe. Solange er mit Ihnen spielen will, muss er Sie am Leben lassen.«

»Zunächst mal!« Hegel sah Jula eindringlich an. »Er wird mich natürlich auch persönlich angreifen. Aber erst dann, wenn er mit seinen Spielchen durch ist.«

Jula ging zu Hegels Schreibtisch hinüber und setzte sich auf dessen Kante. »Ich habe in der Vergangenheit sehr viel Zeit darauf verwendet, misstrauisch Ihnen gegenüber zu sein. Ihnen nur Böses zu unterstellen und Ihnen nicht über den Weg zu trauen. Und ich war wütend auf Sie, das können Sie mir glauben! Aber ich habe mittlerweile verstanden, dass Sie am Ende doch immer auf der Seite der Gerechten stehen. Ganz egal warum. Und gerade jetzt, wo Sie selbst jede Hilfe brauchen werden, verkrieche ich mich ganz sicher nicht in irgendeinem Safehouse.«

Hegel atmete tief durch. »Ich kenne Sie mittlerweile gut genug, um zu wissen, dass ich Sie sowieso nicht davon abhalten, kann. Oder?«

Jula zwinkerte ihm zu. »Danke, dass Sie das hier abkürzen!«

Hegel schien noch etwas erwidern zu wollen, doch der Hausapparat klingelte, den er üblicherweise nur zur Kommunikation mit den Mitarbeitern der Hotellobby oder des Reinigungsteams nutzte.

»Was wollen die denn jetzt?« Hegel trat an den Schreibtisch, aktivierte den Lautsprecher und nahm den Anruf entgegen.

»Bitte entschuldigen Sie die Störung, Professor Hegel.« Die Dame von der Rezeption klang angespannt und sprach mit einem leichten Zittern in der Stimme.

»Was ist denn los, Frau Mohr?«

»Hier wurde etwas für Sie abgegeben. Die Beamten von der Polizei wollten es erst mal überprüfen, bevor ich Ihnen Bescheid gebe. Es scheint nicht gefährlich zu sein. Aber …«

»Was denn?« Hegel blieb nach wie vor ruhig.

»Könnten Sie bitte runterkommen?« Sie atmete noch einmal tief durch. »Das sollten Sie sich selbst ansehen …«

KAPITEL 8

OSWALD HOLDER

Und, was haben Sie über diesen Vries herausgefunden?« Carl vom Stein hatte sich noch immer nicht gesetzt, obwohl er bereits vor fast einer halben Stunde bei Holder im Besprechungsraum des LKA Berlin eingetroffen war. »Hat sich Professor Hegels Verdacht erhärtet?«

Obwohl die Medien bereits kurz nach dem Einsturz des Gebäudes im Bachweg Reporter und Kamerateams zum Ort des Geschehens entsandt hatten und die Bevölkerung mit den wildesten Spekulationen verunsicherten, wirkte der Staatsanwalt vollkommen ruhig. Oswald Holder war davon nicht überrascht, er hatte Carl vom Stein, der in seiner Familie bereits in vierter Generation Staatsanwalt war, noch niemals anders erlebt.

»Es würde mich wundern, wenn sich Hegel irrt. Ich könnte mich nicht entsinnen, dass er das jemals getan hätte. Schon gar nicht, wenn seine Einschätzung von entscheidender Wichtigkeit war.« Oswald Holder lockerte den Knoten seiner Krawatte ein wenig.

Da die Ursache der Explosion zum gegenwärtigen Zeitpunkt offiziell noch vollkommen unklar war und die Rettungskräfte noch immer kein Todesopfer unter den Trümmern gefunden hatten, war Holders Abteilung zunächst nicht unmittelbar in die Ermittlungen involviert. Aufgrund der Angaben von Matthias Hegel und der Tatsache, dass er zum Zeitpunkt der Explosion bei ihm gewesen war, wurde der Kommissar trotzdem eng in die Untersuchung eingebunden.

»Also gut, ich fasse zusammen.« Carl vom Stein faltete seine Hände ineinander. »Professor Hegel hat eine Grußkarte mit einer unsinnigen Tonfolge darauf erhalten. Aus diesem Umstand hat er einen Hinweis auf den Bachweg interpretiert, in dem es kurz darauf zum Einsturz eines Hauses kam. Darüber hinaus berichtet der Zeuge Hegel von Tönen in einem ICE, die nur er hören konnte, obwohl sie über mutmaßlich zahlreiche Lautsprecher in einem voll besetzten Zugabteil abgespielt worden seien. Er verweist in diesem Zusammenhang auf ein phonetisches Phänomen, das er Ihnen in seinem Büro mit eigenen Requisiten präsentiert hat und das nach Ihren Angaben so funktionieren würde, wie Professor Hegel spekuliert.

Der Zeuge verdächtigt einen ehemaligen Kollegen namens Veith Vries, mit dem er nach eigenen Angaben zuletzt vor mehr als zehn Jahren Kontakt hatte. Im Ergebnis seiner Überlegungen sagt der Zeuge Hegel voraus, dass weitere Angriffe auf Gebäude oder Personen folgen werden, die in einem inhaltlichen Kontext mit der gemeinsamen Geschichte des Zeugen sowie dessen Verdächtigem Dr. Veith Vries stehen könnten.« Vom Stein schloss die Augen und führte einen Finger vor den Mund. »Sie werden Verständnis dafür haben, dass mich dieser Sachverhalt etwas verunsichert zurücklässt. Hat Professor Hegel seine verblüffenden Erkenntnisse mit irgendwelchen näheren Begründungen oder gar Beweisen unterfüttern können?«

Eine Zeit lang waren nur das Ticken der Uhr an der Wand sowie das leise Rauschen des Verkehrs unten auf der Straße zu hören.

Holder sah dem Staatsanwalt in die Augen und verzog die Mundwinkel zu einem Lächeln, wenn es auch kein freundliches war. »Wissen Sie, wie oft ich ganz genau solche Gedanken wegen Hegel hatte?« Er erhob sich und schob den Stuhl mit einem etwas zu lauten Knarzen unter den Tisch. »Hegel war in den vergangenen Wochen nachweislich durchgehend in einer Klinik in Quedlinburg. Davor lag er im Koma. Abgesehen davon konnte Hegel in seiner langen Karriere nun wirklich mit zahlreichen Fähigkeiten glänzen. Dass er allerdings jemals irgendetwas mit Sprengstoff zu tun gehabt hätte, wäre mir neu. Ich kann das aber gern noch einmal überprüfen lassen.« Obwohl die beiden allein im Raum waren, sprach Holder jetzt leiser. »Unter uns, ich kann Ihnen eine Sache versichern: Wenn mich die Jahre mit Hegel irgendetwas gelehrt haben, dann ist es, dass man niemals versuchen sollte, seine Gedanken zu verstehen. Und vor allen Dingen, dass man niemals den Fehler begehen sollte, seine Schlussfolgerungen als Unsinn abzutun. Wie abstrus sie auch immer klingen mögen.«

Vom Stein antwortete mit vielsagendem Schweigen und sah schließlich mit großer Geste auf seine Armbanduhr. Zweifellos hatte er nach den heutigen Ereignissen noch eine ganze Reihe weiterer Besprechungen vor sich. Abgesehen davon, dass natürlich auch die Medien in Aufruhr waren und Informationen zu dem anscheinenden Anschlag forderten. »Nun, wie es aussieht, macht Professor Hegel sich wohl keine Feinde, die es mit ihren Vergeltungsgelüsten beim Einwerfen einer Fensterscheibe belassen. Wurde dieser Veith Vries denn mittlerweile befragt?«

Holder schüttelte den Kopf. »An seiner gemeldeten Wohnanschrift war er nicht anzutreffen. Die Kollegen sagen, dass die Wohnung ihrem Zustand nach schon lange nicht mehr bewohnt ist, und die Nachbarn geben an, Vries lange nicht mehr gesehen zu haben. Er hat einige Jahre im Ausland gelebt und dort vermutlich Kontakte aufgebaut, über die er an Sprengstoff kommen konnte. Gut möglich, dass er untergetaucht ist. Er hat eine Ehefrau, von der er schon länger getrennt lebt. Sie konnte ebenfalls nicht an ihrer gemeldeten Adresse angetroffen werden, aber die Fahndung nach beiden läuft.«

Vom Stein nickte knapp. »Gibt es denn einen hinreichenden Tatverdacht gegen Dr. Vries, der über Hegels bloße Spekulation hinausgeht?«

Holder nickte, wenn es auch kein besonders überzeugtes Nicken war. Er sah vom Stein mit Ernsthaftigkeit in die Augen. »Vries hat sich in der Vergangenheit mehrfach offen hasserfüllt über Matthias Hegel geäußert. Während der Zeit von Hegels Mordprozess hat Vries auf Internetforen Kommentare gepostet, in denen er ihn wüst beschimpft und keinen Hehl daraus macht, dass er ihm nichts Gutes wünscht. Das hat er sogar unter seinem echten Namen gemacht! Seine Postings lesen sich teilweise wirr, in jedem Fall aber von großem Hass erfüllt. Einige mussten unsere IT-Experten wiederherstellen, Vries hat nämlich erst vor wenigen Wochen zahlreiche seiner Hasskommentare gegen Hegel gelöscht.«

»Liegt denn ein nachvollziehbarer Grund für die Feindschaft zwischen den beiden vor?«

»Hegel und Vries kennen sich schon sehr lange, sie haben gemeinsam studiert. Im Bachweg hatten sie sogar mal eine WG, das war aber nur für einige Monate. Die beiden waren laut Hegel Freunde, es kam dann allerdings zu einem Zerwürfnis, nach dem Vries nicht mehr gut auf Hegel zu sprechen war.«

»Ein Zerwürfnis?« Carl vom Stein sprach nach wie vor sehr ruhig, wenn seine Körperspannung auch etwas zunahm. »Wir ermitteln hier wegen eines terroristischen Sprengstoffanschlags, Herr Hauptkommissar. Hat Professor Hegel seinen konkreten Verdacht gegen Dr. Vries eventuell etwas konkreter begründet als mit *es gab ein Zerwürfnis?*«

Oswald Holder zog das Smartphone aus der Innentasche seines Sakkos und sah aufs Display. »Ich habe zwar noch keine Bestätigung aus dem Verteidigungsministerium, aber wenn es so war, wie Hegel mir erzählt hat, dann hatte sich Veith Vries damals darum beworben, für die Bundeswehr zu arbeiten.«

»Als Phonetiker?« Vom Stein sah erneut auf die Uhr, dieses Mal allerdings demonstrativ. »Wollte er da die Funkgeräte warten, oder was?«

Holder lachte auf, beherrschte sich aber sogleich wieder. »Entschuldigen Sie, so was Ähnliches habe ich Hegel auch gefragt. Es gibt tatsächlich wichtigere Aufgaben für Phonetiker beim Militär. Und deswegen wurde Hegel damals auch um eine Expertise gebeten.« Holder nahm einen kleinen Schluck von seinem mittlerweile nur noch lauwarmen Kaffee. »Hegel hat Veith Vries damals fachlich sehr gelobt. Trotzdem hat er sehr entschieden davon abgeraten, ihn in den Dienst der Bundeswehr zu stellen.«

Kurz blieb es still im Raum. Allein das Quietschen seiner Schuhsohlen war zu hören, als der Staatsanwalt sich Oswald Holder zuwandte. »Jetzt bin ich gespannt …«

Der Kommissar sah Carl vom Stein direkt in die Augen und senkte die Stimme. »Hegel hat versichert, dass Veith Vries zwar fachlich brillant sei, es ihm aber an der charakterlichen Eignung für eine solche Position fehle. Mit anderen Worten: Er hat klargestellt, dass Vries früher oder später versuchen könnte, die Möglichkeiten und Kenntnisse, die ihm eine Position beim Militär bringen würde, für Zwecke zu missbrauchen, die nicht der Sicherheit des Landes, sondern allein seinen persönlichen Zwecken dienen könnten.«

Vom Stein nickte knapp. »Nun gut, das scheint mir zwar ziemlich dünn zu sein, aber ich werde alle zuständigen Stellen antreiben, diesen Vries so schnell wie möglich zu finden. Zunächst einmal steht für mich nach wie vor eine sehr viel wichtigere Tatsache im Raum.«

Oswald Holder kannte den Staatsanwalt seit vielen Jahren. Er hatte ihn sowohl in beruflichen wie in privaten Gesprächen erlebt, zudem auch immer wieder bei dessen Auftritten vor Gericht. Er kannte sowohl den Blick als auch diesen ganz bestimmten Tonfall, den Carl vom Stein jetzt in seine Worte gelegt hatte. »Aber Hegel war doch …?«

»Das mag ja sein. Trotzdem hat er nach Ihrer eigenen Aussage Sekunden *vor* der Explosion davon gewusst, dass im Bachweg *etwas geschehen werde.*«

Holder hatte verstanden. Und auch wenn es ihm ganz und gar nicht gefiel, hatte auch er bereits darüber nachgedacht. »Das sieht natürlich erst mal nicht so gut aus, das muss ich zugeben. Wir haben aber mittlerweile weitere Erkenntnisse: Die junge Frau, die diese ominöse Karte im Adlon abgegeben hat, konnte ausfindig gemacht und befragt werden. Diese Grußkarten kann jeder Käufer zu Hause einfach selbst bespielen, üblicherweise mit Glückwünschen oder Grüßen. Dafür, dass sie persönlich übergeben wurde, hat ein Kunde die Mitarbeiterin des Schreibwarenladens bezahlt, in dem die Karte gekauft wurde. Das lief telefonisch, die Karte und das Geld wurden der Frau zugeschickt. Liegt denn die Auswertung der Kameras rund um den Bachweg schon vor? Und haben die Kollegen die Videos aus dem ICE und von den Bahnhöfen gesichtet?«

»Das läuft alles. Außerdem wird aktuell die Zusammensetzung des Sprengstoffs analysiert, damit wir erfahren, wo der herkam.«

Holder zog die Augenbrauen hoch. »Das ist gut.«

»Also dann.« Der Staatsanwalt streckte Holder die Hand entgegen. »Ich muss jetzt weiter, Sie können sich bestimmt vorstellen, was heute los ist. Wie sind Sie mit Professor Hegel verblieben?«

»Ich habe ihn für die Ermittlung offiziell als Berater hinzugezogen und ihm Polizeischutz ins Hotel geschickt. Niemand kommt unbemerkt zu seiner Suite, er wird dort als Sachverständiger für uns an dem Fall mitarbeiten. Und natürlich warten wir, ob er weitere ominöse Hinweise erhält. Hegel und ich stehen in engem Austausch.«

»Also gut, lassen Sie ihn rund um die Uhr bewachen. Und zwar nicht nur zu seinem Schutz! Dieser Mann ist verdammt schlau, er hat schon so einiges mit mir und meinen Kollegen abgezogen, bei dem wir nicht immer gut ausgesehen haben. Behalten Sie bitte immer im Auge, dass es nicht sehr viele Phonetiker gibt, die solche Spielchen, von denen Hegel berichtet, spielen können. Und falls Vries das heute nicht war … Wir verstehen uns?«

Holder schwieg einige Sekunden lang, bevor er schließlich knapp nickte und erwiderte: »Sein Sie unbesorgt, ich behalte ihn im Blick.«

KAPITEL 9

HEGEL

»Ich muss zugeben, so etwas bekomme sogar ich nicht mehr besonders oft zu sehen.« Matthias Hegel lächelte mit fast kindlicher Freude, und das, obwohl ihm durchaus bewusst war, dass die Umstände denkbar unpassend dafür waren.

»Die beiden jungen Männer, die es geliefert haben, sind auf dem Weg zur Vernehmung. Aber davon versprechen wir uns nicht besonders viel.« Kommissar Danlowski, der Mitarbeiter der Berliner Polizei, der für die Bewachung von Hegels Suite zuständig war, verzog keine Miene. »Die beiden sagen, man habe der Spedition das Zeug schon vor einigen Wochen übergeben. Mit der Bitte, es exakt heute um diese Uhrzeit hier abzuliefern. Es wurde bar bezahlt, und die Lieferanten sind nur Studenten, die sich was dazuverdienen. Aber natürlich läuft die Überprüfung noch.«

»Das können Sie sich im Grunde sparen.« Noch immer wendete Hegel seinen Blick nicht von dem Objekt, das man für ihn in einen separaten Raum gebracht hatte, wo es zunächst ergebnislos auf Sprengstoff und andere potenzielle Gefahren hin überprüft worden war. »Veith will ja, dass wir alle wissen, dass er das hier war. Und der Umstand, dass Sie ihn noch immer nicht gefunden haben, bestätigt meine Vermutung. Er hat das hier von sehr langer Hand geplant, und er hat akribisch an jedes Detail gedacht. Ich befürchte, Sie werden ihn nicht aufspüren, bevor er will, dass Sie es tun. Sehen wir den Tatsachen ins Auge: Der einzige realistische Weg, dieses Spiel zu beenden, ist, dass ich es spiele. Und ich darf Ihnen versichern, dass ich mich nicht besonders darüber freue. Obwohl …«

»*Obwohl* … was?« Danlowski hielt inne.

»Obwohl ich zugeben muss, dass ich Veiths Einfälle durchaus unterhaltsam finde.« Hegel zwinkerte dem Beamten zu und trat an das Objekt heran, das auf einem Tisch mit Rollen angeliefert worden war. Interessiert betrachtete er die Details, und immer wieder fing er an zu schmunzeln.

»So was habe ich mal bei meiner Oma gesehen, als ich ein Kind war.« Jula hatte die Hände in die Hüften gestützt und betrachtete die Lieferung mit ebenso viel Interesse wie Verwunderung im Blick.

»Das ist ein Röhrenfernseher aus der Mitte der Achtziger. So was findet man entweder auf dem Trödel oder bei Wohnungsauflösungen in ländlichen Regionen.« Hegel deutete auf den Kasten, der unter dem Fernseher stand. »Und das ist ein VHS-Videorekorder von Panasonic, etwa Anfang der Neunziger. Der TV-Tisch hat Rollen, so was gab es früher oft an Schulen.«

»Früher?« Jula schmunzelte. »Meine Schule hatte so was vor zehn Jahren noch.«

Hegel zwinkerte ihr zu und ging in die Hocke, um den Aufbau genauer zu betrachten. »Ich sehe auf den ersten Blick keine Modifikationen, beide Geräte scheinen im Originalzustand zu sein.«

»Das kann ich bestätigen, es wurde nichts daran manipuliert. Das haben wir sorgfältig gecheckt.« Der Beamte stand in der Nähe der Tür, die den Nebenraum von der Hotellobby abgrenzte.

Hegel vergewisserte sich, dass die Geräte bereits ans Stromnetz angeschlossen waren, bevor er die Auswurftaste des Videorekorders betätigte. Wie erwartet befand sich eine alte

VHS-Kassette in dem Gerät. »Haben Sie sich das schon angesehen?« Er sah zu dem Beamten hinüber.

»Mein Kollege hat es abgespielt. Es ist, nun ja, etwas seltsam.«

»Seltsam?« Jula verschränkte die Arme vor der Brust.

»Also, sagen wir es mal so: Es befindet sich nichts auf dieser Kassette, das unmittelbar einen Einsatz auslösen würde.«

»Also keine Drohungen oder Abbildungen von Straftaten?« Jula trat ebenfalls näher an das Gerät.

»Um ehrlich zu sein, weder ich noch meine Kollegen haben begriffen, was uns diese Aufnahme sagen soll.« Der Beamte verzog noch immer keine Miene, wenn Hegel auch am Schwanken in der Stimme erkennen konnte, dass er verunsichert war. »Wir gehen davon aus, dass es sich um eine Botschaft handelt, die nur Professor Hegel verstehen kann.«

»Da bin ich mir sicher.« Hegel sprach jetzt eher zu sich selbst. Er erhob sich aus der Hocke und sah Jula an. »Veith hatte immer einen Hang zu alten Technologien. Er hat es bewundert, mit welchen aus heutiger Sicht simplen Mitteln die Menschen damals Klang speichern und wiedergeben konnten. Und er hat sich mit alten Geräten sicherer gefühlt, weil er wusste, dass sich zum Beispiel mit einem Fernseher wie diesem hier und einem simplen VHS-Rekorder nicht besonders viel Unheil anrichten lässt.«

»Nichts für ungut.« Jula legte den Kopf schräg. »Aber Ihr alter Kollege scheint mir nach dem, was ich gestern erlebt habe, nicht so ein großer Freund davon zu sein, nicht viel Unheil anzurichten.«

»Ja, Veith gehört eindeutig zu den Menschen, die Macht vor allem dann für nützlich halten, wenn man sie missbrauchen kann. Er hat wochenlang geforscht, wie sich selbst die simpelste Technologie doch noch irgendwie für außergewöhnliche phonetische Zwecke nutzen lässt. Und es waren selten gute Zwecke, die er aufgespürt hat. Damals hat es drei bekannte Systeme für Videorekorder gegeben: VHS, Betamax und Video 2000. Das System mit der schlechtesten Bildqualität war VHS. Deswegen hat es sich auf dem Markt durchgesetzt.«

»Es hat sich durchgesetzt, weil es so schlecht war?«

»Damals war es üblich, dass man Filme von einem Rekorder auf den anderen überspielt hat. Solche Raubkopien waren natürlich nicht im Sinne der Verleiher oder Verkäufer der Filme. Bei einer Betamax-Kassette kamen relativ gute Kopien zustande, während eine VHS-Kopie eher unbrauchbar war.«

»Ich verstehe.« Julas Mundwinkel hoben sich leicht. »Die Industrie hat das schlechteste System gefördert, weil es dank seiner miesen Bildqualität einen indirekten Schutz vor Raubkopien geboten hat.«

»Und genau das passt zu Veith!« Hegel musste ein Lächeln unterdrücken. »Er war immer schon fasziniert davon, aus jedem Tonüberträger das Maximum an Nutzen für die Phonetik herauszuholen. Je größer die Herausforderung, umso eifriger war er. Das ist eigentlich eine gute Eigenschaft.«

»Aber?« Jula klang sehr konzentriert.

Hegel zuckte mit den Schultern. »Eine gute Eigenschaft kann in den Händen eines schlechten Menschen eine gefährliche Waffe sein.« Hegel griff nach einem Stuhl, setzte sich vor den Fernseher und legte die Videokassette wieder ein. Dann sah er zu dem Beamten hinüber. »Wie sieht es aus? Denken Sie, wir bekommen hier irgendwo Popcorn?«

KAPITEL 10

Hast du schon mal etwas von den *Heimlichen Herren* gehört?«

Die ältere Dame mit den dunklen Augen und dem etwas zu freundlichen Lächeln saß mit subtil unheimlichem Blick in ihren alten Polstersessel zurückgelehnt. Die Bildqualität war schlecht. Die Aufnahme war von Störungen durchsetzt, und immer wieder sprangen die etwas zu grellen Farben kurzzeitig in Schwarz-Weiß um. Auch der knarrige Ton, der die Frau ein wenig so klingen ließ, als spräche sie aus einer anderen Dimension zu ihren Zuhörern, war mit aktuellen Sound-Standards nicht zu vergleichen. In ihrem Hintergrund war nichts weiter als ein Kamin zu sehen, in dem einige Holzscheite lodernd brannten und der Szenerie gerade durch ihre vermeintlich behagliche Wirkung auf befremdliche Weise eine unheimliche Note verlieh.

»Das ist Adelheid Körschgen. Sie war eine große Leinwanddiva in den Fünfziger- und Sechzigerjahren.« Hegel wandte den Blick nicht von dem flackernden Bild auf dem alten Röhrenfernseher ab. »In den Siebzigern hat sie dann eher kleinere Rollen gespielt, die Zeiten der großen Diven waren vorbei. Von den späten Achtzigern bis in die frühen Neunziger hat sie dann noch im Regionalfernsehen Gruselgeschichten erzählt.«

»Aber dann kann sie mit dem Anschlag heute ja eigentlich nichts zu tun haben, oder?« Jula sah ebenfalls konzentriert auf den Monitor, wenn ihr auch zweifellos bewusst war, dass sie eventuelle phonetische Hinweise wohl eher nicht würde entdecken können.

»Nein, absolut nicht, die Dame scheidet als Mittäterin aus.« Hegels Stuhl knirschte leicht, als er sich vorbeugte. »Körschgen ist nämlich im August 2002 verstorben. Das war ein großer Verlust für die Schauspielkunst.«

Die Qualität der Aufzeichnung dieser alten VHS-Kassette war mehr als beklagenswert. Nicht nur das Bild, auch der Ton war in schlechtem Zustand. Dies lag zum einen an der rein technisch bedingt schlechten Übertragungsqualität. Hinzu kam, dass die Aufnahme mit ziemlicher Gewissheit mehrfach von einer VHS-Kassette auf die andere überspielt worden war. Hegel schloss die Augen, nahm einen tiefen Atemzug und sog dabei den Geruch des wohl erst vor Kurzem verlegten Teppichs ein. Im Vergleich zum luxuriösen Ambiente des Gästebereichs bot dieser Raum eine eher spartanische Atmosphäre. Doch Hegel befand sich schon gar nicht mehr in dem etwas muffigen Büroraum, sondern hatte sich vollkommen auf den Monitor und die Welt fixiert, die ihm dieser präsentierte. In rasender Geschwindigkeit rechnete er die Optionen durch. Die Möglichkeiten, die Veiths ausgefallenes Medium überhaupt bieten konnte, ihm eine verschlüsselte Botschaft zukommen zu lassen. *Es beschränkt sich auf das Offenkundige. Veiths Nachricht wird laut abgespielt, jeder im Raum kann sie hören. Die Frage ist nur, wie ich sie verstehen kann.* Der Polizeibeamte hatte die Arme vor der Brust gekreuzt und stand mit wachem Blick direkt neben der Tür zur Rezeption, den Rücken gegen die Wand gelehnt.

»Die *Heimlichen Herren* sind wahre Meister der Tarnung!« Körschgen bewegte sich nur wenig, stattdessen war es ihre theatralische Mimik, mit der sie die Dramatik in ihren Worten unterstrich. »Es ist gut möglich, dass einer von ihnen jetzt neben dir steht, genau in diesem Moment. Hast du dich gerade umgesehen? Da ist niemand, sagst du?« Sie lächelte milde. »Das bedeutet gar nichts, glaube es mir. Sie könnten im Halbkreis um dich herumstehen, einer von ihnen könnte nur wenige Zentimeter hinter dir sein. Jetzt, in diesem Augenblick!« Sie lächelte sanft, setzte eine dramatische Pause und lehnte sich wieder in ihren Sessel zurück. »Du glaubst mir nicht? Du kannst dir einfach nicht vorstellen, dass sie gerade mit ihren großen, schmalen Mündern darüber grinsen, wie du dir diese Geschichte anhörst und denkst, dass ich mir das alles nur ausdenke? Weißt du, die *Heimlichen Herren* haben ihren Namen ja nicht von ungefähr. Oder nimmst du etwa an, dass nur das da sein kann, was du auch siehst?« Sie lachte großmütterlich. »Aber dann wäre die Luft ja auch nicht da …«

Hegel griff sich ans Kinn. Er war ganz in diese Geschichte eingetaucht, wenn es ihm dabei auch nicht um die Spuklegende über die gruseligen Mitbewohner ging. Hegel analysierte das Video auf allen Ebenen. Das Bild, den Ton, die Worte und die Mimik der Frau – alles konnte ihm Informationen liefern.

»Es wäre auch gut möglich, dass einer der Herren jetzt gerade neben dir auf dem Sofa sitzt. Vielleicht liegt seine knochige Hand mit den langen, dürren Fingern und den messerscharfen Nägeln direkt neben deinem Knie. Wer weiß, vielleicht denkt er darüber nach, sie dir auf den Schoß zu legen. Spürst du denn etwas? Fühlt es sich warm an – oder vielleicht sogar kälter als zuvor?« Sie beugte sich zur Kamera vor und flüsterte beinahe. »Wenn ja, dann lass dir bloß nichts anmerken, sie dürfen unter keinen Umständen wissen, dass du von ihrer Anwesenheit weißt! Und selbst wenn du einen von ihnen bemerken solltest, sind noch viel mehr von ihnen bei dir. Überall, direkt um dich herum. Die *Heimlichen Herren* kommen nämlich niemals allein zu denen, die sie unvorsichtigerweise hereingelassen haben.« Körschgen verzog erschreckt das Gesicht. »Du hast dich doch nicht gerade nach ihnen umgesehen, oder? Das darfst du nicht! Wenn sie einmal in deiner Wohnung sind, wirst du sie ohnehin nicht wieder los. Sie weichen dann nicht mehr von deiner Seite. Sie stehen grinsend im Halbkreis vor dir, während du beim Abendessen vor dem Fernseher sitzt. Sie liegen flach vor dir auf dem Boden, wenn du aus der Dusche kommst. Oft sitzen sie neben dir, wenn du es dir mit einem Glas Wein und einem guten Film gemütlich machst.« Sie zwinkerte. »Du denkst, das kann nicht sein? Du bist ganz allein in deiner Wohnung? Nun, dann werde ich dir jetzt mal erzählen, wie die *Heimlichen Herren* zu dir ins Haus kommen …«

Hegel schloss die Augen. Allein schon, um sich von so wenigen Reizen wie möglich ablenken zu lassen. Welches Geheimnis auch immer in diesem alten Video versteckt lag – er würde es nicht sehen, sondern nur hören können. Die alte Dame sprach klar, ausdrucksvoll und mit der jeweils bestmöglichen Dramatik. *Sie hat diese Geschichte schon vor Jahrzehnten erzählt. Körschgens Worte dürften es also nicht sein, die mir Veiths Botschaft vermitteln sollen.*

»Bestimmt hast du schon mal ein Fenster geöffnet und danach achtlos das Zimmer verlassen. Oder hast du vielleicht deine Balkontür geöffnet und bist danach in die Küche gegangen? Das war nicht besonders klug von dir! Wenn du einen Zugang zu deiner Wohnung öffnest – und sei es auch nur ein Fensterspalt – und dann den Raum verlässt, könnte es gut sein, dass sie zu dir hereingekommen sind. Die *Heimlichen Herren* nutzen solche Gelegenheiten aus, und weißt du auch, warum? Weil der Moment, in dem sie, einer nach dem anderen, zu dir in die Wohnung schleichen, der einzige ist, in dem du sie sehen könntest. Die Herren können nämlich nur mit dem Gesicht nach vorn in dein Haus kommen, das liegt an ihren Beinen! Die *Heimlichen Herren* haben sehr, sehr dünne, äußerst biegsame Beine, wie Spinnen. Sie können sie so lang ausfahren, wie sie wollen, sogar durch ein Fenster im siebten Stock könnten sie damit steigen. Aber ganz gleich wie schmal der Spalt auch ist, durch den sie hereinkommen. Gleich wie hoch das Fenster liegt – wenn sie in dein Zuhause geschlichen kommen, müssen sie dir ihre Vorderseite zuwenden. Das Problem ist nur, dass du sie dann sehen würdest!«

Hegel öffnete kurz die Augen und sah vorsichtig zu Jula hinüber. Sie schien ganz in die Geschichte eingetaucht. Danlowski widmete dem Geschehen auf dem Monitor ohnehin wenig Beachtung. Er war in erster Linie damit beschäftigt, alle Eingänge und seine Schutzperson im Blick zu behalten.

»Möchtest du wissen, zu wem die *Heimlichen Herren* am liebsten in die Wohnung schleichen? Würdest du gern wissen, ob sie vielleicht auch an dir interessiert sind?« Sie überschlug in aller Ruhe die Beine. »Die Herren kommen nur zu Menschen, die allein leben. So ist es für sie einfach, unbemerkt zu bleiben. Weil sie eben nicht aus jeder Perspektive unsichtbar sind. Ob sie nun aber bereits in deiner Wohnung sind oder nicht? Es gibt ein paar Hinweise, an denen du es erkennen könntest.«

Das Knistern des Kamins wurde etwas lauter. Und von ganz weit hinten, so, dass es viele Zuschauer kaum bemerken würden, erklang eine unheimliche Melodie, die auf einem verstimmten Klavier gespielt wurde.

»Soll das eine Metapher sein?« Jula sah zu Hegel hinüber.

»Ich bitte um Ruhe.« Er klang nicht unfreundlich, doch die Bestimmtheit in seinen Worten verfehlte ihre Wirkung trotzdem nicht.

Es war jetzt wieder vollkommen still im Raum. Allein Adelheid Körschgens Stimme sowie das wohlige Knistern des Kaminfeuers waren zu hören.

»Ich werde dir helfen, aber du solltest dich vorher fragen, ob du es wirklich wissen willst. Ob du es aushalten würdest, dir bewusst zu sein, dass sie mit dir leben.« Die alte Dame sah mit dezent dramatischer Mimik in die Kamera und ließ einige Sekunden verstreichen. »Solange die *Heimlichen Herren* dir den Rücken zuwenden, kannst du sie nicht sehen. Natürlich sehen sie dich dann auch nicht, aber das ist unwichtig. Sie wollen nämlich gar nicht sehen, sondern hören …« Sie zelebrierte es, in aller Ruhe einen Schluck Wasser zu trinken. »Mit ein bisschen Glück kannst du sie ebenfalls hören. Dafür muss es ganz still sein, und du musst ganz genau darauf achten. Hörst du nachts, wenn du im Bett liegst, nicht auch manchmal ein leises Knacken auf dem Parkett im Flur? Knirscht es vielleicht manchmal auf den Stufen deiner Treppe, obwohl niemand außer dir in deiner Wohnung ist? Oder denkst du manchmal, Schritte aus der Wohnung über dir zu hören, obwohl du weißt, dass da gar keiner zu Hause ist?« Sie zwinkerte lausbübisch. »Dann sind die *Heimlichen Herren* vermutlich schon um dich. Immer in deiner Nähe, zum Greifen nah. Möchtest du vielleicht wissen, was sie von dir wollen?« Erst jetzt stellte sie das Wasserglas wieder ab, und das in aller Seelenruhe.

»Die Herren sind Kundschafter. Niemand weiß, was sie herausfinden wollen oder für wen. Aber wer immer sie in die Häuser der Menschen sendet, kann nichts Gutes mit ihnen vorhaben. Er lässt die *Heimlichen Herren* jedes deiner dunkelsten Geheimnisse erfahren. Deine Ängste und Schwächen. Die Herren sind begierig darauf, alles über dich zu erfahren, sie wollen dir tief in die Seele blicken. Sie wollen deine Träume und Hoffnungen erfahren. Und du allein bist es, der ihnen das alles verrät. Tagsüber stehen sie, dir den Rücken zugewandt, um dich im Kreis und hören dir zu, wenn du sprichst. Aber nicht wenn du mit jemandem redest. Das wäre zu gefährlich, man könnte einen von ihnen entdecken. Die Herren belauschen deine Selbstgespräche. Du sagst, du sprichst nicht mit dir selbst?«

Körschgen lachte milde. »Das tun wir alle, sobald wir uns allein fühlen. Ob wir es nun bemerken oder nicht. Und was auch immer du in deiner Wohnung zu dir selbst sagst. Die Herren sind ganz nah und grinsend um dich, damit sie aufmerksam lauschen können.«

»Was für eine Vorstellung.« Jula sprach leise, wie zu sich selbst. »Ich glaube, wenn jemand wüsste, was ich mir manchmal so selbst erzähle, würde er mich in die Psychiatrie einweisen lassen.«

Körschgen sprach unter dem sanften Knistern des Kaminfeuers weiter: »Aber die *Heimlichen Herren* belauschen dich nicht nur. Sie können auch deine Träume lesen.«

Während Hegel dem Video hoch konzentriert lauschte, nahm er nebenbei wahr, wie sich Julas Atem leicht beschleunigte.

»Sie stellen sich nachts im Kreis um dein Bett herum und warten, bis du eingeschlafen bist. Dann, wenn sie spüren, dass du zu träumen beginnst, drehen sie sich zu dir um. Wenn du wach wärst, könntest du jetzt in ihre scheußlichen Gesichter sehen. Sie neigen sich nämlich in einem unnatürlichen Winkel zu dir hinunter, mit diesem widerlich freundlichen Grinsen in den fahlen Gesichtern. Du solltest dann bloß nicht wach werden, denn du darfst die *Heimlichen Herren* niemals sehen. Wirklich niemals! Ihre weißen Gesichter mit den kleinen, schwarzen Augen und dem breiten Grinsen auf den riesigen Mündern sind nachts direkt über dich gebeugt. So lesen sie deine Träume und lernen dabei deine tiefsten Ängste kennen.« Körschgen lächelte gerade so viel, dass es die von ihr geschaffene Anspannung noch unterstrich. »Also, wenn du wach wirst, dann öffne niemals sofort die Augen. Sag zuerst laut in dein Schlafzimmer: *Ich bin wach!* Erst dann darfst du die Augen öffnen. Die *Heimlichen Herren* können sich sonst nämlich nicht schnell genug umdrehen, um wieder unsichtbar für dich zu sein. Glaube mir, du willst niemals nach dem Wachwerden in ihre grinsenden Fratzen sehen, wie sie über dich gebeugt an deinem Bett stehen. Wenn die *Heimlichen Herren* nämlich lächeln, breiten sich die Mundwinkel immer weiter und weiter aus. So lange, bis sie fast an ihren Ohren angekommen sind. Du kannst dann ihre Zähne sehen. Sie sind klein, spitz und gelb. Und ja, die *Herren* werden lächeln, wenn du sie erblickst. Aber ihr Lächeln ist kein Zeichen von Freundlichkeit. Sobald du direkt in ihre widerlich freundlichen Gesichter blickst, bist du verloren!« Adelheid Körschgen setzte eine dramatische Pause.

»Die *Heimlichen Herren* hören dir zu, wenn du sprichst, und sie lesen deine Träume, wenn du schläfst. Sind sie einmal in deiner Wohnung, gibt es keine Möglichkeit, sie wieder loszuwerden. Es sei denn …« Körschgen sah sich dramatisch um, bevor sie ganz leise hinzufügte: »Es sei denn, sie haben genug über dich erfahren, um sich dir schließlich von selbst zu zeigen.« Jetzt fuhr die Kamera ganz nah an das Gesicht der alten Dame heran. Mit Furcht einflößender Stimme hauchte sie: »Weißt du, es ist gar nicht wichtig, ob du die *Heimlichen Herren* kennst. Entscheidend ist: Die *Heimlichen Herren* kennen dich …«

Jetzt sah sie direkt in die Kamera, hob die Mundwinkel, und ihr Lächeln weitete sich zu einem Grinsen aus, das immer breiter und breiter wurde. So lange, bis Körschgens Mundwinkel ihre Ohren erreicht hatten. Dann brach die Aufnahme ab.

»Was zur Hölle ist das denn bitte für eine Geschichte?« Jula sah zu Hegel hinüber.

»Zumindest war ihr Grinsen am Schluss für die Neunziger ein ziemlich guter Spezialeffekt.« Hegel regte sich noch immer nicht.

»Und, wie sieht es aus, Professor?« Der Polizeibeamte trat an

Hegel heran. »Was für eine Botschaft hat Vries Ihnen dieses Mal gesendet?«

Hegel erhob sich und sah zwischen dem Beamten und Jula hin und her. Er ließ einige Sekunden verstreichen, bevor er sich langsam mit der Hand durchs Haar fuhr. »Es ist nicht ganz einfach, ich muss eine nähere Analyse vornehmen. Das kann eine Weile dauern, ich muss dabei ungestört sein. Lassen Sie die Geräte bitte in mein Büro bringen, ich lege eine Nachtschicht ein.«

Der Beamte sah Hegel skeptisch an. »Sie haben also noch nichts aus diesem Video herausgehört? Keine geheime Botschaft oder sonst irgendwas?«

Hegel schüttelte den Kopf, wenn auch nur ganz leicht. »Bisher weiß ich aus diesem Video mit Sicherheit nur eins.«

»Und das wäre?«

Hegel strich sich über die Jacke, atmete noch einmal tief durch und antwortete schließlich: »Bringen Sie Frau Ansorge weg aus Berlin. So weit wie möglich, und das sofort!«

KAPITEL 11

VEITH VRIES

Denkst du, er hat es schon herausgefunden?« Celina sah Vries mit Kälte in den Augen an, während er mit dem rechten Zeigefinger über die Glasplatte seines Schreibtischs strich, um die dezente Note von Oregano zu schmecken, die davon ausging.

»Spätestens nach der Geschichte von den *Heimlichen Herren* weiß er es.« Vries sprach sehr leise und langsam, und obwohl es geradezu in ihm brodelte, verspürte er doch keinerlei Unruhe.

»Wird er denn tun, was du ihm aufgetragen hast?«

»Matthias ist sehr klug. Er wird sich minutiös an meine Anweisungen halten, da bin ich mir sicher.« Vries atmete tief durch, fuhr sich mit der Hand durchs Haar und fügte hinzu: »Ist mit Indra alles vorbereitet?«

»Natürlich.« Celina verschränkte die Arme vor der Brust. »Es läuft alles genau nach deinem Plan.«

Mit einem seligen Lächeln schloss Vries die Augen. Er konnte selbst noch kaum glauben, dass er es wirklich getan hatte. Ja, natürlich, dieser Plan war schon seit sehr vielen Jahren in seinem Kopf. Wie viele Nächte hatte er wach gelegen und in seiner Vorstellung daran gefeilt? Wie viele Varianten seines Spiels war er durchgegangen, welche Komponenten hatte er ersonnen? Aber dass er es jetzt wirklich getan hatte, seine Fantasie zu Realität hatte werden lassen, erschien ihm noch immer irreal. Selbst jetzt noch, nachdem er sich die Bilder aus dem Bachweg Hunderte Male angesehen hatte.

»Als ich ein kleiner Junge war, wollte ich immer ein Superheld sein.« Er sprach eher zu sich selbst, doch Celina trat trotzdem etwas näher.

»Das wollen doch alle kleinen Jungs.« Sie setzte sich auf die Armlehne des Sessels, der Vries gegenüberstand. »Interessant ist dabei immer nur, was für Fähigkeiten der Held haben soll. Was war deine Superkraft?«

Zum ersten Mal, seit er Celina kannte, rochen ihre Worte nach Lakritz, und selbst wenn es nur kurz war, genoss Vries diesen flüchtigen Moment in vollen Zügen. Er hatte diesen Duft schon immer geliebt. Einerseits war er düster und medizinisch, andererseits verhieß er auch Freude und Gemeinschaft. Seine Tante Anni hatte immer Lakritz im Schrank gehabt. Die meisten Kinder mochten das harte, schwarze Zeug nicht, doch Tante Annis Lakritz war auch nicht für den kleinen Veith gedacht gewesen. Sie liebte es, abends vor dem Fernseher davon zu naschen, während sie gemeinsam mit Veith *Dalli Dalli* oder *Die Montagsmaler* guckte. *Lakritz ist eine Süßigkeit für Erwachsene,* hatte sie immer gesagt. Natürlich durfte auch der kleine Veith davon essen, doch der Geschmack war nicht annähernd so schön für ihn gewesen wie der Duft. Jetzt, als er Celinas Worte roch, waren die Bilder wieder vor seinem geistigen Auge.

Er war seit dem siebten Lebensjahr bei seiner Tante Anni aufgewachsen, nachdem seine Eltern bei einem Hausbrand ums Leben gekommen waren. Im Bericht hieß es später, dass die beiden bei einem gemütlichen Abend Kerzen angezündet hatten, die letztlich zu dem tödlichen Feuer geführt hatten. *Meine Eltern waren sogar zu blöd, um es sich gemütlich zu machen.* Sie hatten den kleinen Veith damals bei seiner Tante Anni übernachten lassen, um ungestört zu sein. Er hatte nur von seinem Bett aus mitbekommen, dass es an der Haustür geläutet hatte. *Ein Klingeln in der Nacht bedeutet selten etwas Gutes,* hatte sein Vater immer gesagt. Seltsamerweise war es damals wirklich das Geräusch der Türglocke gewesen, das dem Jungen angekündigt hatte, dass seine Welt sich verändern würde. Bis zu dieser Nacht hatte Annis Türglocke immer nur nach Salbei gerochen. Nachdem er damals im Schlafanzug leise die Treppe nach unten geschlichen war und belauscht hatte, wie der Polizist vom Tod seiner Eltern berichtete, war das jedoch vorbei gewesen. Tante Annis Türglocke hatte plötzlich den Geruch von Fäulnis angenommen, und ihre Farbe war von Türkis zu Schwarz gewechselt.

Was nach dem Tod seiner Eltern folgte, war zweifellos nicht die schönste Kindheit gewesen. Bei seiner Tante konnte Veith noch zwei Jahre lang bleiben, bevor der Krebs sie dahinraffte. Es folgten Heime, immer wieder neue, ab und zu Pflegefamilien, wenn auch nie lange, und irgendwann war er schließlich alt genug gewesen, um sich eine eigene Wohnung zu suchen. Vries spürte ein wohliges Kribbeln im Bauch, als er zu Celina sah.

»Der Superheld, der ich in meiner Fantasie war, konnte Materie verwandeln. Er konnte das Aussehen der Dinge an ihren Geruch anpassen und die Welt dadurch in Ordnung bringen.«

Sie sah ihn mit skeptischem Blick an, bevor sie laut auflachte. »Sorry, aber das ist vermutlich die bescheuertste Superkraft, die sich jemals ein Kind ausgedacht hat.«

Und mit einem Schlag war es alles wieder da: dieses wallende Gefühl, der Gestank, die ganze unselige Kakofonie von unerträglichen Sinneswahrnehmungen. So wie damals, wenn die anderen Kinder im Heim plötzlich aufgehört hatten zu sprechen, weil er in den Raum gekommen war. Wenn sie hinter seinem Rücken getuschelt hatten, weil sie dachten, er könne es nicht hören. Weil sie es selbst nicht hätten hören können und unfähig waren, über ihren eigenen Horizont hinaus zu denken. Veith hatte die Ohren der anderen nie so richtig verstanden. Sie waren für ihn am ehesten vergleichbar mit trockenem Knäckebrot. Ausreichend, um sich ein Lied anzuhören, über Banalitäten zu plaudern oder es mitzubekommen, wenn ein Auto von hinten auf einen zufährt. Sein Gehör war hingegen eine Foie gras mit Abrieb vom weißen Trüffel zu einem Château Margaux aus dem Jahrgang 1982. Rückblickend konnte Vries den anderen Kindern wenigstens zugutehalten, dass sie dumm und sozial unerfahren waren. *Was Kinder nicht verstehen, das grenzen sie aus. Aber sie tun es immerhin offen, man weiß, woran man bei ihnen ist.* Eine Rechtfertigung, die er für die Menschen, die ihm später im Leben begegneten, nicht mehr gelten lassen wollte. Seit der Zeit, als er sein Studium begonnen hatte.

Was Vries wahrnahm, wie er die Welt erlebte, wie sie roch, schmeckte, sich anfühlte und, vor allem, wie sie klang, war den anderen nicht zugänglich gewesen. Manchmal hatte ihn jemand gefragt, wie das, was er konnte, überhaupt möglich war. Vries hatte darauf nur eine Antwort geben können: *Ich verstehe nicht, warum du das nicht kannst.*

»Der Superheld, der ich sein wollte, wurde immer für bescheuert gehalten. Aber irgendwann hat er dann herausgefunden, dass er seine einzigartige Gabe deswegen hat, um die anderen zu schützen. Vor sich selbst, vor ihrer Taubheit, ihrer Ignoranz und ihrer Angst vor dem, was sie nicht verstehen können. Im Grunde ist er wie die Sonne. Sie brennt millionenfach heißer als die meisten anderen Himmelskörper. Würde man ihr zu nahe kommen, würde man an ihrer Kraft sterben. Man schützt sich vor ihr, weil sie einem die Haut verbrennen oder einem die Sicht nehmen kann. Man kauft sich einen Ventilator oder sogar eine Klimaanlage, weil man sich von ihrer

Stärke und Macht belästigt fühlt. Aber trotzdem ist die Sonne da. Und sie ändert nichts an ihrer Kraft, nur weil die Menschen sie nicht verstehen können. Sie steht am Himmel, weit weg von allen anderen, und brennt so heiß, dass alle Menschen, Tiere und Pflanzen auf der Erde leben können.«

Etwas in Celinas Blick veränderte sich. Die leichte Note von Überheblichkeit und Missachtung wich einem Ausdruck, den Vries schon oft erlebt hatte. Immer dann, wenn sein Gegenüber plötzlich in Betracht zu ziehen begann, dass es möglicherweise er selbst sein könnte, über den man eigentlich hinter seinem Rücken tuscheln müsste. *Die weiß nicht mal, wie Wind schmeckt, ist die dumm, oder was? Dem kannst du eine hochfrequente Tonfolge vorspielen, und der Trottel merkt nicht mal, dass da überhaupt was zu hören ist. Komm bloß nicht auf den Einfall, die zu deiner Geburtstagsfeier einzuladen, dann komme ich nicht. Und die anderen sicher auch nicht.*

»Es tut mir leid.« Sie sprach jetzt leiser, und ihre Stimme klang brüchig. »Ich weiß ja selbst, wie es ist, mit etwas leben zu müssen, das jede einzelne Minute an einem nagt. Und das niemals damit aufhören kann, weil alles bereits geschehen ist. Nicht mehr zu ändern, ganz egal was auch immer man tut.«

Jetzt stand eine Stille im Raum, die wie blaue und grüne Zirkel aussah und nach goldenem Moos schmeckte. Veith Vries erhob sich, wandte Celina den Rücken zu und machte ein paar Schritte durch den Raum. Das fensterlose Souterrain war gerade so weit erhellt, dass das Licht es auf paradoxe Weise dunkler zu machen schien und nach Amber riechen ließ. Doch er nahm daran keinen Anstoß. Die Dinge rochen und schmeckten nun mal schon immer so, wie sie es wollten. Ohne erkennbaren Sinn oder schlüssiges System. Der Superheld, der er gern gewesen wäre, hatte versagt. *Zumindest in diesem Punkt. Wie schade, dass die Welt noch immer so sein wird, wenn das hier vorbei ist.*

Doch wie auch immer dieser Raum, der ihm ein so gutes Versteck bot, nun roch, schmeckte oder sich anfühlte, es war nicht von Bedeutung. Seine Festung war sicher, und allein das zählte. Niemand würde ihn hier finden. Vries lächelte zufrieden, bevor er sich wieder Celina zuwandte.

»Ruh dich jetzt ein bisschen aus. Morgen wird ein anstrengender Tag.«

KAPITEL 12

MITTWOCH
JULA

»Warum meldet er sich denn nicht? Ich kann mir nicht vorstellen, dass er das Rätsel immer noch nicht gelöst hat.« Jula schob den Rosenkohl auf ihrem Teller mithilfe der Gabel von einer Seite zur anderen.

»Die Kollegen haben während der Nacht mehrmals in seinem Büro nachgesehen. Er hat die ganze Zeit diese Gruselgeschichte analysiert. Aber ein Ergebnis gemeldet hat er bisher noch nicht.« Holder gähnte, auch seine Nacht war lang gewesen.

»Ich verstehe das nicht.« Jula schloss die Augen, um ihre Gedanken ordnen zu können. »Hegel konnte gleich beim ersten Mal aus dieser Geschichte heraushören, dass ich in akuter Gefahr bin und sofort in Sicherheit gebracht werden muss. Wie hat er das gemacht? Ich meine, Hegel führt doch sonst auch so gern detailliert aus, wie er seine Rätsel löst. Und wenn er so schnell herausgefunden hat, was dieser Vries ihm zu mir mitteilen wollte, warum scheitert er dann die ganze Nacht lang am Rest der Nachricht? Ich meine, Vries wird ja den ganzen Aufwand mit diesen alten Geräten nicht nur betrieben haben, um Hegel zu sagen, dass er die kleine Jula wegschicken soll.«

Holder nickte verständnisvoll und wischte sich seelenruhig den Mund mit seiner Papierserviette ab. »Ich habe schon vor sehr langer Zeit aufgehört, mich solche Sachen bei Hegel zu fragen. Ich habe akzeptiert, dass er mit seinen Analysen praktisch immer richtigliegt. Einzig und allein deswegen sind wir beide jetzt hier.« Holder nickte Jula verbindlich zu. »Danke, dass Sie sich nicht dagegen gewehrt haben.«

Jula musste sich beherrschen, nicht wie ein kleines Mädchen mit den Augen zu rollen. Was hätte sie schließlich tun sollen? Natürlich, ohne den Nachweis einer konkreten Bedrohung bestand objektiv keine Handhabe, Jula mit Polizeischutz aus der Stadt zu entfernen und sie unter falschem Namen in einem Gasthaus irgendwo im Nirgendwo des Brandenburger Umlands zu verstecken. Und sosehr sie das gutbürgerliche Essen, die Ruhe und die nach reiner Natur duftende Luft hier draußen auch schätzte, so große Sorgen machte sie sich doch auch um Hegel und die Lage in Berlin.

»Ich bin mir fast sicher, dass er uns irgendwas verschweigt. Ich meine, das passt einfach nicht zu ihm.« Jula fuhr sich mit beiden Händen durchs Gesicht und atmete tief durch. »Es ist schon Mittag, er hat dieses blöde Gruselvideo seit Stunden in seinem Tonlabor. Aber er hat immer noch kein Ergebnis gemeldet. Haben Sie es schon mal erlebt, dass Hegel so lange braucht, um eine phonetisch codierte Botschaft zu entschlüsseln?«

Kommissar Holder antwortete nicht, er beließ es beim Hochziehen der Augenbrauen. Jetzt war es für einen Moment ganz still hier draußen auf dem Land. Das Geräusch des sanft wehenden Windes und das Zwitschern der Vögel waren klar zu vernehmen. Hinzu kam der Duft von frisch gemähtem Gras, der von den Wiesen her über die beiden hinwegzog. Doch jetzt, in dieser ebenso ungewissen wie angespannten Situation, konnte Jula die Schönheit der Natur nicht genießen. Noch immer steckte es ihr in den Knochen, wie hektisch das tags zuvor abgelaufen war. Eilig hatte Jula ihre Nachbarin angerufen, dass sie bitte den ihr zur Sicherheit überlassenen Ersatzschlüssel für ihre Wohnung nutzen und sich um ihren Kater Wallraff kümmern möge. Dann hatte sie sich telefonisch vergewissert, dass ihr Vater Benno Ansorge noch immer auf seinem monatelangen *Selbstfindungstrip* durch Thailand war. *Auf dem er sicher so einiges zu finden versucht, aber ganz sicher nicht sich selbst.* Dass Elyas und Friedrich in Sicherheit waren, wusste sie bereits, dennoch hatte sie sich auch diesbezüglich noch einmal versichern lassen. Dann hatte sie auch schon die unbedingt notwendigen Sachen gepackt und war in ein gepanzertes Auto gestiegen, mit dem man sie schließlich hierhergebracht hatte. Jula musste lächeln, als ihr bewusst wurde, dass sie selbst nicht hätte sagen können, wo genau sie sich gerade befand.

»Wissen Sie, worüber ich die ganze Zeit nachdenke?« Sie sah Holder mit regloser Miene an.

»Vermutlich über dasselbe wie ich.« Sein Blick schien Jula versichern zu wollen, dass er nicht weniger ratlos war als sie. »Wenn dieser Veith Vries gleich bei seiner ersten Runde ein Haus gesprengt hat, was wird er dann wohl beim zweiten Mal tun?«

»Und warum ist noch immer nichts passiert, obwohl Hegel dieses Video schon gestern bekommen hat?« Jula stützte sich mit den Ellenbogen auf die Tischplatte und sah Holder konspirativ in die Augen. »Sehen wir es doch mal kritisch: Anscheinend analysiert Hegel dieses blöde Video schon die ganze Nacht lang, in aller Seelenruhe. Und das nach dem, was gestern im Bachweg passiert ist?«

»Sie meinen, er sollte eigentlich allmählich in Hektik geraten?« Holder sprach mit Nachdenklichkeit in der Stimme.

»Zumindest sollte er von sich hören lassen. Das tut er aber nicht.«

»Also gut.« Holder flüsterte, obwohl sie allein auf der Terrasse des Hotelrestaurants waren. »Was wollen Sie mir sagen?«

Jula schloss die Augen und holte tief Luft. »Ich kenne Hegel viel zu lange, um zu glauben, dass er einfach nicht versteht, was für eine Nachricht sich in diesem blöden Gruselvideo versteckt.« Sie ließ den Satz zunächst stehen, lehnte sich langsam zurück und verschränkte die Arme vor der Brust. »Und noch etwas anderes lässt mir keine Ruhe …«

Holder schien nachzudenken. Es dauerte einige Sekunden, bis seine Augen schließlich aufzuleuchten schienen. »Sie haben recht! Alle Menschen, die Hegel etwas bedeuten, waren seit gestern in Sicherheit. Außer Ihnen. Und dann kommt dieses absurde Video, und er weiß sofort, dass Sie dringend aus der Schusslinie gebracht werden müssen. Und das, obwohl er den Rest der Nachricht angeblich nicht entschlüsseln konnte …«

Jula nickte entschlossen. »Ich weiß nicht, warum. Aber seit ich Hegel kenne, versucht er, mich zu beschützen. Und nein, es passt absolut nicht zu ihm, verborgene Hinweise nicht zu begreifen und sich dann auch noch seelenruhig Zeit damit zu lassen, einen vermutlich unmittelbar bevorstehenden Anschlag zu verhindern.« Es hielt Jula nicht mehr auf ihrem wenig bequemen Plastikstuhl aus den Neunzigerjahren. Sie stand auf, verschränkte die Arme hinter dem Rücken und begann, neben Holder auf und ab zu laufen.

»Also gut, Frau Ansorge.« Holder wirkte zumindest nach außen gelassen. »Was denken Sie?«

Jula hatte fast die ganze Nacht lang wach gelegen. Wieder und wieder war sie in Gedanken diese Geschichte von den *Heimlichen Herren* durchgegangen. Unheimliche Männer mit Spinnenbeinen, die bis zu den Ohren grinsen und rund um die Uhr lauschend um einen herumstehen, ohne dass man ihre Anwesenheit bemerkt. Als ihr schließlich doch noch die Augen zugefallen waren, hatte Jula sich zwangsläufig vorstellen müssen, wie die *Heimlichen Herren* sich jetzt zu ihr umgewandt hatten und nun mit breitem Grinsen über sie gebeugt in ihre Gedanken blickten. *Warum diese Geschichte? Was ist die Symbolik dahinter? Totale Überwachung? Das Böse ist dir jederzeit ganz nah, auch wenn du es nicht siehst? Du selbst bist es, der das Böse in sein Leben lässt?* Das ergab alles keinen schlüssigen Sinn, und außerdem wäre es viel zu kompliziert gewesen. Dieser Vries wollte ganz sicher nicht, dass Hegel an der Entschlüsselung seiner Botschaften scheiterte. *Er will, dass er die Nachrichten versteht, trotzdem aber nichts mehr tun kann. Diese Gruselgeschichte hat vermutlich überhaupt nichts mit dem eigentlichen Rätsel zu tun!*

»Wie bescheuert kann man denn eigentlich sein?« Jula fasste sich mit den Händen an den Kopf und stampfte mit dem Fuß auf dem Boden auf. »Das Medium ist die Botschaft!«

Jetzt fühlte sich die Umgebung für Jula schlagartig verändert an. Die Vögel schienen mit dem Singen aufgehört zu haben, der Wind schwächer zu wehen und der Duft der Natur gewichen zu sein. Auch Oswald Holder schien plötzlich langsamer zu atmen. Zumindest meinte Jula spüren zu können, wie eine besondere Form von Ruhe in seinen Körper geflossen war.

»Erklären Sie mir, was Sie meinen.« Der Kommissar klang, als spüre er, dass Jula auf etwas Entscheidendes gestoßen war.

Sie griff sich an die Stirn. »Hegel hat garantiert schon in dem Moment gewusst, was los ist, als er diese Geräte gesehen hat: ein Röhrenfernseher aus der Steinzeit und eine lächerliche VHS-Kassette aus dem Nachlass von Adam und Eva! Beides mit erbärmlichem Bild und vor allem in jämmerlicher Tonqualität. Warum sollte ein großer Phonetiker einem anderen ausgerechnet solche veralteten Geräte schicken, wenn er ihm eine phonetisch clever verborgene Nachricht übermitteln will?«

Holder schloss die Augen, senkte den Kopf und atmete tief aus. »Sie haben recht! Hegel hat seine Informationen nicht aus dieser Gruselgeschichte gezogen, sondern allein schon aus der Tatsache, dass sein Gegenspieler ihm ausgerechnet derart veraltete Technik geschickt hat.«

»Haben Sie die Kopie des Videos auf Ihrem Handy?«

Holder nickte. »Ja, das habe ich mir gestern noch schicken lassen.« Er zog sein Mobiltelefon hervor und öffnete die digitalisierte Kopie des Films, den Jula und Hegel am Vorabend gemeinsam gesehen hatten.

Und während Jula am Tag zuvor noch aufmerksam Adelheid Körschgens unheimlicher Schauergeschichte gelauscht hatte, richtete sie ihre Aufmerksamkeit dieses Mal weg von dem, was so offenkundig wirkte, dass ihr dies bereits gestern hätte verdächtig vorkommen müssen. Dieses Mal achtete Jula auf alles in diesem Video, das eben gerade nichts mit der Geschichte von den *Heimlichen Herren* zu tun hatte. *Verdammt,* durchfuhr es Jula jetzt. Deswegen hatte Vries also ausgerechnet dieses Video gewählt. Weil es in ihm nur zwei Geräuschquellen gab. Adelheid Körschgen und …

»Warum komme ich da jetzt erst drauf?« Jula stampfte mit dem Fuß auf.

Holder erhob sich bedächtig von seinem Stuhl, sah sich um und kam Jula schließlich so nah, dass sie flüstern konnten. Ob es nun erforderlich war oder nicht. »Erzählen Sie, was ist Ihre Vermutung?«

Jula schüttelte noch immer ungläubig den Kopf. »Hegel wusste von der ersten Minute an, dass die Botschaft bei so alter Technik nicht aufwendig versteckt sein konnte. Weil die Geräte aus dieser Zeit das mit ihren Soundsystemen gar nicht hätten wiedergeben können. Es musste also in jedem Fall etwas sehr Einfaches sein. Etwas, das Hegel ohne Probleme sofort verstehen würde. Aber eben auch nur er!«

Nicht dass die Vögel in den Bäumen damit aufgehört hätten, zu zwitschern. Es kam Jula jetzt nur so vor, weil sie keinerlei Aufmerksamkeit mehr für ihre Umgebung übrig hatte. Alles, was sie spürte, war das unheimliche Gefühl, dass schon sehr bald etwas wahrhaft Unheilvolles geschehen würde. Etwas, das so unheilvoll war, dass es sogar Hegel dazu bewogen hatte, an ihnen allen vorbei und trotz der Eindrücke des Vortags einen Alleingang zu riskieren. Ein vertrautes Surren riss Jula schließlich aus ihren Gedankenkreisen. Unwillkürlich griff sie an ihre rechte Tasche, in der ihr Smartphone steckte. Sogleich fiel ihr aber wieder ein, dass sie ihr Telefon für die Dauer der Unterbringung in diesem Versteck in Brandenburg hatte ausschalten müssen. Es war Holders Handy, auf dem ein Anruf einging.

»Was ist denn los?« Er sprach knapp und sachlich. »Das ist doch wohl nicht euer Ernst? Leute, ihr hattet genau EINE Aufgabe!«

Noch nie zuvor hatte Jula Kommissar Holder so aus der Fassung gebracht erlebt. *Los schon, lass dich nicht ablenken. Denk nach! Was war auf diesem Video zu hören? Klar, die Gruselgeschichte, aber die wurde ja schon vor Jahrzehnten aufgezeichnet. Und sonst? Na ja, da war nur noch … das Knistern des Kamins!* Oswald Holder beendete sein Telefonat grußlos und legte sein Handy achtlos auf dem Tisch ab. Er atmete zweimal tief durch, fokussierte sich wieder und sagte, jetzt wieder so ruhig, wie Jula es von ihm gewöhnt war: »Ich habe gerade die Information bekommen, dass Hegel seine Schutzpersonen ausgetrickst hat. Er hat sich heimlich aus dem Adlon geschlichen. Niemand weiß genau, wann.«

Julas und Holders Blicke trafen einander. Mehr Kommunikation bedurfte es nicht, um sich darüber einig zu werden, wie ernst die Lage sein musste, wenn Hegel sich so verhielt.

»Ich glaube, ich kann bei der Lösung des Rätsels helfen.«

Jula atmete schwer und hatte die Hände zu Fäusten geballt. »Die einzige akustische Information, die man außer der Stimme der Frau noch auf diesem Video hören kann, ist das Knistern des Holzes im Kamin.« Sie sah Holder so tief in die Augen, dass sie fast meinte, für diesen flüchtigen Moment eins mit ihm zu sein. »Ich glaube, ich weiß jetzt, wie wir Hegel finden können.«

KAPITEL 13

HEGEL

Das sanfte Klirren der Kaffeetassen und die Geräusche, die das Mahlwerk der Siebträgermaschine vom Tresen her verursachte, ließen Hegel sich mit einem Mal so fühlen, als wäre er wieder ein Student. *Jung, voller Ziele, gequält von Ungewissheit, getrieben von Hoffnung.* Unzählige Male hatte er damals in diesem Café mit seinen Kommilitonen zusammengesessen und in kleiner Runde über die Inhalte der Vorlesungen diskutiert, die sie zuvor gemeinsam gehört hatten. Nun gut, da war es hier bei Weitem noch nicht so modern und edel ausgestattet gewesen. Dafür hatte das damals bestenfalls zweckmäßig eingerichtete Café seinerzeit deutlich mehr Charme versprüht als heute. *Kaum zu glauben, wie lange das schon her ist. Und trotzdem fühlt es sich so an, als wäre es gerade mal vor ein paar Jahren gewesen.* Hegel sah in die Ecke, hinten an der Ziegelwand. Dort hatten sie zusammengesessen, geredet und sich dabei nicht selten eine Stunde oder länger an einer Tasse Kaffee festgehalten. Die Kommilitonen hatten Hegel gern damit aufgezogen, dass er mit Medizin, Psychologie und Phonetik gleich drei äußerst anspruchsvolle Fächer studiere – und das, obwohl es doch genüge, später nur in einem anspruchsvollen Beruf mittelmäßig zu sein. Doch letztlich waren sie allem Wettbewerbseifer zum Trotz eine eingeschworene Gemeinschaft von Gleichgesinnten gewesen. Ganz besonders die Studenten der Phonetik, deren Schicksal es gewesen zu sein schien, mindestens einmal am Tag irgendjemandem erklären zu müssen, *was man damit eigentlich macht* oder *ob man da später dann Lautsprecher baut.*

»Respekt, Matthias! Du bist immer noch so pünktlich wie ein Schweizer Uhrwerk, ganz der Alte.« Veith Vries saß mit lässig übereinandergeschlagenen Beinen an einem Tisch im Fensterbereich des gut besuchten Cafés in Berlin-Steglitz.

Hegel sah zu ihm hinüber, und mit einem Mal fühlte es sich so an, als habe es die Jahre, die seit damals vergangen waren, gar nicht gegeben.

»Du hast dir mit deiner Einladung so viel Mühe gegeben. Da wäre es ja nun wirklich unhöflich gewesen, sich zu verspäten.«

Vries lächelte und zwinkerte Hegel zu. »Ich hoffe, die Gutenachtgeschichte hat dich nicht zu sehr gegruselt.«

Hegel winkte ab. »Die *Heimlichen Herren* sind schon ganz nett. Die klassische Urangst, ohne es zu wissen in seiner Wohnung nicht allein zu sein. Der schmerzhafte Gedanke, dass jemand hört, was man mit sich selbst redet, wenn man sich allein fühlt. Aber ich fand damals die *Geschichte von dem traurigen Mädchen, das auf deinem Schlafzimmerschrank wohnt* unheimlicher. Die Vorstellung, wie sie zu einem hinuntersieht, wenn man das Licht ausmacht.«

»Du hast meine Botschaften jedenfalls beide verstanden. Du bist immer noch ganz der Alte, man kann dir nichts vormachen!« Vries deutete mit einer etwas zu großen Geste an, dass Hegel sich zu ihm setzen solle. »Was möchtest du trinken?«

Hegel wandte sich dem Barista am Tresen zu. »Einen Espresso bitte, ich bleibe nicht lange.«

Vries ließ sich keine Reaktion anmerken. »Du solltest unbedingt den Cheesecake probieren. Er kann zwar nicht mit dem hausgemachten Käsekuchen von damals konkurrieren, aber dafür ist er viel teurer.«

Hegel zog den Stuhl gegenüber von Vries zu sich heran und

nahm Platz. »Du hattest ja immer einen Hang zur Theatralik. Aber ich denke, du übertreibst es allmählich. Ein Haus zu sprengen, um mir zu zeigen, wie mächtig du bist? Du hättest mich einfach anrufen können, wenn du mir was sagen willst.«

»Da ist er wieder, der gute, alte Langweiler-Matthias.« Vries winkte ab. »Du hast einfach keinen Sinn für Dramaturgie und große Gesten.«

Hegel verzog keine Miene. Er hatte nicht vergessen, dass es für Veith damals schon kaum zu ertragen gewesen war, wenn jemand seine mit Pathos vorgetragenen Ideen und Pläne nicht für mindestens genial, im besseren Fall aber sogar für epochal befunden hatte.

»Was sagt denn deine Frau dazu?« Hegel überschlug die Beine. »Du bist doch noch verheiratet?«

»Was man von dir nicht sagen kann.« Vries zwinkerte Hegel zu. »Du hast Johanna ermordet?«

»Ich weiß nicht, ob ich diese Geschichte mit ins Grab nehmen werde.« Hegel blieb nach außen ruhig, wenn sich sein Puls auch beschleunigte. »Mit dir werde ich sie aber ganz sicher nicht besprechen. Also, leg schon los. Warum hast du mich herzitiert, und was soll dieses unsägliche Spielchen? Wir sind keine Kinder mehr, die es toll finden, wenn sie die Sandburgen der anderen eintreten. Nur weil ihre eigenen nicht so gut geworden sind.«

»Du denkst also, ich mache Dinge kaputt, weil ich nicht in der Lage dazu bin, Dinge zu erschaffen?« Vries lächelte milde. »Ich habe schon damit gerechnet, dass du mir mit *Minderwertigkeitskomplexen* kommen würdest.«

»Die hattest du doch damals schon, du hast dich immer schwächer als die anderen gefühlt. Und das ironischerweise, weil du etwas konntest, das die anderen nicht konnten. Aber deswegen sprengt man keine Häuser in die Luft und gefährdet

Menschenleben. Schon gar nicht Jahrzehnte später!« Hegel sah seinen ehemaligen Freund durchdringend an.

Veith war seit ihrer letzten Begegnung vor langer Zeit dramatisch gealtert und sah insgesamt angegriffen aus. Und sicher, dieses Wiedersehen war von beiden Seiten nicht gerade zur Reaktivierung von Erinnerungen an die gute, alte Zeit vorgesehen gewesen. Dennoch warf die Begegnung Hegel unwillkürlich in die Phase seines Lebens zurück, in der sie beide noch vor Kraft strotzend und voller Eifer und Pläne für ihre ungewisse Zukunft gewesen waren. Kurz spürte er ein befremdlich angenehmes Gefühl von Vertrautheit, das jedoch sogleich wieder seiner Sorge wich. Der Sorge vor dem, weswegen Veith ihn nach so langer Zeit ausgerechnet jetzt zu diesem derart aufwendig vorbereiteten Treffen eingeladen hatte.

»Du bist immer noch der alte Spießer und Bedenkenträger! Ich bin der Meinung, dass es eigentlich immer einen guten Grund gibt, ein Haus in die Luft zu sprengen. Man tut es einfach nur viel zu selten.« Vries lächelte charmant und setzte sich in seinem Stuhl auf. »Matthias, du ahnst gar nicht, wie sehr ich mich auf diese Begegnung gefreut habe!«

»So sehr, dass du Kinder bedrohst für den Fall, dass ich deinen Anweisungen nicht folge oder die Polizei mitbringe?«

Vries senkte den Kopf, wenn die Scham auch erkennbar gespielt war. »Ich musste doch sicherstellen, dass du mir hier nicht auflauern lässt. Ich habe viel zu viel vor, um mir das aus einer Zelle heraus angucken zu wollen.«

»Du hast also wirklich einen Sprengsatz installiert, falls hier jemand auftaucht und dich festnimmt?«

Vries zuckte lapidar mit den Schultern. »Natürlich. Oder hattest du gestern etwa den Eindruck, dass ich bluffe?«

Hegel schwieg kurz und sah dann demonstrativ auf seine Armbanduhr. »Also gut, ich habe mich an deine Vorgaben gehalten. Weil ich dich kenne und dir alles zutraue. Keine Jula, keine Polizei. Trotzdem habe ich heute noch andere Termine. Also, wolltest du mir noch irgendwas Wichtiges mitteilen?«

Vries lachte auf, wenn auch dezent. »Das hängt ganz davon ab.« Er redete jetzt leiser und mit einer für Hegel deutlich erkennbaren Note von unterdrücktem Zorn in der Stimme. »Ich bin mir nicht sicher, ob wir dieselbe Definition von *wichtig* haben. Der Millionärssohn mit der genialen Begabung, dem weltmännischen Charme und der klassischen Bildung – und der Typ aus der Arbeiterschicht, der sich sein Studium mit bis zu drei Jobs parallel finanzieren musste, manche Nächte nur ein oder zwei Stunden schlafen konnte und trotz Fleiß und hervorragender Noten von niemandem jemals wirklich für seine Leistungen anerkannt wurde.« Er beugte sich zu Hegel vor. »Die anderen wollten nicht sehen, was ich alles konnte, wusste oder geleistet habe. Das Einzige, was sie registriert haben, war die Tatsache, dass ich Geräusche fühlen und Bilder schmecken kann. Und weil es zu komplex und zeitintensiv gewesen wäre, darüber mit mir zu reden oder sich über meine Gabe zu informieren, haben sie mich kurzerhand für aussätzig befunden und mich gemieden.«

»Du willst mir doch wohl nicht erzählen, dass du einen terroristischen Anschlag verübt hast, weil ein paar bedeutungslose Studenten vor ewiger Zeit nicht gut mit deiner seltenen Begabung umgegangen sind?«

Vries tat so, als sei er schlagartig ins Grübeln geraten. »Du denkst also, es könnte möglicherweise sein, dass ich mit der Sprengung gestern etwas überstürzt gehandelt habe?« Er lächelte, als er mit scharfem Flüstern hinzufügte: »Ich war dir so nah, gestern im Zug. Dein Anblick riecht immer noch nach Kupfer, wie damals. Ich hätte dich berühren oder dir ein Messer in den Rücken rammen können. Und du hast mich nicht einmal bemerkt …«

Für die Dauer eines auf unheimliche Weise verbindenden Moments schwiegen sie nun beide. Und während Hegel in Veith Vries' kalte Augen sah, vernahm er aus dem hinteren Teil des Cafés das unbeschwerte Lachen eines Kindes. Ein kalter Schauer überkam ihn. *Was hat er bloß vor? Warum hat er mich ausgerechnet hierhergebeten?*

Das Café war um diese Tageszeit bereits gut besucht, zudem traten immer wieder neue Gäste ein. Wobei die Tage, als dieser Ort noch ein beliebter Treffpunkt für Studenten gewesen war, tief in der Vergangenheit begraben lagen. Denn spätestens seit das Café nach diversen Besitzerwechseln vor einigen Jahren in ein mehr oder weniger zeitgemäßes Coffeehouse umgewandelt worden war, hatte sich die Klientel vollkommen verändert.

»Was willst du von mir? Aus welchem Grund forderst du mich zu diesem größenwahnsinnigen Spielchen heraus? Und vor allen Dingen: warum gerade jetzt?«

Vries tat, als müsse er ein Lachen unterdrücken. »Das fragst du mich doch wohl nicht im Ernst?«

Hegel ließ sich nicht beeindrucken. »Ich habe damals bei meinem Gutachten für das Militär über dich gesagt, dass du ein brillanter Phonetiker bist. Und ja, ich habe auch gesagt, dass du einen unberechenbaren Charakter und wenig Empathie für deine Mitmenschen hast. Veith, ich weiß sehr gut, dass du im Leben viel herumgeschubst wurdest und dich nirgendwo zu Hause fühlen konntest. Und ich weiß auch noch sehr gut, dass du in deiner prägenden Phase immer wieder verlassen wurdest. Erst geben deine Eltern dich zu deiner Tante, damit sie ohne dich feiern können, und dann sterben sie auch noch dabei. Später verlässt dich deine Tante, weil sie vom Krebs niedergestreckt wird. Und deine Pflegefamilien sind allesamt nach kurzer Zeit mit dir überfordert und geben dich wieder ab, wie eine Jacke, die nicht richtig passt.«

Vries' Blick wurde so kalt, dass Hegel zu frösteln glaubte. »Wenn ich gewusst hätte, dass du mich verstehst und immer hinter mir gestanden hast, hätte ich mir die Mühe gespart, jahrelang dieses Spiel zu planen und vorzubereiten.«

Hegel ließ sich keinerlei emotionale Regung anmerken, diesen Gefallen würde er Vries nicht tun. »Du wolltest immer nur Genugtuung. Alle sollten erkennen, was für eine schlechte Idee es war, dich nicht als das größte Genie aller Zeiten zu sehen und dich zu verehren. Und weißt du, was mich gerade jetzt mit großer Befriedigung erfüllt?«

Auch Vries ließ sich nicht aus der Ruhe bringen. »Ich bin begierig, es zu erfahren.«

Hegel klopfte sich andeutungsweise selbst auf die Schulter. »Ich bin stolz auf mein Gutachten. Das war vollkommen richtig. Ein Mann, der von einem so tief geprägten Hass auf seine Mitmenschen und von so starken Rachegefühlen getrieben ist, sollte nicht beim Militär tätig sein, wo er Zugriff auf Waffensysteme und geheime Informationen zum Staatsschutz hat.«

Vries klatschte sarkastisch in die Hände. »Sehr gut, Matthias, so kenne ich dich! Der stets um das Gemeinwohl besorgte Gutmensch, der für alle nur das Beste will.«

Hegel atmete durch und legte jetzt Sanftheit in seine Stimme. »Veith, ich stand damals immer auf deiner Seite. Und nicht nur, weil du ein so guter Phonetiker warst. Mir ist nicht entgangen, wie die anderen Studenten dich behandelt haben. Wie sie dich gemieden und hinter deinem Rücken Witze über dich gemacht haben. Du hast dich immer für aussätzig gehalten, das hast du mir ja sogar mal erzählt. Ich habe die ganze Nacht nachgedacht, und ich habe eine starke Vermutung, warum du gestern dieses Haus gesprengt und mich mit deiner theatralischen Tonbotschaft im Zug vorher darüber informiert hast.«

Vries riss die Augen auf und schien ein unbedarftes Kind

nachzuahmen. »Du bist einfach zu schlau für mich … Na gut, dann teile mir deine Vermutung doch bitte mit!«

Hegel sah Vries mit einer Note von aufrichtigem Mitgefühl an. »Ich vermute, dass du es denen zeigen willst, die dich damals unterschätzt oder für verrückt gehalten haben. Und wie wir gestern alle gesehen haben, bist du dabei sogar bereit, über Leichen zu gehen. Du denkst vermutlich, wenn sie dich sowieso alle für den Verrückten halten, dann sollen sie den Verrückten auch bekommen.«

Vries deutete Applaus an. »Wunderbar! Der geniale Matthias weiß ganz genau, was der verrückte Veith denkt. Aber hast du auch schon herausgefunden, welche Rolle dir in meinem Spiel zufällt?«

Der Barista trat an den Tisch und servierte Hegel den bestellten Espresso. Dieser griff die Tasse, ohne sie anzusehen, und trank den Inhalt mit einem Zug aus.

»Du spielst dieses kranke Spiel mit mir, weil du mich in deiner Welt aus Schwarz und Weiß als deinen Gegenpol siehst. Weil du davon überzeugt bist, dass sie mich im Vergleich zu dir damals alle als *den Guten* gesehen haben. So als wäre die Welt ein großer Actionfilm. Das, was du gestern abgezogen hast, könnten sich genauso gut die Autoren eines Superheldencomics ausgedacht haben. Der *geniale Oberschurke Vries* fordert den *guten Helden Hegel* zum Showdown heraus. Einen Hang zur Theatralik hattest du ja schon immer.«

»Interessant, dass du das sagst.« Hegel konnte in Vries' Stimme hören, dass seine Worte nicht sarkastisch gemeint waren. »So was Ähnliches habe ich gestern schon mal gehört. Und ich würde nicht einmal bestreiten, dass da was dran ist.« Wie beiläufig fügte er hinzu: »Deswegen werde ich die Theatralik steigern. Hör mir besonders gut zu, das ist wichtig: Dieses Spiel wird so enden, wie es begonnen hat. Nur sehr viel größer. Und du bist der Einzige, der das alles jederzeit stoppen kann. Und damit meine ich nicht, dass du meine Hinweise entschlüsselst und die eine oder andere meiner Ideen vielleicht noch rechtzeitig sabotierst. Das wäre Kleinkram, gefühlsduselige Zeitverschwendung. Nicht effektiv. Mach nicht den Fehler, einfach nur meinen Hinweisen hinterherzulaufen.«

»Und was sollte ich stattdessen tun?« Hegel regte sich nicht.

»Du kannst mein Spiel jederzeit sofort beenden. Es ist so: Mit dem, was ich tue, liefere ich den Leuten gerade genau den Schurken, den sie immer wollten. *Der Verrückte, der Geräusche schmecken kann. Der Gerüche fühlt und Formen hört. Was für ein gefährlicher Irrer er sein muss!* Daher sollst auch du etwas tun, mit dem du den Leuten beweist, dass sie damals schon alle recht hatten.«

Hegel wurde abwechselnd heiß und kalt, würde es sich jedoch nicht anmerken lassen. »Und das wäre?«

Vries zwinkerte ihm zu. »Zeige den Menschen, dass du wirklich der Superheld bist, den sie immer in dir gesehen haben. Wenn du das tust, ist mein Spiel sofort beendet.«

»Und ich vermute, du hast auch schon eine konkrete Idee, wie ich deinen Wunsch umsetzen soll, oder?« Jetzt schien es trotz der vielen Menschen in dem Café ganz still um sie beide herum. Hegel war einzig auf sein Gegenüber konzentriert.

»Also, das kannst du dir ja wohl denken. Oder hast du etwa schon vergessen, was damals los war? In dieser Nacht, von der du danach niemals wieder reden wolltest.«

Ja, natürlich wusste er es noch. Aber verdammt noch mal, er hatte es verdrängt. Er war jung gewesen, von Selbstzweifeln zerfressen. Zudem betrunken, bekifft und in einer depressiven Phase. »Das ist nicht dein Ernst?« Zum ersten Mal mischte sich Unsicherheit in Hegels Worte.

»Ich finde das fair.« Vries blickte beinahe schon unschuldig drein. »Und es ist alles, was ich will, damit du viele, viele Menschen rettest. Trenne dich von dem, was dir am meisten bedeutet.« Vries griff unter den Tisch, holte einen mittelgroßen Geschenkkarton hervor und schob ihn zu Hegel hinüber.

»Ist da das drin, was ich denke?« Hegel klang unsicher und sah mit getrübtem Blick auf die bunte Schachtel mit der roten Schleife darum. »Du scheinst wirklich exakt der Veith zu sein, für den sie dich damals immer gehalten haben. Sicher, du bist in einer Welt aufgewachsen, die nicht freundlich zu dir war. Niemand hat es dir leicht gemacht. Trotzdem, vielleicht ja sogar gerade deswegen, warst du einer der besten Absolventen unserer Uni. Daraus hättest du so viel machen können, auch außerhalb des Militärs. Aber soll ich dir was sagen? Du wirst dein Leid nicht an mich weitergeben. Auch wenn das dein größter Wunsch wäre. Ich werde dich stoppen, sei dir sicher. Ich verlasse dieses Café jetzt mit der Bestätigung, die Welt mit meinem Gutachten damals vor einem gefährlichen, größenwahnsinnigen Irren bewahrt zu haben.«

»Nicht so eilig!« Vries strahlte wie ein zufriedenes Kind. »Warum gehst du davon aus, dass du dieses Café verlassen wirst? Denk bitte daran, dass wir uns in einem Spiel befinden, und meine zweite Runde war ganz sicher nicht nur dieser Kaffeeklatsch unter alten Freunden. Wenn du aus diesem Café rauswillst, musst du eine Aufgabe erfüllen.« Vries trat an Hegel vorbei und machte drei Schritte auf den Ausgang zu. Dann blieb er noch einmal stehen und ergänzte wie beiläufig: »Öffne den Karton, sobald ich draußen bin.« Zügig, aber nicht hastig verließ er das Café.

Hegel atmete tief durch. Hatte Veith diesen unsäglichen Gegenstand aus dieser furchtbaren Nacht wirklich bis zum heutigen Tage aufgehoben? *Andererseits, wer würde so etwas tun, wenn nicht er?* Das, was Hegel in dieser Schachtel vermutete, symbolisierte pures Leid und reine Verzweiflung. Veith hatte sich bestimmt oft daran ergötzt, es zu betrachten. *Es hilft nichts, ich muss sein Spiel mitspielen.* Hegel öffnete die Schachtel, ließ weitere Sekunden verstreichen und sah schließlich hinein. Zu seiner Verwunderung befand sich darin nicht das, was er erwartet hatte. Stattdessen erkannte er etwas anderes. *Das ist ein Fernzünder. Dieses Schwein hat wirklich einen Sprengsatz an einer Kita angebracht, falls ich die Polizei mitbringe.* Unter dem Zünder lag ein handgeschriebener Zettel. Er zog ihn hervor und las sich selbst leise vor, was darauf geschrieben stand: »Das, was du erwartet hast, bekommst du, wenn die Zeit reif dafür ist. Jetzt musst du erst mal an Indra vorbeikommen. Viel Glück!«

Und noch bevor Hegel darüber nachdenken konnte, wie diese Aussage zu verstehen war, öffnete sich von der anderen Seite her die Tür zu einem Nebenraum des Cafés. Hegel erkannte das Geräusch von Krallen, die über Fliesen gingen. *Er hat doch wohl nicht wirklich …* Doch noch ehe Hegel seinen Gedanken zu Ende geführt hatte, trat auch schon Indra in den Gastraum des mittlerweile gut besuchten Cafés. Hegels Puls schoss in die Höhe, und schon gellte markerschütternd das panische Rufen des Kindes vom Tisch hinter ihm durch den Gastraum:

»Das ist ein Tiger! Mama, guck mal, da ist ein Tiger!«

KAPITEL 14

Ein Tiger ist majestätisch, von reiner Schönheit, Stolz und Haltung. Ihn umgibt eine Magie, die voll von einzigartiger Kraft und Würde ist. Allerdings nur so lange, bis man ihm direkt gegenübersteht …

»Sie müssen alle ruhig bleiben, unbedingt!« Hegel sprach ohne jede Aufgeregtheit in der Stimme, die sich auf das Tier hätte übertragen können.

»Er hat Blut am Maul!« Die Stimme der Frau überschlug sich fast, und wieder vernahm Hegel das Geräusch eines umfallenden Stuhles sowie das von scheppernd zu Boden fallenden Geschirrteilen.

Er war, unmittelbar nachdem das mächtige Tier ins Café gekommen war, mit ruhigen, aber sicheren Schritten an den Tiger herangetreten, um ihm den Weg in den hinteren Bereich zu versperren. Somit bildete er jetzt so etwas wie eine Barriere zwischen der Raubkatze und den Gästen, wenn ihm auch bewusst war, dass er nicht eben die verlässlichste Schutzmauer darstellte. *Der Tiger hat sich vor über hunderttausend Jahren als Prädator in seinem Lebensraum entwickelt. Mit meinem Körper kann ich ihn nicht aufhalten. Der einzige Vorteil, den ich ihm gegenüber habe, ist mein Wissen darum, wie Tiger funktionieren.* Hegel vergrößerte seine Körperoberfläche, indem er langsam und ohne dabei zu zucken die Arme ausbreitete. Die Angst, die immer weiter in ihm aufstieg, war so ursprünglich und unabwendbar in seinen Genen verwurzelt, dass er einzig und allein dadurch mit ihr umgehen konnte, dass er sie zuließ. *Die Angst davor, gefressen zu werden.* Was sich hinter seinem Rücken abspielte, konnte

Hegel zwar nur hören, doch das bedeutete glücklicherweise keinen Nachteil. *Einige sind aufgesprungen, die meisten noch nicht. Vermutlich eine Schockstarre, aber die hält nicht besonders lange an. Kein Wunder, dass die Gäste so langsam reagieren. Wer erwartet schon, beim Kaffeetrinken in Berlin einer indischen Raubkatze zu begegnen?* Es würde noch einen Moment dauern, bis sie alle wirklich verstanden und akzeptiert hatten, was sich da gerade vor ihren Augen abspielte. Dann jedoch konnte *alles* passieren. Hegel machte sich bewusst, dass er nur sehr wenig Zeit zur Verfügung hatte, um eine Katastrophe zu verhindern.

»Er hat Blut am Maul, das ist richtig.« Er sprach mit tiefer, sonorer Stimme, ruhig und nicht besonders laut. Schließlich konnte der Tiger zwar nicht verstehen, was er sagte, durchaus aber intuitiv Rückschlüsse auf die Kraft und den Zustand seines Gegenübers daraus ziehen, *wie* er sprach. »Das ist für uns eher gut. Es kann bedeuten, dass er schon gefressen hat. In diesem Fall wäre er weniger angriffslustig.«

»Er hat jemanden gefressen!« Das Kind schrie auf und begann, laut zu weinen.

Weitere Stühle fielen um, und Schritte bewegten sich teils hektisch, teils betont ruhig über das Parkett in Richtung der Glasfront zur Einkaufsstraße hin. Die Eingangstür zum Café schied als Fluchtweg aus, da der Tiger den Weg dorthin versperrte.

»Wir wissen nicht, ob es ein Mensch war.« Der Blick des Tigers wich keine Sekunde von Hegels, und diesem war bewusst, welche Konsequenzen es haben könnte, wenn er dem Blickduell mit der Raubkatze nicht standhalten würde. »Tiger sind sehr kluge Tiere, sie gehen bei der Jagd kein Risiko ein. Das hatten sie während ihrer gesamten Evolution niemals nötig. Ich weiß, es klingt wie Spott, aber Sie müssen unbedingt ruhig auf Ihren Plätzen bleiben und den Tiger ansehen.«

»Werft die Scheibe ein!« Wer immer da gerade gerufen hatte, schien Hegels Empfehlung eher wenig Gewicht beizumessen.

»Auf keinen Fall!« Der Tiger machte einen kleinen Schritt auf ihn zu. Hegel sah keine andere Möglichkeit, dem Raubtier die Stirn zu bieten, als ihm ebenfalls einige Zentimeter näher zu kommen. Jetzt trennte die beiden höchstens noch ein halber Meter.

»Wenn es scheppert, wird er einen Schrecken bekommen. Und wenn Sie alle losrennen, aktiviert das unweigerlich seinen Jagdinstinkt. Der Tiger kann dann gar nicht anders, als Ihnen hinterherzulaufen und sich den Schwächsten aus der Herde zu schnappen.«

»Mama!« Das Kind weinte, und auch die anderen Gäste schienen verstanden zu haben, was Hegel ihnen hatte sagen wollen.

Es war mit Händen zu greifen, wie gern der Tiger losstürmen und sich an der Herde seiner *Beutetiere* gütlich tun wollte. Seine Atemfrequenz stieg immer weiter an, je mehr Gäste schrien oder Gegenstände zu Boden fielen. Sein kräftiges Atmen, die Anspannung in den Muskeln, das wache Glänzen in den Augen – Hegel wollte nicht darüber nachdenken, was geschehen würde, sobald er das Tier an sich vorbeilassen würde. Der Tiger schien etwa hundert Kilo zu wiegen, und sein Zustand ließ darauf schließen, dass es sich nicht um ein gebrochenes oder krankes Zirkustier handelte. Wo immer Veith diesen Tiger auch aufgetrieben hatte, es dürfte wahrhaftig nicht einfach gewesen sein, ihn unbemerkt in dieses Café zu schaffen und dessen Auftritt so minutiös und auf die Sekunde exakt zu inszenieren. Und wenn es in diesem Augenblick auch wahrlich nicht von vorrangiger Bedeutung war, so schoss Hegel doch ein Gedanke durch den Kopf, den er zuvor noch nicht erwogen hatte. *Veith hat absolut keine Mühen gescheut. Sein wahnsinniges Ra-*

chespiel ist bisher zugegebenermaßen eindrucksvoll. Aber das hier kann er nicht allein getan haben. Er muss einen Komplizen haben, und wenn ich nicht völlig falschliege, dann ist es ein weiblicher.

»Tiger greifen ihre Beute nur von hinten an.« Es war etwas ruhiger geworden, doch was die anderen Gäste gerade taten, konnte Hegel allein an den Geräuschen nicht im Detail ausmachen. *Bitte werft die Scheibe nicht ein. Der Tiger schnappt sich zuerst den kleinen Jungen. Dann stellt er fest, dass er in Freiheit ist. Was dann alles passieren kann, will ich nicht erleben.* »Waldarbeiter in Indien tragen Masken auf den Hinterköpfen. Weil die Tiger, falls es wirklich mal zu einer Begegnung kommen sollte, dann denken, dass sie ihnen frontal begegnen. Tiger schleichen sich von hinten an. Sie springen ihrer Beute in den Nacken, beißen zu, und alles ist vorbei. Der Grund, warum er nicht an mir vorbeikommt, ist, dass ich ihn direkt ansehe. Damit nimmt er mich als potenzielle Gefahr wahr, und ein Risiko wird er nicht grundlos eingehen. Solange wir den Tiger ansehen und um Gottes willen nicht vor ihm weglaufen, wird er nicht angreifen.«

»Wenn wir wegrennen, weckt das seinen Jagdinstinkt. Da hat er recht! Das ist bei Bären genauso, vor denen darf man auch nicht weglaufen. Dann greifen sie überhaupt erst an.« Ihrer Stimme nach war die Frau im Rentenalter, was Hegel erleichterte. Die meisten neigten instinktiv dazu, älteren Menschen Lebenserfahrung und Weisheit zuzusprechen, weswegen ihm die Rückendeckung durch eine ältere Dame sehr entgegenkam.

»Wir sind in seinen Augen die ziemlich große Herde eines Tieres, das er kaum kennt und schwer einschätzen kann. Wir gehen aufrecht und haben Arme, für eine Raubkatze wirkt das fremd und damit eher bedrohlich. Ich weiß nicht, wo das Tier herkommt. Aber ob es nun ein Zoo, eine Aufzuchtstation oder ein Zirkus ist, er müsste Menschen kennen. Und er wäre jetzt nicht hier, wenn er zuvor schon mal einen Menschen angegriffen hätte. Nach einem solchen Vorfall müssen Tiere nämlich eingeschläfert werden. Wir bleiben hier jetzt also einfach alle ganz ruhig stehen, starren den Tiger an und machen nichts, was ihn verängstigen könnte. Früher oder später wird Hilfe eintreffen, keine Sorge. Durch die Glasfront kann man uns von außen gut sehen.«

Es wurde ruhiger im Hintergrund. Das Wimmern des Kindes war zwar noch zu vernehmen, doch dagegen war nun wirklich nichts auszurichten. *Ich hoffe nur, der Kleine kommt schnell in eine gute Traumatherapie für Kinder. Sonst behält er vielleicht sein Leben lang die Angst, immer und überall von Raubtieren angegriffen werden zu können.* Der Tiger schleckte sich das blutverschmierte Maul ab und setzte einen kleinen Schritt zurück.

»Sehr gut.« Hegel sprach direkt zu der Raubkatze. »Du hast Respekt vor uns und wirst uns nicht angreifen. Und im Gegenzug lassen wir dich in Ruhe.«

Ob es nun die Hormone waren, die sein Körper zur Vorbereitung auf Kampf oder Flucht ausschüttete, oder ob die ebenso grausame wie poetische Situation es in ihm auslöste, wusste er nicht. Jedenfalls spürte Hegel jetzt eine Form von Magie. Da stand er nun also mitten in seinem Stammkaffee aus der Studentenzeit, gefangen in einem ebenso absurden wie opulenten Spiel, das ausgerechnet der Mann mit ihm veranstaltete, dessen vielleicht einziger Freund er jemals gewesen war. *Wir haben nun mal viel mehr Emotionen für die Menschen übrig, die uns etwas bedeuten. Seinen besten Freund kann man leichter hassen als einen Nachbarn, den man nur einmal am Tag am Fenster sieht.* So oder so, das alles hier würde gleich beendet sein. Und niemand von denen, für die sich Hegel hier in diesem Café auf seltsame Weise verantwortlich fühlte, würde verletzt werden. Im Gegenteil, sie alle würden bis ans Ende ihrer Tage eine Geschichte zu erzählen haben, die man ihnen erst glaubte, nachdem sie Beweise dafür vorgezeigt hatten. Wenn der kleine Junge erwachsen geworden war, würden seine Freunde die Geschichte, wie er einem Tiger die Stirn geboten hatte, bald schon nicht mehr hören können.

»Scheiß doch auf den Typen, der ist doch irre! Ich will hier raus!« Die Wucht des Aufschreis eines Mannes im Hintergrund ließ nicht nur Hegel zusammenzucken, sondern auch den Tiger.

»Seien Sie ruhig.« Hegel sprach fast hypnotisch. »Der Tiger ist unsicher, es kann sein, dass er die Lust auf einen Angriff verliert, wenn wir ihm nur weiter mutig entgegenstehen.«

Doch da vernahm Hegel auch schon das Geräusch, wie ein Stuhl mit großer Kraft gegen eine Glasfront prallte. *Bitte nicht!* Doch es war bereits geschehen. Zunächst sprang das Glas, um schließlich mit lautem Scheppern und Klirren zu bersten. Hegel klang noch das Fauchen des Tigers in den Ohren, der jetzt sein Körpergewicht verlagerte. Dann kamen die Bilder vor sein inneres Auge.

KAPITEL 15

Das Erste, das Hegel in seiner Vorstellung sah, war das strahlende Gesicht seiner Tochter Mathilda. Jetzt, in sein tiefstes Inneres eingekehrt, weit weg von diesem Café, dem Tiger und der bevorstehenden Katastrophe. In Sicherheit und abgeschirmt von allem, was ihn umgab. Weit entfernt von Veith Vries, seiner damaligen Studenten-WG im Bachweg oder diesem Café in Steglitz. Für den Bruchteil einer Sekunde zählte für Hegel selbst der mächtige Tiger nicht mehr, der gerade zum Angriff ansetzte.

»Mathilda hat dein Lächeln, kannst du es sehen?« Obwohl die Umstände, unter denen die Kleine in ihrer beider Leben getreten war, für Johanna nicht eben Anlass zu übermäßig großem Wohlbefinden geboten hatten, war der Klang in ihrer Stimme doch so freundlich und liebevoll gewesen wie sehr lange nicht mehr. *Dem Zauber dieses Kindes kann sich eben niemand entziehen.*

Nach den ersten beiden Jahren ihrer Beziehung hatten Hegel und Johanna damit begonnen, sich immer öfter zu streiten. Zunächst war es nur gelegentlich passiert, irgendwann dann beinahe täglich. Zuletzt hatte jede Kleinigkeit zu Gefühlsausbrüchen führen können. *Beliebige Banalitäten, absichtliche Missverständnisse, verletzte Eitelkeiten – irgendwas war immer.* Der Zauber zwischen den beiden war so plötzlich verflogen, wie er gekommen war. Hegel und Johanna waren nur wenige Tage nach ihrer ersten Begegnung an dieser verlassenen Bushaltestelle in Steglitz wie aus einem Rausch heraus in ihre Beziehung gestartet. Ausgehend von einer für beide nicht zu erklärenden gegenseitigen Faszination. *Und ich wollte damals eigentlich gar nicht mitgehen, weil ich noch so viel für die Uni zu tun hatte.*

Die schicksalhafte Begegnung hatte nicht weit von diesem Café entfernt stattgefunden. Er, Veith und noch ein paar andere Kommilitonen waren spät und bereits deutlich angetrunken aus einem Club gekommen, den sie damals fast an jedem Wochenende besucht hatten. Eine dieser verqualmten Studentendiscos in irgendeinem Kellerraum eines Nebengebäudes der Uni. Mit billigem Alkohol, schlechtem Geruch und viel zu lauter Musik, die damals noch von einem Plattenspieler kam, hinter dem in ständigem Wechsel irgendjemand stand, der sich gerade dazu berufen fühlte. Ob nun zu Recht oder – wie in den meisten Fällen – zu Unrecht. Wie so oft hatten sie damals zu den letzten Gästen des Abends gehört, bevor sie sich schließlich auf den Heimweg gemacht hatten. Lachend und singend waren sie über die Schlossstraße getorkelt, als sie an einer Bushaltestelle diese junge Frau gesehen hatten. Mitten in der Nacht, allein und auf einen Bus wartend, der frühestens in vier Stunden kommen würde. *Ich wäre vermutlich einfach vorbeigelaufen.* Hegel sah jetzt alles wieder ganz klar und deutlich vor sich. So als habe ihn der tiefe Blick in die Augen des Tigers in einen Zeitstrudel katapultiert.

»Was macht denn so eine schöne Frau so allein mitten in der Nacht in Steglitz?« Veiths Stimme hatte sich fast überschlagen, so laut hatte er Johanna angesprochen.

Was für ein dämlicher Spruch. Hegel war damals eher aus Mitleid in das Gespräch eingestiegen, so unangenehm war ihm Veiths Frage gewesen.

»Nimm es uns nicht übel, wir sind besoffen.« Hegel schmunzelte, zumindest in der Sphäre, in die er sich für die Dauer dieses einen Wimpernschlags zurückgezogen hatte. Zugegeben, *sehr viel besser war mein Spruch wohl auch nicht.*

»Schon okay, ich bin froh, dass überhaupt mal jemand hier vorbeikommt. Wollen wir uns ein Taxi teilen?« Johanna hatte so klar und präsent geklungen, dass der Klang ihrer Stimme es vermocht hatte, Hegel in einen Zauber zu verfangen, der noch lange anhalten sollte.

»Du schmeckst wie das Ticken einer türkisfarbenen Taschenuhr mit Zimt!« Veith hatte Johanna angesehen, als sei sie das Ausstellungsstück einer Vernissage.

Und wenn Veiths Fähigkeit, Gerüche, Gefühle, Geschmack, Bilder und Geräusche miteinander verknüpfen zu können, auch gelegentlich faszinierend sein konnte – hier, in dieser Situation, war sie so ziemlich das Letzte, das er hätte präsentieren müssen.

Der verstörende Geruch von Tod stieg in Hegels Nase, und ihm war bewusst, dass dieser nicht aus seiner Erinnerung kam. Der warme Hauch des Tigers riss Hegel schlagartig aus seinen Gedanken. Er konnte sehen, wie das Tier sich mit den Hinterbeinen zum Sprung abstützte, wenn es Hegel auch so vorkam, als geschähe dies in Zeitlupe.

Er wird dich nicht angreifen, er hat Respekt vor dir gewonnen. Er wird sich auf die leichte Beute stürzen. Der Tiger wird dich mit seiner Körpermasse einfach zur Seite stoßen wie einen Kegel und stattdessen die Menschen jagen, die schreiend durch das zerbrochene Fenster auf die Straße fliehen. Aber noch nicht jetzt!

Noch war die fragile Erinnerungsblase nicht geplatzt, die es zu vermögen schien, die Zeit anzuhalten, um Hegel diesen vielleicht letzten Moment der Erinnerung zu ermöglichen.

»Du findest, sie lächelt wie ich?« Noch einmal kehrte Hegel in die Zeit zurück, als Mathilda endlich ihre Tochter geworden war. Ganz offiziell, mit allen Unterlagen und Papieren. Endlich, so hatte er inständig gehofft, würde die unheilvolle Reise seiner Tochter durch die ersten Jahre ihres Lebens beendet sein. Hier in Berlin, bei ihm und Johanna. Bei eben den liebenden, fürsorglichen Eltern, die das Kind zu Beginn seines schicksalhaften Lebens nicht hatte erleben dürfen. Hegel hatte erwartet, dass er sich seiner Kleinen gegenüber schuldig fühlen würde. Er hatte viele Fehler gemacht, nicht nur in Bezug auf die Frau, die Mathilda auf die Welt gebracht hatte. Doch wie hätte diese das wundervolle kleine Mädchen allein großziehen können? Nach ihrem dritten Selbstmordversuch hatte Hegel endgültig die Geduld verloren. Diese Frau durfte Mathilda keinen Tag länger bei sich behalten! Auf offiziellem Weg war Mathilda für ihn jedoch nicht zu bekommen gewesen. Hegel hatte dennoch sehr genau gewusst, dass ihn das nicht aufhalten würde. Was auch immer er tun musste, um die Kleine zu sich und Johanna zu holen, er würde nicht davor zurückscheuen.

Mathilda war auf einem Dorf in den abgelegenen Weiten Russlands geboren. Als Kind einer alleinstehenden Frau, die bereits in jungen Jahren schwere Depressionen entwickelt hatte. Doch in dem Ort, aus dem sie stammte, hatte man sich mit Problemen dieser Art nicht in Therapie begeben. *Das machen nur Verrückte!* Stattdessen hatte Mathildas leibliche Mutter die Zähne zusammengebissen und ihre manischen Denkkreise mit immer mehr Alkohol zu betäuben versucht. Hegel hatte herausgefunden, dass Mathilda oft ganze Tage lang kein vernünftiges Essen bekommen oder liebevolle Zuwendung erfahren hatte. Dabei war es alles andere als einfach gewesen, das Kind und seine Mutter überhaupt ausfindig zu machen, nachdem sie mit der Kleinen aus Moskau weggezogen war, wo Hegel sie kennengelernt hatte. Damals, im Umfeld eines internationalen Phonetikerkongresses. Sie war mit dem Kind einfach abgetaucht – in einem riesigen Land, in dem die Behörden nicht ansatzweise so akkurat wie in Deutschland funktionierten und das zudem auch nicht eben von preußischen Beamten verwaltet wurde.

Letztlich hatte Hegel keinen anderen Ausweg gesehen, als sich in die Hände der internationalen Verbrecherorganisation Remus zu begeben. Der Pakt mit dem Teufel hatte ihm schließlich nicht nur lupenreine Papiere, sondern zudem das alleinige Sorgerecht für Mathilda beschert. Hegel spürte, wie sich etwas in ihm zusammenzuziehen schien. Doch es war nicht die Angst vor dem Tiger, der nach wie vor innerhalb der Dauer dieser scheinbar endlosen Sekunde zum Sprung ansetzte, die Hegel bedrückte. Es war das Wissen darum, was mit Mathildas leiblicher Mutter geschehen war, nachdem die Schergen von Remus ihr das Kind schließlich gewaltsam entrissen hatten.

Es war richtig, die Kleine zu mir zu holen. Aber ich hätte auch versuchen müssen, ihrer Mutter zu helfen.

»Raus hier!«, schallte eine Männerstimme durch den Raum.

Der Schrei, der von irgendwo weiter hinten im Café gekommen war, entriss Hegel seiner Vergangenheit so plötzlich, wie sie zu ihm zurückgekehrt war. Mit gnadenloser Härte schleuderte er ihn in die Gegenwart zurück. Zurück in dieses Café. Zurück zu Veith Vries und seinem wahnsinnigen Spiel. Und vor allem: zurück zu diesem Tiger!

»Ich gebe dir den Weg nicht frei!« Hegel blieb wie ein Baum auf seiner Position stehen, von der aus er für die Raubkatze noch immer den direkten Zugang zu den restlichen Gästen im Fensterbereich versperrte. Und gerade als das Bersten der Glasfront verklungen war und die wilden Schreie der panisch flüchtenden Gäste durch den Raum klangen wie unheilvolles Donnergrollen, bemerkte Hegel wieder das Blut, das um die Schnauze des Tigers verschmiert war.

Er wird sich nicht mehr länger von mir aufhalten lassen. Also, wenn es jetzt wirklich auf diese Weise enden soll, dann hat mir Veith doch zumindest noch einen wirklich besonderen Abgang beschert. Immerhin.

Und gerade als sich die Muskeln des Tieres anspannten, damit es schließlich seiner Natur folgen und sie alle jagen konnte, barst die Glastür des Cafés mit einem gewaltigen Knall, dem sogleich ein weiterer folgte.

KAPITEL 16

Dieses Ende hast du nicht verdient. Es tut mir unendlich leid.« Während rings um ihn herum nur Schreie, Lärm und Hektik waren, Menschen umeinanderliefen und Polizeisirenen die Straße in ihr Heulen tauchten, kniete sich Hegel ruhig und voller Achtung zu dem Körper des toten Tigers hinunter. Einerseits inmitten von Menschen, die weinten, sprachen, telefonierten oder Anweisungen in die Menge riefen – aber dann eben auch wieder auf eine magische Weise ganz allein mit dem toten Tier.

Hegel legte dem Tiger die rechte Hand auf den Kopf und strich so sanft darüber, wie er es sonst nur bei seiner Tochter Mathilda tat. »Dich hat niemand gefragt, ob du Veiths irres Spiel mitspielen möchtest. Mich zwar auch nicht, aber zumindest habe ich noch irgendwas damit zu tun. Ein Café in Berlin-Steglitz mag für einen stolzen Jäger wie dich ein würdeloser Ort zum Sterben sein. Aber glaube mir, du bist nicht auf eine würdelose Art gestorben.«

»Hey, Sie da!« Der Ruf einer Schutzpolizistin riss ihn aus der tiefen Vertrautheit des Moments. »Sind Sie Dr. Hegel?«

Ohne von den toten Augen des Raubtiers aufzusehen, antwortete er: »Unter anderem, ja.«

»Sie möchten bitte rauskommen, ein Kommissar vom LKA will Sie sprechen. Holdinger oder so.«

Hegel schloss die Augen, atmete tief durch und setzte eines seiner höflicheren Lächeln auf. »Ich komme sofort.«

»Gebe ich weiter!« Hegel vernahm nur das Knirschen, mit dem ihre Sohlen über die Splitter der Glastür gingen, durch die das Geschoss des Polizisten geflogen war und den Tiger tödlich verletzt hatte.

Das war eine gute Schussposition, keine Menschen im Hintergrund. Und trotz der dicken Glasscheibe, durch die sich die Flugrichtung des Geschosses verändern könnte, hat er nur eine Kugel benötigt, die sofort tödlich war. Der Beamte hatte zweifellos alles richtig gemacht. Es waren Menschen in akuter Gefahr gewesen, und ein Betäubungspfeil hätte bis zum Einsetzen der Wirkung viel zu viel Zeit erfordert. Abgesehen davon, dass die Polizei dafür überhaupt erst einmal davon hätte wissen müssen, dass sie bei diesem Einsatz ein Tiger erwartete, was selbst in Berlin nicht eben zur Tagesordnung gezählt werden konnte.

Wieder wandte sich Hegel dem toten Tier zu. »Dich hat niemand gefragt, ob du fern deiner Heimat in Europa leben möchtest. Du hast vermutlich dein ganzes Leben lang die Welt um dich herum nicht richtig verstanden, weil sie nie zu deinen natürlichen Instinkten gepasst hat.« Irgendjemand sagte wohl etwas zu ihm, doch Hegel richtete seine Aufmerksamkeit noch immer voll auf den Rivalen, den er unter Aufwendung aller seiner inneren Kraft minutenlang im Zaum hatte halten können. »Du trägst an alldem hier keine Schuld. Derjenige, der dich wie einen beliebigen Gegenstand benutzt hat, sollte jetzt an deiner Stelle auf diesem kalten Boden liegen. Aber so war es ja immer schon. Die vermeintlich *großen Feldherren* schicken andere in die Schlacht, um sich selbst damit rühmen zu können, welche großen Triumphe sie errungen haben. Ich verspreche dir eines: Der Mann, der dich heute als Bauernopfer in seinem sinnlosen Krieg hat sterben lassen, wird nicht ungeschoren davonkommen.«

Hegel war sich durchaus im Klaren darüber, dass er gerade zu einem toten Tier sprach. Doch nur selten in seinem Leben hatte es irgendjemand geschafft, ihn so tiefgreifend und vermutlich auch so nachhaltend zu beeindrucken, wie es diesem Tiger gelungen war. Er strich ihm ein letztes Mal über das noch warme Fell, bevor er sich erhob, eine Verneigung andeutete und sagte: »Du warst der ehrenhafteste Gegner, den ich je hatte.«

KAPITEL 17

Wissen Sie eigentlich, wem Sie und all die anderen Ihr Leben zu verdanken haben?«

Oswald Holder war gemeinsam mit Jula hinter die Absperrung getreten, nachdem die zuvor gefallenen Schüsse und der darauf folgende Polizeieinsatz Passanten und Anwohner rund um das Café in helle Aufregung versetzt hatten. Während die Gäste und Mitarbeiter des Cafés unverletzt oder – im schlimmsten Fall – mit leichten Prellungen oder Schnittwunden in Sicherheit gebracht wurden, hatte sich Hegel schließlich ebenfalls nach draußen begeben.

»Sie haben den Morsecode entdeckt, oder?« Hegel sah zu Jula, in deren Blick er sowohl Strenge als auch Erleichterung ausmachen konnte. »Viele Menschen verdanken Ihnen heute ihr Leben, Jula.«

»Ich würde Ihnen ja jetzt eine Standpauke halten, die sich gewaschen hat!« Jula sah Hegel direkt in die Augen. »Aber ich vermute, ich hätte ganz genauso gehandelt wie Sie.«

Hegel ließ ein leises Schmunzeln über seine Lippen huschen. Oswald Holder hingegen hatte sichtlich Probleme damit, gelassen zu bleiben.

»Matthias, warum haben Sie sein Spiel denn mitgespielt? Ja, er droht damit, eine Kita zu sprengen, falls Polizei auftaucht oder Frau Ansorge auch nur in der Nähe ist. Aber Sie wissen sehr gut, dass es trotzdem jede Menge Möglichkeiten gegeben hätte …«

Hegel unterbrach. »Sie kennen ihn nicht. Und Sie haben ihn gerade nicht erlebt. Veith ist komplett durchgedreht! Er stellt sich die Welt wie einen Superheldenfilm vor, in dem er der geniale Schurke ist, der zu seinem letzten großen Schlag ausholt. Dieses Spiel hier soll ein Showdown zwischen ihm und mir werden. Was auch immer er sich davon erhofft …« Hegel griff in seine Manteltasche und zog heraus, was Vries ihm nur Minuten zuvor ausgehändigt hatte. »Das hier ist der Zünder für den Sprengsatz, den er in einer Kita angebracht hat. Das ist ein klassischer Funkzünder, die Bombe müsste also im näheren Umkreis zu finden sein. Ich tippe auf die Kita in der Parallelstraße.«

Holder ließ allein seinen Blick sprechen, während er den Zünder vorsichtig an sich nahm.

»Er hat freies Geleit gefordert, Sie sollten heimlich und allein kommen, und ich musste ausreichend weit aus Berlin weggebracht werden. Wegen meiner *Unberechenbarkeit*. Ich schätze, das darf ich wohl als Kompliment auffassen.«

Holder winkte einen Beamten heran und reichte ihm den Zünder. »Geben Sie das den Sprengstoffexperten. Die sollen im direkten Umkreis ihre Hunde suchen lassen. Ich habe bereits veranlasst, dass alle Schulen und Kindertagesstätten im näheren Umkreis geräumt werden.«

Hegel wandte sich von Holder und Jula ab, um seinen Blick noch einmal von außen über die Szenerie gleiten zu lassen. Wie viele Stunden seines Lebens hatte er wohl in diesem Café verbracht? Damals, als noch eine Mauer Berlin in einen West- und einen Ostteil getrennt hatte. Unweigerlich schossen ihm Erinnerungen daran durch den Kopf, wie es seinerzeit hier ausgesehen hatte, und ein Lächeln huschte ihm über die Lippen. Berlin war damals viel provinzieller gewesen, noch vollkommen uneitel, teilweise sogar unfreiwillig komisch. Doch gerade dieser Charme war der Stadt mittlerweile beinahe vollständig genommen worden.

»Nach der Straße, in der wir zusammen eine Studenten-WG hatten, hat er sich jetzt unser Stammcafé von damals vorgenommen.« Hegel sah wieder zu Jula und Holder.

»Wir können also davon ausgehen, dass auch sein nächstes Spielchen an einem Ort stattfinden wird, der mit Ihrer gemeinsamen Vergangenheit zu tun hat.« Jula wirkte fokussiert.

»Das ist anscheinend Teil seiner Theatralik. Es könnte mir aber auch helfen, ihm beim nächsten Mal vielleicht einen Schritt voraus zu sein.«

Ein Beamter trat an Holder heran und flüsterte ihm etwas zu. Der Kommissar nickte knapp und sah mit großem Ernst zu Hegel. »Wir haben das erste Todesopfer.«

Hegel verstand. »Das Blut, das der Tiger im Gesicht hatte …«

»In dem Nebenraum, über den der Tiger in das Café gelangt ist, lag eine Frauenleiche. Das Opfer ist allerdings wohl nicht erst heute ermordet worden. Und die Tote ist, nun ja, noch nicht identifizierbar. Das Tier scheint von der Leiche gefressen zu haben.« Holder verdrehte die Augen. »Damit haben wir jetzt offiziell eine Mordermittlung.«

Hegel atmete tief durch und schloss kurz die Augen. Dann richtete er sich an Jula und Holder. »Veith ist geschwächt. Das macht ihn so gefährlich wie ein angeschossenes Tier, das ums nackte Überleben kämpft. Ich kenne ihn gut, und ich schätze, ich kann Teile seiner nächsten Spielzüge vorausahnen. Aber es gibt ein Problem.«

»Welches?« Holder regte sich kaum.

»Er mag das hier alles jahrelang geplant und vorbereitet haben. Aber man entführt nicht einfach so einen Tiger, ohne dass es gemeldet wird. Und man schafft einen Tiger auch nicht einfach so in ein Café mitten im Ortszentrum, ohne dass es jemand bemerkt. Außerdem hatte Veith das Café bereits verlassen, als der Tiger in den Gastraum gelassen wurde.«

»Das war ja klar …« Holder senkte den Blick.

»Veith hat mindestens einen Komplizen. Und wissen Sie, was mir noch mehr Sorge bereitet als die Frage, wer das sein könnte?«

Es war Jula, die antwortete. »Veith Vries mag am Ende seiner Kräfte und komplett irre sein. Aber wer macht bei so einem Irrsinn als Komplize mit? Und vor allem: warum?«

KAPITEL 18

CELINA

Selten hatte sie sich so allein gefühlt wie jetzt, da sie von Hunderten Menschen umgeben war. Celina stand ganz ruhig, fast bewegungslos, auf dem Bürgersteig vor dem Schuhgeschäft, das dem Café schräg gegenüberlag. Normalerweise roch es hier an dieser stark frequentierten Einkaufsstraße in Steglitz nach einer Mischung aus Menschen, Autoabgasen und Fast Food. Es war gut möglich, dass es auch jetzt so roch, doch nicht für Celina. Ihre Sinne assoziierten zwar nicht wie die von Veith permanent skurrile Bilder, Gefühle und Töne. Doch jetzt dort zu stehen, umgeben von zahllosen Menschen und doch irgendwie unsichtbar, ließ sie die Welt um sich herum vollkommen anders wahrnehmen als sonst. Immerhin, das alles hier hätte auch wesentlich blutiger ausgehen können.

»Was, wenn Hegel bei der Aktion stirbt?« Sie hatte Veith fest in die Augen gesehen, doch eine Reaktion darauf hatte sie nicht feststellen können. »Oder denkst du, der Tiger hält sich an dein Drehbuch?«

»Ich kenne Matthias besser als die meisten anderen.« Veith war ganz ruhig geblieben. Die Vorstellung dessen, was er zu tun plante, schien ihn vollkommen kaltzulassen. »Dieser Mann kann gar nicht sterben. Du hast es doch mitbekommen, das Internet war ja voll mit Artikeln. Dieser verfluchte Glückspilz hat mehrere Mordanschläge und ein Aortenaneurysma überlebt. Manchmal glaube ich, dass der Teufel ihn gar nicht haben will. Vielleicht weil er seine Konkurrenz fürchtet. Glaube mir, mit so einem alten Tiger wird der locker fertig!«

Celina sah hinüber auf die andere Straßenseite, wo Hegel und diese Jula Ansorge mit einem Typen im schlecht sitzenden Anzug redeten. Ihre Mundwinkel zuckten für den Bruchteil, als ihr bewusst wurde, dass Veith mit seiner Einschätzung von Hegels Überlebensfähigkeit tatsächlich richtiggelegen hatte.

Da, etwas tat sich hinter der Polizeiabsperrung vor dem Café. Nach wie vor regungslos, dabei aber innerlich aufgewühlt, sah Celina mit flauem Gefühl im Magen dabei zu, wie ein Transportsarg, vermutlich mit der Leiche der Frau darin, aus dem Café getragen wurde. Schlagartig wurde es kalt. Diese Frau war nicht schuld an dem, was Hegel getan hatte. Ihr Lebensweg hatte sich nur zum falschen Zeitpunkt mit dem von Veith Vries gekreuzt. Die Arme war zum falschen Zeitpunkt am falschen Ort gewesen, ihr Schicksal in diesem größenwahnsinnigen Spiel am Ende nicht mehr als ein unvermeidliches Übel.

Celina war nicht stolz auf sich, und sie hatte Veith auch wahrlich nicht gern dabei geholfen. Sein Krieg war nicht der ihre, und wenn sie seinen über Jahre hinweg allein in seiner Fantasie entwickelten Plan kritisch betrachtete, empfand sie ihn noch nicht einmal als besonders gut durchdacht. Sicherlich, soweit es Organisation und Abläufe betraf, hatte Veith minutiös gearbeitet, nichts dem Zufall überlassen und weder Kosten noch Mühen gescheut. Rein handwerklich waren an seinem Vermächtnis keine Nachlässigkeiten zu bemängeln. Es war vielmehr seine Motivation, an der sich Celina störte. Ja, die seltene Gabe, dass seine Sinne übergangslos miteinander verknüpft waren, ließ ihn oft seltsam wirken. Und ganz bestimmt hatten viele Menschen ihn deswegen unterschätzt und gemieden. Und obwohl sie lange darüber nachgedacht hatte, war Celina auch noch immer keine zufriedenstellende Antwort auf ihre Frage eingefallen, welchen evolutionären Sinn das eigentlich haben sollte. Ihrer Überzeugung nach war seine Wahrnehmung der Welt aber gar nicht das eigentliche Problem.

Celina vermutete vielmehr, dass Veith bereits in jungen Jahren für sich selbst entschieden hatte, seiner Synästhesie die Schuld für ausnahmslos alles zu geben, was in seinem Leben schiefging. Sei es nun Freundschaft, Karriere oder Liebe. *Das ist ja auch viel einfacher zu akzeptieren als die Tatsache, dass die anderen einen einfach nur deswegen ablehnen, weil man ein gestörtes Arschloch ist.* Doch letztlich war es für Celina ohnehin egal, was diesen zwar genialen, dafür aber komplett durchgeknallten Spinner antrieb. Sie hatte ohnehin keine andere Wahl gehabt, als ihn zu unterstützen. *Ich hätte allerdings nichts dagegen gehabt, wenn sein Racheplan etwas weniger komplex gewesen wäre.*

Sie sah zu den Polizisten hinüber, die auf der Straßenseite gegenüber alle Hände voll damit zu tun hatten, gleichermaßen den Tatort abzusperren, die aufgebrachten Cafébesucher zu betreuen und die Passanten fernzuhalten. Bei dem Hauseinsturz im Bachweg war kein Unbeteiligter ums Leben gekommen, diesen Teil des Spiels hatte sie eigentlich sogar ziemlich originell gefunden. Doch Veith hatte von Anfang an in seinen Plan einbezogen, dass Menschen ums Leben kommen sollten. Bald würden die Ermittler weitere Leichen finden, ganz davon abgesehen, was sich Veith noch als *das große Finale* seines letzten Auftrittes ausgedacht hatte. Celina gefiel das ganz und gar nicht. Diese Menschen waren nicht Teil der Ereignisse, die es bei dieser Aktion zu rächen galt.

Sie musste tief durchatmen, als die Bilder der Toten, die man noch gar nicht gefunden hatte, vor ihr geistiges Auge kamen. Aber einen ausgewachsenen Tiger aus einem Wildpark zu entführen und ihn dann auch noch unbemerkt nach Steglitz in diesen Büroraum zu schaffen, bis sein großer Auftritt gekommen ist? Nein, das war ohne Kollateralschaden einfach nicht hinzubekommen gewesen. Celina fragte sich, was Veith wohl jetzt gerade durch den Kopf ging. Er war gleich nach seinem Gespräch mit Hegel zu einem Termin im Krankenhaus gefahren. Und das, was man ihm dort erzählen würde, konnte seine Stimmung zweifellos ebenso wenig aufhellen, wie es ihn von seinem letzten großen Spiel abhalten würde. *Veith ist so klug – und dann auch wieder so töricht. Aber was macht es schon? Bald hat sich das ja sowieso erledigt.*

Celina sah, wie der Polizist sich von Hegel und dieser Jula entfernte und zu seinen Kollegen von der Schutzpolizei hinüberging. Hegel und Jula Ansorge sprachen mit konzentrieren Gesichtsausdrücken miteinander, bevor sich Jula abwandte, anscheinend noch eine Sprachnotiz aufnahm und sich dann in Richtung S-Bahn aufmachte.

»Also gut, dann wollen wir mal.« Celina richtete ihre Jacke und atmete tief durch.

Ruhig und mit einem freundlichen Lächeln auf den Lippen setzte sie sich in Bewegung. Sie hatte bereits bei der Wahl ihrer Kleidung, des Make-ups und ihrer Frisur penibel darauf geachtet, nur nicht aufzufallen. *Du musst so durchschnittlich aussehen, dass es dich unsichtbar werden lässt.* Jula sollte ja schließlich nicht bemerken, dass sie verfolgt wurde.

KAPITEL 19

JULA

Es waren so unglaublich viele Fragen. Und sosehr Jula auch versuchte, deren Dringlichkeit eine sinnvolle Reihenfolge zu verschaffen, das Wirrwarr in ihrem Kopf ruhig und strukturiert zu durchdenken und dabei im besten Fall zu konstruktiven Ergebnissen zu kommen – es wollte ihr einfach nicht gelingen. Hegel hatte nicht mit der Wimper gezuckt, bevor er sie von Holder aus Berlin hatte wegschaffen lassen. Er hatte nicht einmal versucht, sie in diese makabre Angelegenheit einzubeziehen. Und das, obwohl sie ihm unzählige Male bewiesen hatte, dass sie effizient, klug und erfolgreich war.

Ja, Hegel hatte sie mit seinem Verhalten schützen wollen. Ganz offensichtlich war diesem Veith Vries alles zuzutrauen, und seine ausdrückliche Warnung in ihre Richtung hatte er zu Recht ernst genommen. *Er sieht mich nicht als Teil dieses Spiels, ich gehöre nicht zu dem Problem, das Vries mit ihm hat. Aber ist das ein Grund, mich wie ein Kind zu behandeln? Wie oft muss ich ihm noch beweisen, was ich kann?*

Was wäre gewesen, wenn sie nicht rechtzeitig auf den versteckten Morsecode gekommen wäre? Wenn das LKA durch ihren Hinweis nicht im letzten Moment herausgefunden hätte, wann und wo Hegel sich mit Vries getroffen hatte? Wie lange hätte Hegel diesen Tiger wohl noch allein mit seinem durchdringenden Blick davon abhalten können, ein Gemetzel anzurichten? Nein, dass diese Raubkatze heute keine Katastrophe hatte anrichten können, war nicht Hegels Verdienst gewesen.

Im Gegenteil, sie hatte ihn und andere nur ein weiteres Mal vor seinem Stolz gerettet. Was zur Hölle musste sie eigentlich noch alles tun, damit er sie endlich ernst nahm? *Und warum helfe ich immer wieder einem Mann, der mich sabotiert, wo immer es ihm möglich ist?*

Jula hatte Kommissar Holders Angebot abgelehnt, sie mit einem Streifenwagen zurück ins Adlon bringen zu lassen. Allmählich hatte sie genug davon, wie ein Kind behandelt zu werden, das man nicht allein vor die Tür lassen wollte. Sie war ganz in der Nähe des Cafés in die S-Bahn gestiegen, mit der sie ohne Umsteigen bis zum Bahnhof Mexikoplatz im noblen Berliner Stadtteil Zehlendorf gefahren war. Sie kannte diese Ecke ziemlich gut, Elyas' Freund Friedrich wohnte hier in der Villa seines Vaters. Sie hatte ihren Bruder oft dort abgeholt und war zuvor einige Male um den nahen Schlachtensee spaziert oder einfach durch die Straßen des Villenviertels geschlendert. Jula war bereits eine Station vor ihrem Ziel von ihrem Sitz in der Bahn aufgestanden und hatte sich an die Tür des Waggons gestellt. Nachdem sie den Zug schließlich verlassen hatte, war sie zunächst direkt an den Mexikoplatz gegangen, um dort ein gefaltetes Blatt Papier in den Briefkasten zu werfen, das sie in der Innentasche ihrer Jacke gefunden hatte.

Warum bringe ich mich eigentlich ständig in riskante Situationen? Ich erzähle Elyas immer wieder, dass er damit aufhören soll, sich als Gangster zu sehen. Dass er sich damit nur in Gefahr bringt, weil er das Unheil durch seine eigene Prophezeiung überhaupt erst heraufbeschwört.

Wie musste ihr kleiner Bruder sich jetzt wohl gerade fühlen? Irgendwo versteckt, rund um die Uhr bewacht von Personenschützern des LKA. Vermutlich waren die Neuigkeiten aus Steglitz bereits zu ihm vorgedrungen, und mit Sicherheit hatte er längst mitbekommen, dass sie nicht in den Personenschutz gegangen war, wie sie es behauptet hatte. *Ich belüge meinen Bruder, um Hegel, der mich sabotiert, vor einem Feind zu schützen, den ich nicht kenne und mit dem ich nichts zu tun habe.*

Nachdem sie dem Briefkasten den Rücken gekehrt hatte, war sie zunächst auf die gegenüberliegende Straßenseite ins Café Krone gegangen. Sie musste kurz schmunzeln, als ihr der Gedanke kam, dass es statistisch mehr als unwahrscheinlich war, dort erneut einem Tiger zu begegnen. Sie hatte die angebotenen Torten und Kuchen betrachtet und war danach wieder auf die Straße hinausgegangen, um die wenigen Meter zum Slatdorpweg zu laufen. Es handelte sich dabei um so etwas wie einen besseren Trampelpfad, der, allein durch einen Maschendrahtzaun abgetrennt, parallel zu den Schienen der S-Bahn verlief. So gut wie nie war sie hier jemandem begegnet, vermutlich kannten den Slatdorpweg sogar die meisten Anwohner des Ortsteils Schlachtensee nicht. Bisher war sie diesen Weg immer gern gegangen. Er war ruhig, beschaulich und hatte so gar nichts von dem Prunk der sonstigen Umgebung. Doch noch immer wirbelten die vielen Fragen in ihrem Verstand umher, von denen die eine in ihrer Dringlichkeit mittlerweile klar den ersten Platz besetzt hatte. *Aber darum kümmerst du dich ja gleich.* Zuvor wollte sie noch etwas tun, das sie schon lange vor sich hergeschoben hatte. Seltsam, dachte sie, dass es ausgerechnet in einer solchen Situation war, in der sie dieses Vorhaben endlich in Angriff nehmen würde. *Ich muss wohl immer erst dem Tod ins Auge sehen, um mich auf die Lebenden zu besinnen.*

Jula griff nach ihrem Handy und wählte eine eingespeicherte Nummer an. Es dauerte nicht lange, bis eine freundliche Dame den Anruf entgegennahm.

»Hier ist Jula Ansorge.« Sie sprach so, als müsse sie sich für irgendetwas entschuldigen. »Ich würde gern vorbeikommen, passt es heute noch?«

Während die Frau am anderen Ende der Verbindung kurz Rücksprache hielt, sah Jula, dass eines der Tore offen stand, durch die man von der Rückseite der Anwesen in die Gärten der Häuser gelangte, hinter denen der Slatdorpweg verlief. Sie atmete kurz durch und betrat dann das fremde Grundstück. *In einer Gegend, in der die Leute sehr wenig Spaß verstehen, wenn Fremde von hinten auf ihre Anwesen schleichen.* Sie sah, dass keiner der Bewohner in Sichtweite war, und trat hinter den etwas in die Jahre gekommenen Gartenschuppen.

»Frau Ansorge, Sie können heute sehr gern vorbeikommen.« Die Frau sprach freundlich, und ihre Stimme brachte Jula zum Lächeln. »Bis achtzehn Uhr ist es kein Problem, aber bitte kommen Sie frühestens in zwei Stunden.«

Jula bedankte sich und beendete das Gespräch. Dann schloss sie kurz die Augen, atmete tief durch und entschied, dass nun endlich der Zeitpunkt gekommen war. Der Moment, sich dem aktuell dringlichsten ihrer Probleme zu widmen, ließ sich nicht mehr länger aufschieben. Jula hörte, wie sich vom Tor Schritte näherten. Sie hielt den Atem an, wartete darauf, dass die Schritte nahe genug gekommen waren, sprang mit einem lauten Schrei hinter dem Schuppen hervor und verpasste der völlig perplexen Frau einen Boxschlag ins Gesicht, der sie sofort zu Boden gehen ließ. Während die Unbekannte noch um Orientierung rang, hatte Jula sie auch schon mit einem sicheren Griff auf dem Boden fixiert.

»Mir reicht es jetzt! Raus damit, wer sind Sie, und warum verfolgen Sie mich?«

KAPITEL 20

Ich habe mich ja mittlerweile daran gewöhnt, dass alle denken, ich wäre schwach und schutzbedürftig.« Jula konnte spüren, wie sie die Wut, die sie eigentlich auf Hegel verspürte, jetzt ungebremst dieser Frau entgegenschleuderte, die mit vor Entsetzen aufgerissenen Augen und sich die Hände schützend vors Gesicht haltend auf dem Boden lag wie ein angefahrenes Tier. »Aber was ich echt nicht ausstehen kann, ist, wenn man mich auch noch für bescheuert hält!« Jula starrte die Frau schwer atmend und mit weit aufgerissenen Augen an, während sie weiterhin die Faust zum Schlag bereithielt.

»Bitte, es ist nicht …« Die Unbekannte stammelte nur ängstlich, dennoch erkannte Jula einen osteuropäischen Akzent in ihrer Aussprache. »Ich … bitte …«

»Sie saßen im selben S-Bahn-Waggon wie ich. Sie haben nicht oft zu mir rübergesehen, aber doch öfter als üblich. Ich hatte jedenfalls ein seltsames Bauchgefühl bei Ihnen, deswegen habe ich Sie getestet. Als ich absichtlich eine Station zu früh an der Tür gestanden habe, haben Sie das auch gemacht. Und zufällig wollten Sie auch erst eine Station später aussteigen. Okay, das kann ja mal vorkommen. Aber als ich am Mexikoplatz zu diesem Briefkasten gegangen bin, sind Sie auch in diese Richtung gelaufen. Dann sind Sie aber plötzlich in die entgegengesetzte Richtung umgekehrt, um sich dieses Café anzugucken, in das ich reingegangen bin.« Jula musste tief Luft holen, so außer sich war sie vor Zorn. Sie kniff die Augen zu kleinen Schlitzen zusammen und sagte jetzt ebenso leise wie bedrohlich: »Das mag ja alles noch reiner Zufall sein.

Aber dass Sie gemeinsam mit mir in Steglitz in die S-Bahn steigen, weil es aus irgendeinem Grund Ihr sehnlichster Wunsch ist, mal wieder gemütlich durch den gottverlassenen Slatdorpweg zu schlendern – das sollte ich nicht wirklich denken, oder?«

Ihre Faust begann zu schmerzen, so fest hatte Jula sie geballt. Erst jetzt, nachdem sie dem Zorn, der sich im Lauf ihrer ursprünglich nicht geplanten Fahrt nach Zehlendorf immer weiter in ihr aufgebaut hatte, endlich Luft gemacht hatte, erkannte Jula, dass im Blick dieser Frau nichts Böses oder Heimtückisches zu liegen schien. Im Gegenteil, sie erkannte vielmehr eine Mischung aus Schrecken und Verzweiflung. Jula atmete tief durch, schloss kurz die Augen, lockerte die Faust und sprach nun deutlich ruhiger zu der Frau, die sie nach wie vor fest in ihrem Griff auf den Boden presste. »Also gut, nochmal, wer sind Sie, und warum verfolgen Sie mich?«

Die Frau bemerkte offensichtlich, dass Jula ihre Faust zurückzog. Zudem musste sie zweifellos spüren, dass Jula die Härte, mit der sie ihre Verfolgerin auf den Boden zwang, jetzt etwas lockerte. *Okay, gib ihr die Chance, sich zu verteidigen. Nicht durchdrehen.*

»Es tut mir leid, dass ich Ihnen heimlich gefolgt bin. Aber ich konnte Sie nicht einfach so ansprechen. Ich musste auf einen günstigen Moment hoffen.« Sie holte tief Luft. »Er hätte überall sein können, und wenn er bemerkt hätte, dass ich …« Sie schloss die Augen und holte mehrmals tief Luft. »Ich weiß nicht, was er dann getan hätte …«

»Also gut.« Noch immer blieb Jula schroff im Ton, wenn sie auch immer weniger Druck auf den Körper ihrer Kontrahentin ausübte. »Sie reden von Veith Vries, stimmt das?«

Der Frau kamen die Tränen, und sie nickte leicht. »Ich habe Angst vor ihm! Veith ist komplett durchgedreht, er hat schreckliche Dinge getan. Allein schon die Idee mit diesem Tiger, aber das ist noch gar nichts gegen …« Sie hielt inne.

Ich weiß zwar noch nicht, was das hier werden soll, aber ich schätze, ich sollte es mir mal anhören. Jula sah sich um. Sie hatte ein fremdes Grundstück betreten, auf dem sie jetzt auch noch gewaltsam eine ihr unbekannte Frau festhielt. Zum Glück schien bislang keiner der Bewohner des Anwesens den ungebetenen Besuch im Garten bemerkt zu haben. Zumindest konnte Jula keine Anzeichen dafür erkennen. *Ein Polizeieinsatz ist das Letzte, das ich jetzt brauche.*

»Okay, wir verlassen jetzt erst mal dieses Grundstück. Und dann erzählen Sie mir, was hier los ist und warum Sie mir gefolgt sind. Okay?« Noch einmal legte Jula Strenge in ihren Blick und ihre Stimme.

Die Frau atmete noch einige Mal tief durch, bevor sie knapp nickte. Jula entließ sie daraufhin aus ihrer Umklammerung und half ihr ruppig auf. Als die Frau sich gerade umwenden wollte, um das Grundstück zu verlassen, fasste Jula sie noch einmal an der Schulter und blickte ihr tief in die Augen. »Wer sind Sie denn nun eigentlich?«

Die Angesprochene schloss kurz die Augen, sammelte sich und sah Jula dann mit einem Blick an, der ihr eine Gänsehaut bereitete. Mit klarer Stimme sagte sie: »Ich kenne Veith seit seiner Studentenzeit. Das, was ich Ihnen zu sagen habe, sollten Sie ernst nehmen. Ich bin nämlich seine Frau!«

KAPITEL 21

Er hat mich vor die Wahl gestellt.« Sie flüsterte, obwohl sich niemand in Hörweite befand. »Entweder ich helfe ihm dabei, seinen geisteskranken Plan umzusetzen, oder meine Leiche wird in den Ruinen im Bachweg gefunden.«

Jula hatte sich mit der Frau auf eine der Bänke gesetzt, von denen aus man den größten Teil des Mexikoplatzes überblicken konnte. Jula hatte diesen Ort schon immer als typisch für den Bezirk Zehlendorf im Südwesten Berlins empfunden. Sie selbst war im Stadtteil Wedding aufgewachsen, einem der zahlreichen Berliner Ortsteile, in denen praktisch rund um die Uhr irgendetwas los war, die Straßen sich nie leerten, zu keinem Zeitpunkt Stille einkehrte und der Verkehr auf den ständig verstopften Straßen von Jahr zu Jahr nur immer dichter, lauter und lästiger wurde. In Schlachtensee hingegen fühlte sich Jula so, als sei sie zu Freunden aufs Land gefahren. *Allerdings zu reichen Freunden.* Der Platz war gepflegt, die Grünanlage akkurat und zu jeder Jahreszeit in bestem Zustand, die Cafés elegant, die Häuser alt und gediegen und die Menschen freundlich und entspannt. Hier draußen, ganz in der Nähe zu Potsdam, konnte Jula nichts von der Hektik und der Anonymität des Stadtzentrums finden. Und gerade jetzt, in diesem Augenblick, wünschte sie sich nichts mehr, als dass sie einfach nur wegen eines Spaziergangs um die Krumme Lanke hinaus in den Südwesten der Hauptstadt gefahren wäre.

»Womit übt Vries denn Druck auf Sie aus?« Jula sah die Frau streng, aber auch besorgt an. »Ich meine, Sie sitzen jetzt ja gerade neben mir. Weit weg von ihm und unbeobachtet. Sagen Sie mir einfach, wo er sich versteckt, dann rückt da in zehn Minuten ein SEK an, und der Spuk ist vorbei.«

Sie lachte auf, doch nichts Heiteres klang in ihrem Lachen. »Dieses Spiel ist sein Lebenswerk!« Sie flüsterte, doch ihre Worte kamen mit gestochener Schärfe und fester Überzeugung aus ihrem Mund. »Er hat jeden möglichen Zug bedacht. Wenn er festgenommen wird, dann wird etwas Schreckliches passieren. Etwas, das sich dann nicht mehr aufhalten lässt.«

Jula spürte, wie sie für einen Augenblick Gänsehaut bekam. Wobei es weniger die Worte dieser augenscheinlich verstörten und ängstlichen Frau waren, die sie beeindruckten. Vielmehr war es die tiefe Überzeugung, die in dem, was sie sagte, mitschwang.

»Aber wenn er nicht zu stoppen ist, warum sind Sie mir dann gefolgt?« Jula versuchte, beruhigend zu klingen, diese seltsame Unbekannte konnte zweifellos nicht noch mehr Aufregung vertragen. »Was wollten Sie mir denn sagen?«

Immer wieder sah sie sich um, und ihre Unruhe übertrug sich auf Jula, die mit den Füßen zu wippen begann.

»Veith ist im Leben gescheitert, weil er einen schlechten Charakter hat. Er ist ein Menschenfeind und selbstverliebt. Er blickt auf jeden anderen hinab, wer es auch ist. Dass er seine Sinne miteinander verknüpfen kann und dadurch Farben fühlt und Gerüche schmeckt, ist doch eine vollkommen sinnlose Laune der Natur. Aber er glaubt, das macht ihn zu einem Superhelden.«

Jula horchte auf. »Vries ist Synästhetiker? Von diesem Phänomen habe ich gehört, aber begegnet bin ich bisher noch keinem.«

Sie zuckte mit den Schultern. »Veith will nicht verstehen, dass seine Synästhesie auf andere einfach nur seltsam wirkt. Und er denkt, alle lehnen ihn deswegen ab. Und ja, die meisten lehnen ihn wirklich ab. Aber doch nicht wegen seiner Fähigkeit, Farben zu riechen.«

Jula sah sich um. Was seit Hegels Rückkehr aus der Reha geschehen war, hatte selbst den Rahmen ihrer Erfahrungen gesprengt. Und was immer hier auch gespielt wurde, sie hatte verstanden, dass es besser war, zu jeder Zeit mit allem zu rechnen. *Wer einen Tiger in einem Café aussetzt, der sendet auch seine Komplizen aus, um Leute wie mich auszuspionieren. Das, was seine Frau hier tut, kann ohne Weiteres Teil seines Plans sein. Und genau deswegen höre ich es mir mal an.*

»Sie meinen, die anderen lehnen ihn ab, weil er ein Psychopath ist?« Jula behielt ihr Gegenüber im Blick, und sie war jederzeit bereit, einen möglichen Angriff abzuwehren.

»Er kann einfach nicht nachvollziehen, dass er etwas Böses in sich trägt.« Sie sprach inzwischen mit festerer Stimme. »Etwas, das so gefährlich ist, dass jeder Gutachter der Welt gesagt hätte, dass er unter keinen Umständen für das Militär arbeiten darf.« Sie zog ein Taschentuch hervor und schnäuzte sich kurz. Dann wandte sie sich Jula zu und sah ihr zum ersten Mal seit ihrem Kampf auf diesem Gartengrundstück direkt in die Augen. »Professor Hegel hat nichts falsch gemacht, im Gegenteil: Seine Einschätzung war absolut richtig! Und das sage ich nicht nur so dahin. Glauben Sie mir, ich weiß, was er kann. Und ich weiß, was er plant …«

Jula hatte gelernt, sich auf ihre Sinne zu verlassen. Doch das, was sie jetzt spürte, war wenig hilfreich. Einerseits wirkte diese Frau authentisch und schien ehrlich Angst zu haben. Und es wäre auch durchaus schlüssig, sich in dieser Lage nicht an Hegel direkt zu wenden, der zweifellos von Veith Vries im Blick behalten wurde.

»Also gut.« Jula legte zum ersten Mal keinerlei Härte mehr in ihren Tonfall. Stattdessen setzte sie einen mitfühlenden Blick auf. »Warum sind Sie mir gefolgt? Warum riskieren Sie, dass Vries es bemerkt und Sie dafür bestraft?« Sie lächelte leicht und sagte sehr leise: »Was wollen Sie mir sagen?«

Die Frau atmete wieder schneller, und sie sah sich ein weiteres Mal nervös um. »Er ist komplett durchgedreht. Aber das Schlimmste ist – er hat absolut nichts mehr zu verlieren!«

»Wie meinen Sie das?«

»Ich habe sowieso schon zu viel gesagt.« Sie blickte sich um, obwohl weit und breit niemand Verdächtiges zu sehen war. »Ich werde versuchen, Ihnen einen Tipp zu geben, wo er sich versteckt. Aber das kann ich nicht einfach so machen. Ich bin der einzige Mensch, der das außer ihm weiß, und wenn er aufgespürt wird, dann wird er sich grausam an mir rächen.« Ihr kamen die Tränen, und sie erhob sich mit zittrigen Knien von der Bank. »Er hat für alles seine Vorkehrungen getroffen. Auch für die Möglichkeit, dass ich ihm in den Rücken fallen könnte.«

Jula sah die Frau, deren Tränen mittlerweile an ihrem Gesicht hinunterliefen, mit prüfendem Blick an. Also, wenn sie das hier alles nur spielte, um sie in irgendeine Art von Falle zu locken, dann spielte sie jedenfalls verdammt gut. »So wie Sie sich anhören, gibt es gar keine Möglichkeit, ihn zu stoppen.«

»Doch, die gibt es!« Sie fasste Julas rechte Hand und umklammerte diese. »Aber nur für Matthias Hegel. Er ist der Einzige, der von Veith Hinweise bekommt, die es ihm ermöglichen, seine Angriffe abzuwehren. Morgen wird er die nächste Runde spielen. Aber es ist egal, ob Hegel dieses Mal rechtzeitig erkennt, was Veith plant. Weil alles, was er vor dem Finale tut, nur Aufwärmübungen für ihn sind.«

Jula glaubte, plötzlich so etwas wie ein Pfeifen in ihren Ohren zu vernehmen. Der Mexikoplatz schien aus ihrer Wahrnehmung zu verschwinden, während die mit Angst und Tränen gefüllten Augen dieser Frau nun das Einzige waren, das sie zu sehen schien. Sie sprach jetzt sehr langsam und leise. »Was, bitte, wollen Sie mir schon die ganze Zeit über sagen? Warum sind Sie mir gefolgt?«

Sie sah Jula mit einem verzweifelten Blick an. »Sie müssen ihn stoppen, bevor er seine letzte Runde spielen kann. Das, was er vorhat, ist nicht einfach nur irre. Es ist episch!«

»Episch?« Jula spürte, wie es ihr flau im Magen wurde.

Sie nickte, und etwas Bedrohliches mischte sich in ihre Mimik. »Veith plant nicht einfach nur, Matthias Hegel zu bestrafen. Er plant, mit seinem letzten Akt in die Geschichte einzugehen!«

KAPITEL 22

VEITH VRIES, FÜNF MONATE ZUVOR

Es gibt genau sieben Ereignisse, die auf dem Weg in den Untergang eintreten.« Obwohl die Situation kaum ernster sein konnte, zwinkerte Vries der Ärztin zu. »Fünf davon habe ich schon erlebt. Wie es aussieht, neigt sich meine Zeit wohl allmählich ihrem Ende zu.« Dr. Gessert konnte sein Zwinkern unmöglich übersehen haben, doch sie war vermutlich zu professionell, um darauf einzugehen.

»Ich erlebe in meinem Beruf sehr viele ernsthafte Schicksale, aber von diesen *sieben Ereignissen* habe ich noch nie etwas gehört.« Sie zog die Augenbrauen hoch. »Welches ist das erste?«

Vries atmete tief durch und faltete die Hände vor dem Bauch. »Es geht damit los, dass man gleich morgens einen Anruf von seinem Hausarzt bekommt. Ernsthaft, das war wirklich kein sehr gutes Zeichen. Ich hatte nämlich zwei Tage vorher Blut zur Untersuchung abgegeben, die wurden von der Praxis ins Labor geschickt.« Er überschlug die Beine. »Schon am Klingeln konnte ich hören, dass bei der Untersuchung irgendetwas entdeckt worden sein musste, das so wichtig war, dass mein Arzt mich gleich als erste Handlung an seinem Arbeitstag davon unterrichten musste.«

Dr. Gessert verzog keine Miene. »Ich kann mir vorstellen, dass sich das nicht gut angefühlt hat. Tatsächlich ruft der Hausarzt seine Patienten meist nur in ernsten Fällen unmittelbar an. Warum hat er Ihr Blut denn untersuchen lassen?«

»Ich hatte ziemlich viel Gewicht verloren, und mir war immer öfter übel. Später kam dann noch diese Müdigkeit dazu, ich hätte den ganzen Tag schlafen können.« Vries atmete tief durch. »Es war vermutlich nicht besonders erwachsen von mir, diese Symptome so lange zu ignorieren. Ich habe immer mehr Gewicht verloren, aber erst als meine Augen gelb geworden sind, bin ich endlich zum Arzt gegangen.«

Dr. Gessert nickte knapp. »Das erlebe ich sehr oft. Viele Menschen neigen dazu, schlechte Vorzeichen übersehen zu wollen. Verdrängung ist ein klassischer Mechanismus zum Selbstschutz.«

»Mein Hausarzt hat mich dann sofort ins Krankenhaus eingewiesen. Und da habe ich dann den zweiten Schritt ins Verderben erlebt: Es ist nicht besonders ermutigend, wenn man unangekündigt in die Notaufnahme einer Klinik kommt und man trotzdem innerhalb von wenigen Minuten einem Arzt gegenübersitzt.«

»Ihre Praxis hat Sie vermutlich telefonisch angekündigt. Aber ja, wenn das so schnell geht, dann dreht es sich tatsächlich nicht um einen Schnupfen.« Gessert regte sich kaum.

Vries genoss das Gespräch mit der Ärztin. Üblicherweise gehörte er nicht zu den Menschen, die ihre Schwächen thematisierten oder Außenstehende in die Tiefen ihrer Seele blicken ließen. *Das haben schon viele versucht, und sie alle sind dabei an ihrer geistigen Begrenztheit gescheitert.* Der Grund, warum er jetzt so offen mit Dr. Gessert über seinen Weg in den Untergang plauderte, war ein ganz anderer: Vries genoss es, wenn man ihm beim Reden zuhörte. Immerhin gehörte er zu den wenigen Menschen auf der Welt, die wirklich etwas zu sagen hatten. *Aber dem Verrückten hat ja nie jemand ernsthaft zugehört.*

»Das dritte Vorzeichen für den Untergang ist es, wenn man dann in der Klinik von einer Untersuchung zur nächsten gebracht wird. Ultraschall, MRT, CT, Magenspiegelung, Darmspiegelung und was nicht sonst noch alles.«

»Viele Patienten denken, dass Ärzte immer eine klare Diagnose haben, wenn man ihnen die Symptome schildert.« Die Ärztin lehnt sich in ihrem Stuhl zurück. »Tatsächlich können Symptome unzählige Ursachen haben. Ärzte gehen in vielen Fällen nach dem Ausschlussprinzip vor.«

Vries atmete tief durch, bevor der Schmerz ihn schlagartig durchfuhr wie ein Dolchstoß. *Lass dir nichts anmerken. Sie sollen sagen, dass du in Würde abgetreten bist.* »Jetzt kommt eine besonders gute Stufe!« Er zelebrierte eine kleine Pause. »Es ist wahrlich kein Zeichen für gute Neuigkeiten, wenn der Oberarzt persönlich in Begleitung von drei Kollegen in Ihr Krankenzimmer kommt und sich zur Verkündung der Diagnose einen Stuhl greift, um sich zu Ihnen ans Bett zu setzen.«

»Das kann ich gut verstehen.« Dr. Gessert wurde etwas leiser. »Bauchspeicheldrüsenkrebs ist keine Diagnose, die man im Vorbeigehen mitteilt.«

Vries richtete sich in seinem Sitz auf und strahlte die Ärztin voll Vorfreude an. »Jetzt kommt Nummer fünf, meine Lieblingsstufe: Sie wissen, dass Sie am Ende sind, wenn vor Ihrem Bett ein Typ steht, der sich als Psychologe vorstellt, Fachgebiet Psychoonkologie. Er hat mir seine Karte gegeben und gesagt: *Sie haben ja gerade eine unschöne Diagnose bekommen. Wenn Sie reden wollen, dann melden Sie sich bei mir*. Ganz im Ernst, wenn *das* passiert ist, kommen nur noch die Stufen sechs und sieben.«

Dr. Gessert blieb nach wie vor ernst, wenn Vries auch übers ganze Gesicht strahlte. Sie sah ihn einen Moment lang an, bevor sie sagte: »Ich erlebe es nicht sehr oft, dass ein Mensch in Ihrer Lage so entspannt und humorvoll wirkt. Viele andere spüren Angst und Verbitterung, wenn sie verstehen, dass sie nicht mehr lange zu leben haben.«

»Warum sollte ich?« Vries zuckte mit den Schultern. »Ewig leben wir alle nicht. Und den eigenen Tod bemerken ja nur die anderen. Ja, okay, es wird schmerzhaft werden, ich weiß. Aber ein paar Wochen bei guter Fitness habe ich noch. Meine Zeit reicht noch für ein letztes großes Abenteuer aus. Und das kann ich in vollen Zügen genießen.«

Zum ersten Mal, seit er ihr Sprechzimmer betreten hatte, lächelte die Ärztin. »Welches Abenteuer haben Sie sich denn vorgenommen?«

Und wenn Müdigkeit, Schmerzen und Schwäche auch von Tag zu Tag mehr Macht über ihn ergriffen, konnte Veith Vries dennoch nicht umhin, bei dem bloßen Gedanken an seinen letzten großen Auftritt in Vorfreude zu schwelgen. Immerhin, geplant hatte er das Ganze schon seit Jahren. Und was es auch kosten würde – und es würde wirklich, wirklich viel kosten! –, er brauchte jetzt ohnehin kein Geld mehr. Zufrieden lächelnd antwortete er: »Ich werde einem Menschen, der mir sehr viel im Leben bedeutet hat, ein Denkmal setzen. Danach bin ich dann bereit für die beiden letzten Stufen.«

»Ich bin gespannt.« Sie schien zu lächeln, und das, obwohl ihre Mundwinkel nicht im Geringsten nach oben gingen. »Was sind die beiden Erlebnisse, nach denen es zu Ende geht?«

Vries erhob sich und schloss die Knöpfe seiner Jacke. »In Stufe sechs reist die Familie an. Und zwar aus allen Winkeln der Welt, ganz egal wie weit, beschwerlich und teuer es ist. Und sie bringen sogar die Kinder mit. Wenn die sich dann alle mit Tränen in den Augen und einem gequälten Lächeln auf den Lippen um Ihr Bett versammeln, fehlt nur noch der Pfarrer, der Ihnen aus der Bibel vorliest. Danach sind Sie dann endgültig und unumkehrbar am Arsch!«

Er warf der Ärztin eine Kusshand zu, zwinkerte, wandte sich ab und verließ sicheren Schrittes das Sprechzimmer. Und während seine Schmerzen trotz der starken Medikamente in allen erdenklichen Farben strahlten und sich wie das Brüllen eines Löwen anhörten, musste er lächeln. Das Schicksal hatte ihm in der letzten Runde seines Lebensspiels einen unbezahlbaren Joker zugeschoben. *Nichts, was ich ab jetzt tue, hat noch Konsequenzen. Zumindest nicht für mich.*

Nun gab es keine Ausreden mehr, zumal die Zeit drängte. Endlich konnte er seine Fantasien davon erlösen, nichts anderes als einsame Gedanken vor dem Einschlafen zu sein. So horrend und größenwahnsinnig er sein Spiel auch in seinen Gedanken konstruiert hatte, jetzt konnte er es in die Realität umsetzen. *Dr. Gessert wird noch oft von mir erzählen.* Schon bald würde er sich ins kollektive Gedächtnis einer ganzen Generation einbrennen. Schon bald würden sie alle wissen, was Hegel ihm angetan hatte. Die Jagd nach ihm würde auf Hochtouren laufen, und später, wenn er schon lange nicht mehr dabei war, würden die Kinder sich im Schulunterricht mit ihm zu befassen haben.

Sterben werden wir alle. Aber ich muss sagen, so ein angekündigter Tod bringt viele Vorteile mit sich.

Gelassen schmunzelnd spazierte er durch den Flur auf den Ausgang der Klinik zu. Und während der Geruch von Desinfektionsmitteln, Krankheit und Tod sich für ihn zu Formen, Düften, Gefühlen und Geräuschen formte, strahlte er übers ganze Gesicht. *Meine große Abschiedsgala kann beginnen!*

KAPITEL 23

HEGEL

Also ein Tumor an der Bauchspeicheldrüse …« Hegel hatte nach seinem Medizinstudium nur für wenige Jahre als Arzt praktiziert, dennoch war ihm durchaus bewusst, was Vries' Diagnose für seinen ehemaligen Freund bedeutete. »Das ist ein besonders heimtückischer Krebs, er verursacht erst dann spürbare Symptome, wenn man nichts mehr gegen ihn tun kann.«

»Ja, damit kenne ich mich ein bisschen aus.« Jula wirkte nachdenklich, fast abwesend. »Ein Bekannter von mir hatte das Glück, zu den zehn Prozent zu gehören, die vom Pankreaskrebs geheilt werden konnten. Sein Tumor wurde rechtzeitig entdeckt, weil er wegen einer Leberentzündung durchgecheckt wurde, die mit seinem Krebs gar nichts zu tun hatte. Der Zufall hat ihm das Leben gerettet.«

»Das ist schön zu hören.« Hegel legte Jula für einige Sekunden seine linke Hand auf die Schulter. »Geht es Ihrem Freund denn wieder gut?«

»Der ist nicht totzukriegen.« Sie lächelte, als sie an ihren Bekannten dachte. »Er ist Autor und hat seine Erfahrungen aus der Zeit im Krankenhaus gleich in sein nächstes Buch eingebaut. Und dieses Buch hat er den Mitarbeitern in der Klinik gewidmet, die sich in der harten Zeit um ihn gekümmert haben.«

»Ja, das kenne ich noch aus meiner Zeit als Arzt im Praktikum. Man glaubt gar nicht, was für eine harte Arbeit es ist, kranke Menschen zu betreuen. Körperlich, aber oft auch psychisch. Da freut es einen dann, wenn es auch mal einer schafft, dieser Krankheit in den Hintern zu treten.«

Jula hatte Hegel unmittelbar nach ihrem Gespräch am Mexikoplatz über das Treffen mit der seltsamen Frau informiert. Hegel hatte sich daraufhin mit ihr im Volkspark Friedrichshain verabredet, der ein beliebtes Ausflugsziel der Berliner war. Im namensgebenden Ortsteil gelegen, lag der Park sowohl von Hegels Villa als auch von Julas Wohnung so weit entfernt, dass es für Veith Vries praktisch unmöglich gewesen wäre, diesen Ort als Treffpunkt vorauszuahnen. Auch wenn diese Vorsichtsmaßnahme nach Hegels Einschätzung gar nicht erforderlich gewesen wäre. *Er wird mich nicht angreifen, er braucht mich schließlich noch als Laborratte für sein Spiel.*

»Also gut, wir wissen jetzt, warum Vries mit solcher Härte und Konsequenz vorgeht. Er lebt nicht mehr lange, und er will mit einem großen Finale abtreten.« Jula stand auf und ging ziellos ein paar Schritte über die Rasenfläche.

»In seinen letzten Wochen wird er körperlich nicht mehr in der Lage dazu sein, die Regie in seinem Spiel zu führen. Deswegen wird er es schnell zu Ende bringen wollen, vermutlich bis Ende dieser Woche.« Er sah mit besorgter Miene zu Jula hinüber. »Wir müssen uns auf ein paar harte Tage gefasst machen.«

»Was ich nicht verstehe, ist, warum seine Frau heimlich Kontakt zu mir aufnimmt.« Jula kam zu der Bank zurück, setzte sich aber nicht wieder. »Natürlich, es kann ein Teil des Plans sein. Denn wenn er nicht mehr lange lebt, warum geht sie nicht einfach zur Polizei? Sie muss doch zumindest versuchen, diesen Wahnsinn zu verhindern.«

»Ich habe Veiths Frau nie persönlich kennengelernt. Das war lange nachdem ich mit Johanna zusammengekommen war, und einige Zeit nachdem Veith und ich uns, nun ja, überworfen hatten.«

»Das habe ich tatsächlich noch nicht so wirklich verstanden.« Jula kam Hegel etwas näher. »Sie waren zu Studentenzeiten Freunde, aber später haben Sie dann ein Gutachten erstellt, in dem Sie Vries als Gefahr für die Öffentlichkeit eingestuft haben. Wie kam es denn zum Bruch zwischen Ihnen beiden? Warum hasst er Sie so sehr, dass er das hier alles tut?«

»Wir haben früher viel Zeit miteinander verbracht.« Hegel wollte Julas Frage so knapp wie möglich beantworten, die Erinnerungen an damals waren unangenehm für ihn. »Ich war sein Vertrauter, der, dem er seine Sicht auf die Welt erklären konnte. Der Einzige, der ihm zugehört und ihn nicht vorverurteilt hat. Das hat dann aber eben auch dazu geführt, dass er mir im Laufe der Jahre immer tiefere Gedanken mitgeteilt hat.«

»Sie meinen …?« Jula musste nicht weitersprechen.

»Ja, das meine ich. Er hat mir immer absurdere und verstörendere Fantasien anvertraut. Es war so, als hätte ich ihm in Echtzeit dabei zugesehen, wie er immer radikaler und verrückter wurde. Und dann kam die Sache mit dem Obdachlosen.« Hegel hielt inne und sah ins Leere.

»Was …?« Jula musste die Frage nicht ausformulieren.

»Wir waren damals in Kreuzberg unterwegs. Auf dem Weg von einer Kneipe in die nächste sind wir durch eine Unterführung gegangen, in der oft Obdachlose übernachtet haben. Veith war schon sehr betrunken, und er hatte mir an dem Abend auch schon sehr plastisch seine Fantasien erzählt, was er gern mit denen machen würde, die ihn für verrückt gehalten haben. Und dann, als er diesen Obdachlosen auf seiner Matte liegen sah, hat er mich angesehen. Diesen Blick vergesse ich nie! Das war, als sähe mich gar kein Mensch an. Nicht mal ein Raubtier, glauben Sie mir, ich hatte heute die Gelegenheit, das noch mal nachträglich zu vergleichen. Veiths Blick war so, als wäre ein Dämon in ihn gefahren. Hell, klar – und absolut böse. Und dann hat er mit einer Stimmfarbe, die ich nie vergessen werde, gesagt: *Soll ich den für uns abfackeln? Ich meine, wer braucht schon Penner?*«

Jula atmete durch. »Ich verstehe … Das war der Moment, in dem Sie verstanden haben, dass die anderen recht damit hatten, ihn zu meiden.«

»Vor allem habe ich erkannt, dass er mich wohl unbewusst die ganze Zeit über eher aus der Sicht des Psychologiestudenten interessiert hat, der ich ja war. Und dass ich mich in ihm getäuscht hatte. Er war kein Opfer, er war psychopathisch. Ich habe Veith natürlich in dieser Nacht von seinem Plan abgehalten. Aber von da an wusste ich, dass er gefährlich war. Und dass seine Persönlichkeit unter dem Druck der sozialen Ausgrenzung zum Bösen abgedriftet war. Im Lauf der Zeit habe ich den Kontakt dann einschlafen lassen. Nun ja, anscheinend hat Veith das wohl nicht so locker genommen … So ist es, wenn sich unsere Freunde plötzlich als etwas anderes herausstellen, als wir in ihnen gesehen haben.«

Jula schwieg darauf, und für den Bruchteil einer Sekunde wich ihr Blick ins Nichts aus. Hegel erkannte, dass er mit seiner unbedachten Bemerkung vermutlich eine Wunde bei ihr aufgerissen hatte. Julas Beziehung zu Paul, den sie bei ihrer damaligen Arbeit in einem Berliner Radiosender kennengelernt hatte, war unter dramatischen Umständen in die Brüche gegangen. Es hatte sich herausgestellt, dass Paul von der international agierenden Verbrecherorganisation Remus zur Zusammenarbeit gezwungen worden war, um Julas Leben zu beschützen. Und wenn er dies auch nur unter Zwang und aus Sorge um Jula getan hatte, war ihr Vertrauensverhältnis zu Paul danach doch kaum noch zu reparieren gewesen.

»Entschuldigen Sie bitte, das war taktlos von mir.«

»Schon in Ordnung, Ihre Geschichte ist weit schlimmer als meine. Und wir haben jetzt vor allem ganz andere Probleme.« Jula streckte kurz den Körper durch und nahm dann wieder neben Hegel auf der Bank Platz. »Vries' Frau hat Todesangst. Wenn wir jetzt einfach mal unterstellen, dass ihr Auftritt bei mir kein Teil des Plans war, dann hat sie mit dieser Aktion vorhin ihr Leben riskiert.«

»Um ehrlich zu sein, wusste ich gar nicht, dass er noch Kontakt zu ihr hat. Die beiden haben ja laut Holder getrennt gelebt.« Hegel sah mit einem Anflug von Wehmut zu dem Denkmal hinüber, das den preußischen König Friedrich den Großen abbildete. »Ich kannte seine Frau nicht, aber so oder so, warum sollte sie bei so einem irren Plan mitmachen? Ich meine, sie lebt ja weiter, wenn er an seinem Krebs stirbt.« Er wandte den Blick wieder von der Statue ab. Sie erinnerte ihn unweigerlich an den Park von Schloss Sanssouci in Potsdam, in dem er vor langer Zeit selbst glückliche Stunden mit einem geliebten Menschen verbracht hatte. »Ich gehe davon aus, dass Sie ihr nichts erzählt haben, was Veith bei seinem Spiel helfen könnte?«

Jula lachte auf, wenn es auch nicht heiter klang. »Die Zeiten, in denen ich mich habe reinlegen und benutzen lassen, sind vorbei.«

»Also gut, dann sollten wir nach vorn blicken.« Hegel erhob sich von der Bank und richtete den Blick in den Himmel, der strahlend blau und beinahe wolkenlos war. »Wir wissen jetzt, dass Veith seine Spielchen an Orten austrägt, die sich unmittelbar auf seine und meine gemeinsame Zeit beziehen. Im Bachweg haben wir mal zusammengewohnt, in diesem Café haben wir viel Zeit miteinander verbracht.«

»Diesem Muster wird er ziemlich sicher treu bleiben.« Jula erhob sich jetzt ebenfalls und ging auf dem steinernen Weg auf und ab. »Seine Frau hat mir nichts Konkretes gesagt, sie schien zu viel Angst vor ihm zu haben. Aber ganz offensichtlich soll dieses Spiel ein ganz großer Abgang für Vries werden, und den versaut er sich bestimmt nicht, indem er jetzt sein Muster durchbricht.«

»Das sehe ich auch so. Abgesehen davon, dass er mich braucht. Ich meine, was wäre das denn für ein Duell, wenn der Gegner nicht mitspielt? Er hatte es heute nicht auf mich abgesehen, sondern auf die Gäste des Cafés. Und er hat bereits getötet. Er hätte sogar Kinder in Gefahr gebracht, wenn ich nicht nach seinen Regeln gespielt hätte.«

Jula hatte verstanden. »Vries erpresst Sie dazu, seinen Wahnsinn unter allen Umständen bis zum Ende mitzumachen, indem er klarstellt, dass sonst Unbeteiligte sterben.«

»Er weiß aber auch, dass ich heute eine wertvolle Information gewonnen habe. Ich kann ab jetzt die möglichen Ziele für seine nächsten Anschläge eingrenzen.«

Julas Smartphone gab ein Signal von sich, vermutlich eine Erinnerung. »Entschuldigen Sie bitte.« Jula zog das Telefon aus ihrer Tasche, sah aufs Display und riss die Augen auf. »Es tut mir leid, aber ich muss weg.«

Hegel fehlten für einen Augenblick die Worte, bevor er sich wieder fasste und fragte: »Was kann denn so wichtig sein, dass Sie ausgerechnet jetzt gehen müssen?«

Jula steckte ihr Handy zurück und sah mit einem Blick zu Hegel, der gleichermaßen von Wehmut und Freude erfüllt schien. »Für den nächsten Schritt brauchen Sie mich doch sowieso nicht. Ich meine, welche Orte für Sie und Veith Vries früher mal von Bedeutung waren, das wissen sowieso nur Sie. Und wie er tickt, was Sie mit ihm wo erlebt haben, welche Bedeutung das für sein Spiel haben kann, das kann ich auch nicht beurteilen.«

Hegels Mimik wechselte von Verwunderung zu väterlicher Anerkennung. »Okay, da muss ich Ihnen zustimmen.«

Jula nickte knapp und wandte sich ab. Erst als sie schon drei Schritte gegangen war, hielt sie inne, drehte sich zu Hegel um und sagte: »Ich lasse Sie nicht im Stich, keine Sorge. Aber ich muss jetzt zu einem Menschen, mit dem es mir ähnlich geht wie Ihnen mit Vries. Nur dass ich in meiner Angelegenheit leider nichts mehr tun kann. Nie wieder.«

KAPITEL 24

VEITH VRIES, EINE WOCHE ZUVOR

Also, ich hätte im Leben nicht gedacht, dass es so schön werden würde.« Jeffrey lächelte übers ganze Gesicht, während er sich zu seiner Kollegin umwandte. »Oder, Hannah?«

Seine etwas zu auffällig geschminkte, dafür aber tadellos gekleidete Kollegin erwiderte das Strahlen. »Was man aus so einem alten Keller noch alles machen kann.« Sie sah mit dankbarem Blick zu ihren beiden Gästen hinüber. »Zumindest wenn man zwei so fantastische Gönner hat.« Die junge Frau streckte die Arme so weit aus, wie sie nur konnte, und trat mit breitem Grinsen an Veith und seine Begleiterin heran, um sie nacheinander herzlich in die Arme zu schließen. »Das war wirklich sehr, sehr großzügig von Ihnen.«

»Jetzt hör doch mal mit dem *Sie* auf.« Vries lächelte charmant. »Ich war genauso Student wie ihr auch alle. Und an diesem Ort hatte ich ein paar meiner schönsten Stunden.« Er trat mit ruhigen, aber bewusst gesetzten Schritten in die Mitte des Raumes und drehte sich mit einem zufriedenen Lächeln im Kreis.

Er hatte kaum glauben können, dass dieser Ort im Laufe der Jahre zu etwas so Würdelosem wie einer Abstellkammer für Dinge geworden war, die niemals irgendjemand wieder benötigen würde. Ein Friedhof für Gerümpel, das sich niemand wegzuwerfen traute. *Weil man Dinge, die noch funktionieren, eben nicht wegwirft.* Wie viel Zeit seines Lebens er damit zugebracht hatte, so klein zu denken, wie er gewesen war. Ein breites Grinsen zeigte sich auf seinem Gesicht, als ihm bewusst wurde, dass er gerade noch rechtzeitig herausgefunden hatte, wie man es besser machen konnte. *Denke einfach so groß, wie du sein möchtest.* Er hatte innerhalb weniger Wochen zweistellig an Gewicht verloren, seine Haut war fahl geworden, und die Schmerzen kamen immer häufiger. Die starken Medikamente wirkten sich in nahezu allen Bereichen seines Alltags aus, Schlaf, Appetit, Konzentration, Psyche. *Aber noch reicht die Kraft aus, um es zu Ende zu bringen.*

»Dann ist es jetzt wohl an der Zeit für unsere kleine Überraschung.« Celina zwinkerte ihm zu. »Möchtest du, oder soll ich?«

Jeffrey und Hannah sahen einander mit einer Mischung aus Ratlosigkeit und Erwartungsfreude im Blick an.

»Mach du gern, mein Liebling.« Vries warf Celina eine Kusshand zu.

Diese trat unter den gespannten Blicken der beiden jungen Leute zur Tür und rief, so laut sie konnte: »Ihr könnt sie jetzt runterbringen!«

Sofort waren laute Geräusche von oben zu hören, die Farben, Gerüche und physische Wahrnehmungen zu Veith trugen. Und wenn er auch bereits in seiner Jugendzeit verstanden hatte, dass Geschmack oder Duft eines Geräuschs nach praktisch unberechenbaren Kriterien wie zufällig miteinander verknüpft waren, so hatte er doch festgestellt, dass die Stimmung, die sie zu ihm brachten, in der Regel mit seiner Überzeugung in Einklang stand. So war das Rumpeln der Kiste, die von den beiden jungen Männern die Treppe hinuntergewuchtet wurde, jetzt ein wohliger Blumenduft, der ihm wie ein Luftzug über die Haut zu streichen schien.

»Da ist das Ding!« Einer der beiden jungen Männer, Jan hieß er wohl, oder Eric, jedenfalls irgendetwas Norddeutsches, hatte die Tür mit dem Rücken aufgestoßen und schleppte nun gemeinsam mit dem anderen, er hieß wohl Sebastian oder so ähnlich, eine große Holzkiste in den Raum.

»Was ist denn das?« Jeffrey fasste sich mit beiden Händen ins Gesicht, während er voll Vorfreude die Augen aufriss.

»Du hast uns doch schon so viel geschenkt, das wäre jetzt wirklich nicht auch noch …« Hannah setzte ihren Satz nicht fort, so sehr schien sie sich zu freuen.

»Das ist praktisch unerlässlich!« Celina winkte lässig ab. »Guckt doch erst mal, was es ist.«

Vries klopfte auf die Kiste und zwinkerte den beiden jungen Leuten zu. »Ohne das hier wäre es ungefähr so, als würde ich euch einen Pool sponsern, aber das Wasser nicht bezahlen.« Er gab den beiden Jungs von der Spedition einen Wink, woraufhin diese sich daranmachten, die Kiste zu öffnen und deren Inhalt den Blicken der Anwesenden freizugeben.

»Die ist ja der Wahnsinn!« Hannah sprang Vries in die Arme. »Voll retro, das ist auf jeden Fall der Blickfang des ganzen Ladens!«

»Ihr solltet sie hier aufhängen.« Vries trat etwa in die Mitte des Raumes und deutete zur Decke. »Ganz zentral. So, dass jeder sie sehen kann.«

»Auf jeden Fall!« Jeffrey wirkte außer sich vor Freude. »Dass diese alten Räume hier noch mal zum Leben erwachen würden, hätte wohl keiner geglaubt. Ich wusste nicht mal, was das hier früher war.«

»Weil das Geld immer knapper geworden ist.« Vries lächelte so charmant, wie er angesichts des plötzlich wieder stärker werdenden Stechens in seinem Bauch konnte. »Aber wer fleißig lernt, der muss auch feiern können. Das konnte ich damals, und ihr sollt es jetzt auch wieder können.«

Während die jungen Leute noch immer strahlend das Geschenk betrachteten, zwinkerte Vries Celina zu. Ob Hegel wohl darauf kommen würde, bevor es zu spät war? Immerhin, das hier würde seine dritte Runde werden, mittlerweile müsste Matthias das Spiel begriffen haben. *Es wäre den jungen Leuten zu wünschen,* dachte er. Andererseits war es für ihn aber auch ein wunderbarer Gedanke, Matthias mit dummem Gesichtsausdruck inmitten einer Horde junger Menschen stehen zu sehen, denen das Blut an den betrunkenen Körpern hinunterlief. Weil er zu spät begriffen hatte, was hier gespielt wurde. Vries setzte ein weiteres Mal sein charmantestes Lächeln auf, bevor er Jeffrey und Hannah jeweils eine Hand auf die Schulter legte und fragte: »Der Eröffnungstermin steht fest?«

Die beiden nickten eifrig. »Ja, und wir erwarten eine volle Hütte!«

»Das ist gut.« Veith Vries lächelte, während der Anblick seines Geschenks den Duft von Aal in Gelee an seine Riechnerven beförderte. »Dann hängt das gute Stück mal auf. Es soll ja schließlich eine Eröffnungsfeier werden, an die ihr noch lange, lange zurückdenken werdet.«

KAPITEL 25

ELYAS

»Alter, das ist jetzt nicht wahr!« Elyas starrte ohne zu blinzeln auf den Fernseher, als wäre dort soeben der unmittelbar bevorstehende Weltuntergang angekündigt worden.

Es war eine ganze Weile her, dass Julas Halbbruder zuletzt lineares Fernsehen eingeschaltet hatte. Doch in dem Safehouse, in dem er gemeinsam mit seinem besten Freund Friedrich sowie mit Mathilda und deren Großeltern untergebracht war, herrschte absolutes Internetverbot. Und nicht nur das, sämtliche digitalen Geräte und auch sonst alles, das sich auch nur irgendwie würde orten lassen können, war während der Zeit im Polizeischutz bei strengen Kontrollen verboten. Zähneknirschend und erst nach ebenso zeitintensiven wie von vornherein sinnlosen Verhandlungen hatte der Teenager wie zuvor auch alle anderen Bewohner des Hauses sein Mobiltelefon und seine Smartwatch abgegeben. Immerhin, das Fernsehsofa war dann doch um einiges bequemer, als es der Schreibtischsessel war, auf dem Elyas üblicherweise saß, wenn er streamte.

»Ernsthaft!« Friedrich von Würzburg schüttelte ungläubig den Kopf. »Wer kommt bitte auf eine so abgefuckte Idee? Und wo hat dieser Typ überhaupt einen Tiger her?«

»Mann, jetzt scheiß dir mal nicht in deine schicke Olaf-Benz-Unterhose! Wen interessiert der Tiger?« Elyas sah mit aufgerissenen Augen zu seinem Freund hinüber, der neben ihm mit hochgelegten Beinen auf dem Fernsehsessel saß und dank seiner viel zu weiten Hosen tatsächlich einen Blick auf seine edle Unterwäsche freigab. »Siehst du es nicht?« Er deutete auf den Bildhintergrund des Beitrags, der in den aktuellen Nachrichten gezeigt wurde. »Das ist Jula! Von wegen *anderes Safehouse*. Die hat uns verarscht!«

Friedrich griff nach der Fernbedienung und ließ die Festplatte um einige Sekunden im laufenden Programm zurückspringen. Er stellte das Bild im richtigen Moment auf Pause und sah nun ebenfalls genauer hin. »Alter, du hast recht. Das ist sie! Jula ist bei Hegel geblieben.«

Das Haus, in das man sie unter strenger Geheimhaltung gebracht hatte, war gemütlich eingerichtet, wenn es auch eher den Charme eines wenig gepflegten Landgasthofs versprühte. Die Möbel waren rustikal, die Bilder an den Wänden zeigten überwiegend Jagdmotive, die Holzdielen knarrten, wenn man sie nur ansah, und es roch hölzern und moderig. Elyas stand von der Couch auf, trat ans Fenster und sah sich aufmerksam um. Dieses Haus lag nicht nur komplett abgelegen irgendwo im Berliner Umland. Es war auch von einem ebenso gut einsehbaren wie weitläufigen Grundstück umgeben, auf dem überall Kameras und Bewegungsmelder installiert waren. Wenn es ein ungebetener Gast wie auch immer schaffte, unbemerkt bis zum Gartentor zu gelangen, würde er spätestens beim Betreten des Geländes in die Fänge der Sicherheitskräfte geraten. Bis in das Haus hineingelangen würde realistischerweise eher niemand.

»Okay, mir reicht das Rumgesitze in dieser Hütte jetzt mal so langsam.« Elyas' Blick und die Klarheit in seinem Flüstern ließen bei Friedrich erkennbar keine Zweifel daran aufkommen, dass sein bester Freund es ernst meinte. »Ich lasse Jula nicht mit einem Verrückten allein, der Tiger in der Stadt aussetzt. Wir müssen irgendwie hier rauskommen.«

Friedrich sah sich zunächst um, bevor er flüsterte: »Das kannst du vergessen, wir sind hier sicherer als im Knast.«

»Aber das ist kein Knast!« Elyas trat näher an seinen Freund heran. »Denk doch mal nach. Wir sind hier keine Gefangenen, diese Hütte ist nur zu unserem Schutz da. Es gibt niemanden, der uns zwingen kann, hier zu sein.«

»Du meinst …?« Friedrichs Blick machte es unnötig, dass er den Satz beendete.

»Alter, wir tragen keine elektronischen Fußfesseln, Sender oder sonst irgendwas in der Art. Dieses Haus ist einfach nur dazu da, dass es niemand findet. Und, falls es doch jemand findet, dass hier keiner reinkommt. Verstehst du?«

Friedrichs Mund öffnete sich leicht. Vermutlich ohne dass er es selbst bemerkte. »Kein Mensch sagt, dass man hier nicht rauskommt …«

»Und selbst wenn, dann werden die wohl kaum auf uns schießen.«

Jetzt schwiegen die beiden. Elyas konnte geradezu sehen, wie es in seinem Freund arbeitete, doch noch ehe einer der beiden dazu kam, den Gedanken weiterzuverfolgen, erklang Mathildas Stimme vom Flur her. »Wollen wir was spielen?« Die Kleine hielt eine ihrer Barbiepuppen in der Hand.

»Spielt deine Oma denn nicht mit dir? Oder dein Opa?« Friedrich sprach freundlich zu Hegels Tochter, wenn Elyas auch deutlich heraushören konnte, dass es Dinge gab, die er gerade lieber tun würde, als mit Puppen zu spielen.

»Die schlafen.« Das Kind lächelte sanft. »Warum schlafen alte Leute eigentlich immer tagsüber?«

»Die sind wie Smartphone-Akkus.« Elyas trat näher an Mathilda heran und sah ihr ernst in die Augen. »Die Energie geht immer schneller raus, je älter die werden. Deswegen müssen sich alte Leute mehrmals am Tag hinlegen. So wie man bei einem alten Handy öfter den Akku aufladen muss.«

»Ach so.« Mathilda verzog missmutig das Gesicht.

»Diese Form der Gewalt habe selbst ich noch nicht erlebt.« Irgendjemand im Fernsehen sprach in das Mikrofon eines Reporters. Vermutlich irgendein Politiker, vielleicht auch ein Sprecher der Polizei. »Es muss jetzt mit Hochdruck herausgefunden werden, wie es gelingen konnte, einen Tiger unbemerkt …«

»Und so weiter, und so fort …« Friedrich schaltete den Ton ab.

»Was ist denn jetzt? Spielen wir was?« Mathilda fragte drängender.

Elyas warf noch einen kurzen Blick auf den Monitor, bevor ein Lächeln sein Gesicht ausfüllte und er dem Mädchen antwortete: »Also, ich kenne da ein Spiel. Das macht total viel Spaß, aber das können wir nicht spielen.«

»Warum nicht?« Ganz offensichtlich war es Elyas gelungen, die Neugier des Kindes zu wecken.

»Das Spiel ist nur für Jungs, Mädchen haben da nämlich immer Angst vor.« Elyas konnte in Mathildas Gesicht lesen, dass sie wie erwartet auf seinen Manipulationsversuch hereingefallen war.

»Ich habe gar keine Angst!« Die Kleine stampfte mit dem Fuß auf. »Mädchen können das auch spielen!« Das Einzige in Mathildas Blick, das ihre Neugier überlagerte, war eine unübersehbare Note von Unmut.

»Was denkst du, wollen wir es mal probieren?« Friedrich hatte zweifellos erkannt, dass Elyas irgendeinen Plan verfolgte. »Vielleicht können Mädchen das Spiel ja doch spielen.«

Von der Küche her waren jetzt Geräusche zu vernehmen, vermutlich füllte sich einer der Beamten ein Glas Wasser aus der Leitung. Insgesamt waren bisher jeweils drei Beamte pro Schicht im Einsatz gewesen.

»Okay, dann erkläre ich dir das Spiel jetzt mal.« Elyas winkte Mathilda zu sich heran. »Wir spielen *Geisterjäger*.«

Es war sowohl an der Körperhaltung wie auch im Blick des Mädchens zu erkennen, dass Mathilda bereits mit dem Namen des Spiels nicht uneingeschränkt zufrieden war. Doch sie würde trotzdem keinen Rückzieher machen, unter keinen Umständen. Nicht nach Elyas' Provokation.

»Also gut, das spielen wir. Wie geht es denn?« Mathilda trat einen Schritt näher an die Jungs heran, wenn sie diesen auch mit Bedacht setzte.

Elyas vergewisserte sich mit einem Blick in alle Richtungen, dass nach wie vor keiner der Beamten in Hörweite war. Dann stellte er den Fernseher etwas lauter, winkte Mathilda zu sich heran und flüsterte ihr etwas ins Ohr.

KAPITEL 26

TOMKO

Wollen wir darauf wetten, was er als Nächstes macht?« Tomko drehte den Wasserhahn ab und trank einen großen Schluck aus seinem Glas. »Ich tippe darauf, dass er eine Armee von Zombies in den Bundestag schickt.«

Seine Kollegin Nina lachte auf. »Was wäre denn daran so besonders? Ich dachte, da dürfen sowieso nur Zombies rein.«

Tomko setzte sich lässig auf die Kante des Esstischs, der nur wenige Schritte vom Wasserhahn in der kleinen, aber gemütlichen Küche des Safehouse stand. Und wenn die Aufgabe, die potenziellen Zielpersonen vor Veith Vries zu schützen, ihn und seine Kollegen bislang auch noch nicht vor besondere Herausforderungen gestellt hatte, lag ihm dennoch ein flaues Gefühl im Magen. Wobei er dies niemals zugegeben hätte. »Ernsthaft, es kann doch wohl nicht sein, dass die Kollegen diesen Typen immer noch nicht gefunden haben. Der ist ein bekloppter Phonetiker, nicht Chuck Norris.«

Nina zuckte mit den Schultern. »Ich schätze, das ist genau das Problem. Der Typ ist schlau, unscheinbar und allein. Eine terroristische Organisation können wir unterwandern, aber einen einzelnen Typen?« Sie deutete auf die Wände. »Wir schaffen es doch auch, hier nicht gefunden zu werden. Wenn dieser Vries einen zufälligen Ort ausgesucht hat, ihn da keiner kennt und er keine digitalen Spuren hinterlassen hat, dann können die Kollegen ewig nach ihm suchen.«

»Stimmt schon.« Tomko stellte sein Glas auf der abgenutzten

Platte des Esstischs ab. »Eine Gruppe ist groß, bewegt sich und macht Lärm. Ein einzelner Spinner kann abtauchen und sich unsichtbar machen.«

Nina nickte knapp, griff ihr Funkgerät und hielt es sich vor den Mund. »Ist bei dir alles ruhig?«

Aziz, der den Außenbereich überwachte, antwortete bereits nach wenigen Sekunden. »Ein Fuchs ist gerade am Tor vorbeigeschlendert. Soll ich seine Personalien feststellen?«

Tomko schmunzelte und griff ebenfalls zum Funkgerät. »Das lassen wir lieber die Kollegen vom Grenzschutz machen, die haben eine Spezialausbildung dafür.«

Gerade als auch Nina noch etwas zur Erheiterung beitragen wollte, vernahmen die beiden das Zuschlagen einer Tür im oberen Stockwerk. Tomko trat sofort in den Hausflur und rief: »Ist alles in Ordnung?«

Nachdem er drei oder vier Sekunden später noch immer keine Antwort erhalten hatte, ging er zum Treppenabsatz und horchte in die Stille hinein.

Es dauerte nur wenige Sekunden, bis er einen Ruf von Mathilda vernahm.

»Hilfe, sie sind hier!« Das Kind klang angsterfüllt. »Hilfe, rettet mich!«

Dann gab es kein Halten mehr. Tomko griff sein Funkgerät und gab seinen beiden Kollegen durch, dass er ihre sofortige Unterstützung benötigte. Dann zog er seine Dienstwaffe, entsicherte sie und lief schnell, aber konzentriert und mit Blick in alle Richtungen die Treppe nach oben.

»Hilfe, sie holen mich!« Das Kind rief noch lauter.

Gerade als Tomko im Obergeschoss angekommen war und in das Kinderzimmer rennen wollte, aus dem die Rufe kamen, hörte er, wie sich hinter ihm eine Tür öffnete. Sofort drehte er sich um und zielte auf den Türspalt.

»Was ist denn los?!« Mathildas Großvater Bodo stand mit verschlafenem Blick im Türrahmen.

Sofort zog Tomko seine Pistole hoch und rief dem alten Mann zu: »Gehen Sie zurück ins Zimmer!«

In diesem Moment war auch Nina im ersten Stock eingetroffen. Sie drängte den alten Mann zu seiner Frau in das Schlafzimmer zurück und sicherte ihrem Kollegen den Rücken.

»Hilfe!!!« Mathilda schrie offenbar, so laut sie konnte.

»Wir gehen rein!« Tomko nickte seiner Kollegin knapp zu, bevor er sich links neben den Türrahmen stellt und wartete, bis Nina auf der rechten Seite stand. Dann riss er die Tür auf, sah, dass niemand in der unmittelbaren Nähe des Kindes stand, und richtete seine Waffe dann blitzschnell jeweils in die Richtung, in die sein Blick ging. »Sicher!« Er senkte seine Pistole und ging zu Mathilda.

»Warum kommt IHR denn?« Sie sah Tomko, Nina und den mittlerweile ebenfalls eingetroffenen Aziz mit Fragezeichen im Blick an. »Elyas und Friedrich müssten doch kommen.«

»Was meinst du?« Nina atmete schwer. »Warum hast du um Hilfe gerufen?«

»Na, weil die Geister gekommen sind. Das ist doch das Spiel. Ich rufe um Hilfe, und Elyas und Friedrich müssen um die Wette laufen, wer mich zuerst findet. Und der ist dann der Nächste, der von einem Gespenst gejagt wird.«

KAPITEL 27

HEGEL

Fast hätten wir ihn gehabt.« Oswald Holder saß so in Hegels eigentlich bequemem Besucherstuhl, als wäre dieser ein mittelalterliches Folterinstrument. »Wir konnten Vries durch die Überwachungskameras an der Schlossstraße so lange verfolgen, bis er in ein Kaufhaus gegangen ist. Natürlich gibt es da auch Überwachungskameras, aber die konnten wir erst einsehen, als es schon zu spät war. Vries hat sich in der Abteilung für Herrenmode komplett neu eingekleidet, die Sachen hat er gleich anbehalten. Inklusive Schirmmütze. Er hat sich in eine Gruppe von Touristen gemischt, als er das Kaufhaus verlassen hat. Bis wir diese Aufnahmen verfolgen konnten, war er schon längst auf irgendeinem nicht überwachten Bahnhof in der Provinz ausgestiegen und seitdem für uns nicht mehr nachvollziehbar.«

»Veith ist sehr schlau, und er hat das alles jahrelang durchdacht.« Hegel war im Gegensatz zu seinem Gast vom LKA auffallend ruhig. »Machen Sie sich keine Gedanken. Hätten Ihre Leute ihn verhaftet, wäre alles vermutlich nur noch schlimmer geworden.«

»Wie meinen Sie das?« Holder beugte sich leicht vor und führte nachdenklich einen Finger vor die Lippen.

Hegel blieb noch immer fast reglos in seinem Sessel sitzen, wenn er auch versuchte, nicht allzu entspannt dabei zu wirken. Das alles hier war beileibe kein Spaß, und nur weil er besonnen und konzentriert mit der Lage umging, wollte er nicht den Eindruck vermitteln, den Terror seines ehemaligen Freundes sowie den Tod einer noch unbekannten Frau auf die leichte Schulter zu nehmen. »Veith hat zweifellos mindestens einen Komplizen, vielleicht sogar mehr. Und er ist leider nicht so dumm, mich und die Polizei zu unterschätzen. Wir können davon ausgehen, dass er die Möglichkeit einkalkuliert hat, erwischt werden zu können. Ich halte es für sehr wahrscheinlich, dass alles, was er noch vorhat, auch dann ablaufen würde, wenn er in Haft säße.«

Als Hegel sich leicht nach links drehte, vernahm er das leise Knirschen seines Ledersessels. Veith, so dachte er, würde dieses Geräusch vermutlich nicht nur schmecken und riechen, sondern auch körperlich fühlen können. Ob dieses Gefühl für Veith jedoch angenehm war oder nicht, konnte Hegel nicht wissen. Es hatte für ihn schon damals keine Möglichkeit gegeben, die synästhetischen Wahrnehmungen seines Freundes mit logischen Überlegungen herzuleiten.

»Vermutlich haben Sie recht. Vries scheint sich auf jede Eventualität vorbereitet zu haben.« Holder verzog keine Miene, wenn Hegel auch an dessen Atemfrequenz hören konnte, dass der Kommissar angespannt war. »Wir wissen jetzt übrigens, wo er den Tiger herbekommen hat. Leider.« Er senkte den Blick.

»Sie haben noch weitere Tote gefunden?« Auch Hegel sprach jetzt leiser.

Holder atmete tief durch, stand von seinem Stuhl auf und trat vor eines der Gemälde, die Hegel überall in seinem Büro aufgehängt hatte. Den Blick von seinem Gastgeber abgewandt, antwortete er: »Das Tier stammt aus einem Wildpark im Umland. Die haben zurzeit saisonbedingt geschlossen, deswegen ist der Diebstahl des Tieres so schnell nicht aufgefallen. Na ja, deswegen, und …« Holder atmete tief durch, bevor er sich umwandte und Hegel mit trübem Blick ansah. »Wir haben drei weitere Leichen gefunden. Einen Tierpfleger, den Nachtwächter des Geländes und einen der Inhaber des Wildparks.«

»Ich weiß, dass das nicht meine Schuld ist.« Hegel senkte kurz den Blick und sprach etwas leiser. »Aber trotzdem wäre das ohne mein Gutachten damals nicht passiert.«

»Machen Sie sich bloß keine Vorwürfe.« Jetzt klang Holder fast väterlich. »Wie viele Menschen wären wohl gestorben, wenn Sie seine Einstellung beim Militär damals nicht verhindert hätten?«

Hegel nickte still, bevor er fragte: »Wie hat er den Tiger denn unbemerkt in das Café bekommen?«

»Wie Sie schon sagten, er hat sich das alles sehr genau überlegt.« Holder trat wieder an Hegels Schreibtisch heran, wenn er sich auch nicht hinsetzte. »Im Käfig des Tieres lag ein Betäubungspfeil, damit hat er wohl auf den Tiger geschossen. Und im Café haben wir in dem Büro, aus dem der Tiger freigelassen wurde, eine Kiste gefunden. Die war sehr groß, und es stand *Spülmaschine* darauf. Das wurde sehr früh morgens angeliefert. Da war die Schlossstraße noch leer und nur die ukrainische Putzfrau im Laden. Die Kiste wurde von einer Spedition geliefert. Die wussten selbst nicht, was da drin war. Dieses Büro in dem Nebenraum wird nur an Tagen genutzt, an denen der Inhaber des Cafés persönlich da ist. Gestern und heute hat er seine freien Tage. Und die hat er immer dienstags und mittwochs.«

»Veith hat sich wirklich Gedanken gemacht, das muss man ihm lassen.« Kurz sah Hegel Vries' lachendes Gesicht vor seinem inneren Auge, als ihm eine bis dahin vergessene Anekdote in den Sinn kam. Sie waren als junge Leute in diesem Café gewesen und hatten ziemlich angetrunken so laut eines ihrer Lieblingslieder gesungen, dass die damalige Wirtin ihnen Schnaps dafür angeboten hatte, wenn sie wieder mit dem Singen aufhören würden. *Es waren doch schöne Zeiten. Und Veith war zwar ein schräger Vogel, aber doch gar nicht so ausgegrenzt, wie er es empfunden hat. Warum ist das mit ihm so schiefgelaufen?*

»Er hatte das Café verlassen, bevor der Tiger aus dem Büro kam. Wer hat das Tier denn exakt im richtigen Moment aus dieser Kiste gelassen? Die Frau, deren Leiche in dem Raum gefunden wurde?«

»Das können wir ausschließen. Bei der Toten war bereits die Leichenstarre eingetreten, sie muss deutlich früher gestorben sein. Die Kollegen versuchen gerade herauszufinden, wer das Opfer war. Das Gesicht der Frau ist leider vollkommen, nun ja, zerfressen …« Holder versuchte, sich keine Anspannung anmerken zu lassen, doch Hegel konnte diese allein schon in dessen Stimme überdeutlich ausmachen. »In dem Büro gibt es keine Kamera, aber Vries' Helfer musste den Tatort ja spätestens kurz nach dem Vorfall verlassen. Die Kollegen haben bereits überprüft, ob er sich im allgemeinen Chaos einfach unter die Gäste des Cafés gemischt hat, aber so leicht hat er es uns nicht gemacht. Also haben wir uns noch mal die Überwachungsvideos von der Schlossstraße angesehen. Die einzige Person, die nach unseren Erkenntnissen als Komplize infrage kommt, hat sich sehr effektiv verhüllt. Wir gehen aufgrund des Körperbaus und der Bewegungen von einer Frau aus, aber noch nicht mal das ist absolut sicher. Wir fahnden bereits mit Hochdruck nach seiner Ehefrau. Sie wussten, dass er verheiratet ist?«

Hegel hatte förmlich darauf gewartet, dass Holder Veiths Ehefrau erwähnen würde. Er musste nun also zu einer Entscheidung gelangen, und obwohl er seit dem Gespräch mit Jula im Park darüber nachgedacht hatte, war er sich noch immer nicht sicher, wie er sich verhalten sollte. *Wenn Veiths Frau uns wirklich helfen will, sollten wir sie schützen. Es gibt schließlich Gründe, warum sie nicht zum* LKA, *sondern zu Jula geschlichen ist. Wenn die Polizei sie fasst, könnte sie aus Angst vor Veith zu Stein werden. Also gut, lass dir nichts anmerken.* Hegel nickte bedächtig. »Das mit der Heirat habe ich damals noch mitbekommen. Ich habe Veiths Frau allerdings nie getroffen. Er hat sie erst nach dem Ende unseres gemeinsamen Studiums kennengelernt, das war noch einige Jahre bevor die beiden dann geheiratet haben. Ich kann nicht einschätzen, ob sie als sein Komplize infrage kommt, aber ich halte es schon für möglich. Veith ist sehr charismatisch, und wenn er will, dann kann er sehr überzeugend sein.«

»Und er blufft nicht.« Holders Blick trübte sich leicht. »Der Sprengsatz, den wir an der Kita gefunden haben, war scharf! Von der Menge nicht gewaltig, aber er hätte viele Kinder verletzen können.«

Hegel sah Holder mit festem Blick in die Augen und schwieg einen Moment lang. *Veith schreckt nicht einmal davor zurück, Kinder zu verletzen. Gut, dass Mathilda in Sicherheit ist.* Er staunte über sich selbst, dass es ihm gelang, in diesem ganzen Irrsinn noch immer so besonnen zu bleiben. Der scheinbar endlose Moment, in dem er dieser mächtigen Raubkatze Auge in Auge gegenübergestanden hatte, wirkte wohl noch immer auf Hegel. »Also gut, ich habe nachgedacht. Veith spielt mit der Wahl seiner Schauplätze auf seine und meine Vergangenheit an. Es gab zahlreiche Orte, die wichtig für uns waren. Viele davon gibt es mittlerweile allerdings nicht mehr. Zum Beispiel das kleine Kino, in dem wir gemeinsam Filme gesehen haben. Der Imbiss, an dem wir mitten in der Nacht Currywurst gegessen haben, oder die Studentendisco, in der wir getanzt und uns betrunken haben.«

Holders Augen begannen zu glänzen. »Sehr gut, das gibt uns eine Möglichkeit, ihm einen Schritt voraus sein zu können. Wir haben alle Unterstützung, die wir brauchen. Wir können praktisch jeden infrage kommenden Ort sichern und durchsuchen lassen.«

Hegel hob wie zur Beschwichtigung seine Hände. »Veith muss klar sein, dass wir nach den beiden ersten Anschlagsorten genau das Gespräch führen werden, das wir wirklich gerade führen. Und er muss wissen, dass Sie genau *das* tun werden, nämlich Orte sichern, die für ihn und mich relevant waren.«

»Das ergibt leider Sinn.« Der Glanz in Holders Augen verschwand so schnell, wie er gekommen war. »Was denken Sie, was er als Nächstes vorhat?«

»Ich weiß nicht, was Veith mit diesem persönlichen Treffen und dem Gespräch erreichen wollte. Aber wir müssen davon ausgehen, dass alles, was er tut, zu seinem Plan gehört. Und ich bin mir fast sicher, dass er mich nach der Nummer mit dem Tiger auch in seiner nächsten Runde aktiv auf dem Spielfeld sehen will. Beim Bachweg hatte ich keine echte Chance, die Sprengung zu verhindern. Der Tiger hat mich aufgrund meines ruhigen Verhaltens zwar nicht angegriffen, hätte aber viele andere Menschen verletzt oder getötet. Dass Jula auf diesen Morsecode kommen würde, hatte er sicher nicht eingeplant.«

»Ohne Frau Ansorge hätte es heute ein Blutbad gegeben, da stimme ich Ihnen zu.« Holder sprach ganz leise, fast brüchig. »Bitte erstellen Sie mir eine Liste mit Orten, die einen Bezug zu Ihrer gemeinsamen Studienzeit haben, der Spur werden wir in jedem Fall nachgehen. Aber ich glaube auch, dass Vries auf ein ganz persönliches Duell mit Ihnen abzielt. Er will nicht, dass Einsatzkommandos seine Terror-Romantik stören.«

Hegel musste beinahe schmunzeln. *Terror-Romantik. Schöner hätte ich es nicht ausdrücken können.* »Was immer Veith für seine nächste Runde auch plant, er wird mir vorher mit irgendeiner phonetischen Methode einen Hinweis geben. Und spätestens dieses Mal wird er mir eine echte Chance geben, seinen

Plan zu durchkreuzen. Es wäre sonst, nun ja, einfach langweilig für ihn.«

Holder signalisierte Zustimmung. »Er musste bei seiner Planung davon ausgehen, dass Sie heute hilflos viele Menschen durch diesen Tiger würden sterben sehen. Sicher hat ihn das Eingreifen von Frau Ansorge verärgert, zumal er es ausdrücklich verboten hat.«

»Nur gut, dass er zu dem Zeitpunkt schon den Sprengzünder aus der Hand gegeben hatte.« Hegel kniff die Augen zusammen.

»Wenn wir Glück haben, sieht er Frau Ansorges Auftauchen nicht als Regelverstoß, den er bestrafen will.

»Warten wir ab.« Hegel atmete tief durch. »In der nächsten Runde wird Veith sehen wollen, wie ich mich verzweifelt winde, um seinen Anschlag zu verhindern. Und eins ist klar: Ab jetzt wird er absolut keinerlei Gnade mehr zeigen.«

KAPITEL 28

JULA

»Bitte warten Sie ein paar Minuten, Ihre Mutter ist noch nicht so weit.« Der Pfleger deutete auf die harten Plastikschalenstühle im Flurbereich und wandte sich dann mit einem knappen Lächeln ab.

Jula stand wie ein verlorenes Kind auf dem Flur. Sie wagte es kaum, ihre Füße zu bewegen. Jede noch so kleine Veränderung der Position ihrer Gummisohlen auf dem sauber geputzten und irgendwie nach Krankheit und Tod riechenden Vinylboden schallte so laut durch den Flur, dass sie sich beinahe dafür schämte. *Obwohl niemand, der hier lebt, in zehn Sekunden noch irgendetwas von dem Quietschen wissen würde.*

Jula senkte den Kopf. Sie war eine gefühlte Ewigkeit nicht mehr hier gewesen, und die Tatsache, dass die seltenen Besuche bei ihrer dementen Mutter ohnehin nur ihrem eigenen Gewissen nutzten, half ihr jetzt gerade – allein und wie verloren in dieser nach Leid und Trauer müffelnden Halle – so gar nicht weiter. Jula zuckte zusammen, als ihr Handy in der Tasche vibrierte. Sie zog es hervor. *Unbekannte Nummer.* Obwohl es zu Julas Alltag als investigative Journalistin gehörte, anonym kontaktiert zu werden, drückte sie den Anruf weg. *Nicht jetzt.* Sie stellte das Telefon stumm und nahm schließlich doch auf einem der harten Besuchersitze Platz. Für einen Moment schloss Jula die Augen und atmete tief durch. *Dass ich sie an diesem trostlosen Ort treffen muss. Nach allem, was war …* Was, so fragte sie sich zum vermutlich tausendsten Mal, war denn bloß so verletzend daran gewesen, dass ihre Mutter sich damals auf die Seite ihres Freundes Paul geschlagen hatte? Natürlich, solidarisch hatte sie sich ihrer Tochter gegenüber nicht verhalten, aber andererseits war Jula auch keine zehn Jahre mehr alt gewesen. Ihre Mutter hatte nun mal eine andere Meinung von Paul gehabt als sie. Sie hatte ihn gemocht, warum auch immer, und ihn fast immer vor Jula verteidigt, wenn die beiden wieder einmal gestritten hatten. Andererseits, die Streitigkeiten mit ihrem damaligen Freund Paul waren zwar ärgerlich, aber dann auch wiederum nicht der Grund dafür gewesen, weswegen sie den Kontakt zu ihrer Mutter beendet hatte.

Jula musste gegen eine Träne ankämpfen, als sie sich erinnerte. An die Zeit, nachdem sie auf der gemeinsamen Reise nach Buenos Aires mit ihrem Bruder Moritz vergewaltigt worden war und dieser diese unfassbare Tat allen Ernstes selbst gestanden und sich angeblich kurz darauf in seiner Zelle das Leben genommen hatte. Ja, heute kannte Jula die Wahrheit hinter dem Irrsinn, der ihr damals widerfahren war. In einem jahrelangen, erbarmungslosen Kampf, den sie letztlich wohl am stärksten gegen sich selbst geführt hatte, war es ihr schließlich gelungen, die Hintergründe der Ereignisse aufzudecken. Den ganzen Wahnsinn um Verrat, Verbrechen und Tod. Die Wahrheit um Moritz' Rolle bei der Bekämpfung einer internationalen Verbrecherorganisation und die Rolle ihres Ex-Freundes Paul. *Nur dass es da schon zu spät für eine Aussöhnung mit Mama war …*

Vielleicht, so dachte Jula, hatte ihre Mutter sich mit ihrem Verhalten einfach nur schützen wollen. In der Zeit nach Buenos Aires, als Jula seelisch traumatisiert, körperlich verletzt und menschlich anscheinend von allen, die ihr etwas bedeuteten, verlassen oder verraten worden war. *Abgesehen von Paul …* Damals, als Julas Mutter einfach nicht hatte glauben wollen, dass Moritz an dieser Vergewaltigung unschuldig gewesen war. Und das, obwohl Jula es schließlich geschworen hatte.

Nein, ich habe den Täter damals nicht gesehen, aber ich hätte es ja wohl erkannt, wenn es Moritz gewesen wäre. Warum hat sie mir das denn nicht einfach glauben können?

»Du verdrängst die Wahrheit.« Wie ein Fels hatte ihre Mutter damals mit verschränkten Armen in der Küche gestanden. »Du willst nicht wahrhaben, dass er es war, deswegen spielt dir dein Gehirn vor, dass er es nicht gewesen sein kann. Das ist ein ganz normaler Schutzmechanismus der Psyche.«

Es war der Tag von Moritz' Beerdigung gewesen. Oder vielmehr von der Beerdigung der Asche, die man ihnen aus Argentinien zugesandt hatte. Der Beerdigung, auf der Jula nicht gewesen war. Weil sie spüren konnte, dass Moritz nicht tot war, sondern einem Komplott zum Opfer gefallen sein musste. Einer Verschwörung, die aufzudecken sie sich fortan zu ihrer Lebensaufgabe gemacht hatte.

Eine Träne floss an Julas Wange hinunter, als sie daran denken musste, wie sie ihre Mutter zum letzten Mal bei klarem Verstand gesehen hatte. Das war viele Monate vor dem Moment gewesen, als sie schließlich doch noch den Brief gelesen hatte, den sie Paul zur Verwahrung ausgehändigt hatte. Den Brief, in dem ihre Mutter Jula mitgeteilt hatte, dass die Ärzte bei ihr Demenz diagnostiziert hatten.

»Es dauert nur noch ein paar Minuten.« Der Pfleger war an Jula herangetreten, während sie in ihre Erinnerungen eingesunken war.

»Schon gut, ich warte.«

Jula hatte sich zunächst gewundert, als man ihr damals erklärt hatte, dass sie ihre eigene Mutter nicht ohne vorherige Ankündigung besuchen dürfe. Doch sie war nicht ihr gesetzlicher Vertreter, diese Aufgabe hatte ihre Mutter noch zu der

Zeit, als sie ausreichend klar im Geiste gewesen war, an Paul übertragen. Alle anderen Besucher, einschließlich der Familie, hatten sich vorher anzumelden. Immerhin, die Gründe, die man ihr dafür genannt hatte, konnte sie nur allzu gut verstehen.

Demenz ist eine heimtückische Krankheit, die den Betroffenen oft nicht nur die Persönlichkeit raubt. Wir möchten nicht, dass die Besucher unsere Patienten in einem Zustand zu sehen bekommen, der ihnen die Würde nimmt. Wir machen unsere Bewohner liebevoll für ihre Gäste zurecht, frisieren sie und kleiden sie schön ein. Deswegen lassen wir Besucher nur nach vorheriger Anmeldung zu ihnen.

Und man hatte Jula auch noch einen weiteren Grund genannt. Auch wenn dieser für sie eher verängstigend gewesen war. *Unsere Patienten erkennen selbst ihre eigenen Kinder oft nicht mehr. Deswegen bereiten wir sie mit Fotos und Gesprächen vor. Damit die kranken Menschen keine Angst haben, wenn jemand zu ihnen kommt, von dem sie einfach nicht wissen, wer das ist.*

»Warum warst du denn bloß so sicher, dass Moritz damals schuldig war? Dein eigener Sohn …« Jula hauchte ihre Gedanken in die Leere der Halle. Denn gleich, wenn sie ihrer Mutter gegenübersitzen würde, wollte sie das Thema nicht aufbringen. Warum auch? Ihre Mutter war längst in die Leere des Vergessens abgetrieben, während Moritz offiziell unschuldig und am Leben war. Da machte es auch nichts mehr aus, auf wessen Seite sie sich damals geschlagen hatte. Sie selbst wusste es ja nicht einmal mehr. Nein, es gab anderes, das Jula mit ihrer Mutter besprechen wollte. *Oder, besser gesagt, über das ich in ihrer Gegenwart mit mir selbst reden möchte.* Da, eine Tür weiter hinten öffnete sich, und der Pfleger trat in den Flur.

»So, Frau Ansorge. Ihre Mutter ist jetzt bereit.« Er lächelte. »Sie können zu ihr reingehen.«

Also dann. Jula holte tief Luft und erhob sich aus dem knarzenden Schalensitz. Und während sie auf die Tür zuging, hinter der ihre Mutter auf sie wartete, spürte sie, wie sich ihre Schritte verlangsamten. Doch es nützte nichts. Sie musste diesen Besuch machen. Auch wenn sie sich selbst nicht hätte erklären können, warum.

KAPITEL 29

Ich habe nichts bestellt.« Julas Mutter streckte mit gleichgültigem Blick die Hände von sich. »Sie können Ihre Kekse gleich wieder mitnehmen.«

»Oh, entschuldigen Sie bitte!« Jula lächelte freundlich. »Dann war das wohl ein Versehen, die Lieferung ist wahrscheinlich für Ihren Nachbarn.«

Es war erst das dritte Mal, dass Jula ihre Mutter seit deren Unterbringung im Heim für Demenzkranke besuchte. Die Spielregeln hatte sie aber schon nach ihrem ersten Besuch verstanden: *Ein dementer Mensch hat immer recht! Es ist absolut sinnlos, mit ihm zu diskutieren oder ihn davon überzeugen zu wollen, dass er sich irrt. Die Welt eines Dementen ist immer so, wie er sie gerade erlebt. Spiel einfach mit, in zwei Minuten ist sowieso alles wieder vergessen.* Bei Julas erstem Besuch war sie noch bei Weitem nicht so gelassen an die höchst befremdliche Situation herangegangen. Damals, nachdem es Jula auf spektakuläre Weise gelungen war, Matthias Hegel vom Vorwurf zu entlasten, seine Partnerin Johanna ermordet zu haben. Wieder und wieder hatte sie versucht, ihrer Mutter verständlich zu machen, was sie geleistet hatte. Es konnte doch, so hatte wohl das Kind in ihr gehofft, nicht so schwer sein, ihr etwas derart Wichtiges zu vermitteln.

Aber ich hatte keine Chance! Das so strahlend helle Licht, das früher in ihren Augen geleuchtet zu haben schien, war erloschen. Jula sah nur noch in leere, trübe Augen und in eine Mimik, die nicht einmal mehr gleichgültig wirkte. *Es scheint, als habe ihr Geist sie vorzeitig verlassen und dabei schon mal das*

Licht ausgemacht. Jetzt steht nur noch das Gebäude, unbewohnt, dem Verfall ausgesetzt.

Jula hatte sich damals so sehr gewünscht, ihre Mutter mit Stolz zu erfüllen, dass sie deren Zustand wohl einfach nicht hatte akzeptieren wollen. Immerhin hatte sie während ihrer Kindheit und Jugend nicht besonders viel Anerkennung von ihr erhalten. Von dieser äußerst klugen Frau, die sich in so vielen Wissensbereichen ausgekannt hatte, dass Jula sich neben ihr oft für geradezu dumm und ungebildet gehalten hatte. Doch je mehr sie damals gegen ihre Minderwertigkeitsgefühle angekämpft hatte, umso weniger Anerkennung schien ihre Mutter ihr gewidmet zu haben. *Wie traurig,* dachte Jula jetzt, als sie in diese trüben Augen mit dem verloren wirkenden Blick sah. *Ich werde sie nie mehr fragen können, ob das damals Absicht oder einfach nur Ignoranz war.* Julas erster Besuch war seinerzeit so geendet, dass ihre Mutter wütend geworden war und zu weinen begonnen hatte. Doch über diesen Punkt war Jula mittlerweile hinausgekommen. Sie hatte die Spielregeln verstanden, wenn sie ihr auch nicht gefielen. Ganz und gar nicht.

»Schön hast du es hier, so friedlich und warm.« Jula setzte sich zu ihrer Mutter auf das abgewetzte, aber gemütliche Sofa.

»Ja, warm.« Sie nickte, wenn es auch etwas unsicher wirkte. »Der Kuchen muss aus dem Ofen.«

»Ich hole ihn gleich.« Jula lächelte liebevoll. »Was für ein Kuchen ist es denn?«

Ihre Mutter verzog das Gesicht. »Welcher Kuchen?«

Jula behielt ihr Lächeln aufrecht, wenn ihr auch eher zum Weinen zumute war. Nein, sie konnte ihrer Mutter nicht davon berichten, dass sie heute eine Katastrophe verhindert hatte. Und das, obwohl ihre Geschichte mit dem Tiger nicht mehr oder weniger absurd klingen würde als das, was ihre Mutter gelegentlich von sich gab. Jula musste schmunzeln, als sie sich vorstellte, wie ein zufälliger Zuhörer mitbekäme, wie sie ihrer Mutter von ihren heutigen Erlebnissen erzählte. *Der Arme würde wohl ziemliche Probleme damit haben, zu erkennen, wer hier der Demenzkranke ist.*

»Mama, ich weiß, dass du da irgendwo noch bist.« Jula sprach leise und mit Wärme in der Stimme. Wenn es schon nicht ihre Worte waren, die ihre Mutter erreichten, dann doch vielleicht wenigstens der Klang, den sie hineinlegte. »Ich habe im Moment sehr viel zu tun, da draußen passieren gerade schlimme Dinge. Ich ziehe so was wohl magisch an.«

»Mein Onkel Andreas ist Magier.« Julas Mutter klang ein bisschen wie ein Kind. »Der zaubert Kaninchen aus Töpfen.«

»Das ist toll.« Jula strahlte und strich ihrer Mutter liebevoll über den Handrücken. »Ich habe mich gerade gefragt, warum ich ausgerechnet heute das Bedürfnis hatte, dich zu besuchen. Ich habe viel zu tun, es geht zurzeit drunter und drüber. Eigentlich habe ich überhaupt keine Zeit für private Dinge, aber ich wollte dich trotzdem unbedingt heute sehen. Vermutlich sogar gerade deswegen.«

Julas Mutter lächelte. Und ob es nun daran lag, dass irgendetwas von dem, was sie gerade gehört hatte, zu ihr vorgedrungen war, oder ob es reiner Zufall war, jedenfalls freute sich Jula über diese spontane Reaktion.

»Ich glaube, ich wollte mich wohl einfach ein paar Minuten lang wie ein Kind fühlen. Beschützt und sicher.« Sie senkte den Blick. »Papa ist wieder irgendwo in der Weltgeschichte unterwegs.«

Julas Mutter hob den Blick, und kurz schien es, als reagiere sie auf die Worte ihrer Tochter. Doch im nächsten Moment war das, was wie ein Geistesblitz gewirkt hatte, auch schon wieder gewichen. Es half nichts, Jula würde hier nicht das bekommen, was sie sich wünschte. Und auch wenn ihr der Moment der

Einkehr guttat, so wusste sie doch, dass sie an anderer Stelle weit dringender gebraucht wurde.

»Ich gehe dann mal wieder, Mama.«

Jula erhob sich, trat an ihre Mutter heran und beugte sich leicht zu ihr hinunter. Nachdem sie keine körperlichen Anzeichen von Angst oder Abwehr bei ihr erkennen konnte, setzte sie ihre Bewegung fort und nahm ihre Mutter für einen Moment in die Arme. Und wenn auch das Licht in ihren Augen der Trübnis gewichen war, so konnte Jula doch zumindest noch an ihrem Geruch erkennen, dass es keine senile Fremde war, die sie da gerade im Arm hielt. Dieser Körper, so ausgezehrt und müde er auch wirkte, roch noch immer so, wie er es getan hatte, wenn ihre Mutter sie damals auf den Arm gehoben und ins Bett getragen hatte. Kurz bevor sich Jula wieder von ihrer Mutter löste, kam ihr noch etwas in den Sinn. Eine Frage, auf die sie keine Antwort mehr erwartete, die sie aber trotzdem stellen wollte.

»Mama, bist du stolz auf mich?« Ihre Stimme wurde brüchig, und ihre Augen feucht.

Sie hielt die Umarmung noch für ein paar weitere Sekunden, bevor sie sich löste, ihrer Mutter einen Kuss auf die Wange drückte und sich verabschiedete. In dem Wissen, dass sie den Besuch vergessen haben würde, noch bevor die Tür hinter ihr ins Schloss gefallen war.

KAPITEL 30

HEGEL

Wir sollen uns jetzt alle fragen, was du als Nächstes vorhast, oder?« Hegel hatte unter Polizeischutz seine Villa in Grunewald aufgesucht, um aus einer der Kisten in seinem geradezu pedantisch übersichtlich geordneten Keller die Fotoalben von damals zu holen. Die Bilder, die sie gemacht hatten, um sich später gemeinsam lachend an ihre *wilden Jahre* erinnern zu können. Aus einer Zeit, in der man sich noch genau überlegt hatte, welchen Moment seines Lebens man fotografisch festhalten wollte. *Damals hatten wir vierundzwanzig Bilder zur Verfügung, und am Ende war vielleicht eins davon gut. Heute machen wir tausend Bilder, und es ist immer noch höchstens eins davon gut.*

Jetzt, wieder zurück in seinem Büro im Adlon, saß Hegel bequem zurückgelehnt in seinem Sessel und blätterte sich Seite um Seite durch seine und Veiths gemeinsame Vergangenheit. Wie gut, dachte er, dass man damals nur die wirklich wichtigen Momente in Bildern festgehalten hatte. Nicht jeden Kaffee, den man getrunken, und jedes Eis, das man gegessen hatte. Auf diese Weise halfen ihm die Aufnahmen von damals nun dabei, seine Überlegungen zu Veiths möglichen Plänen etwas einzugrenzen. Doch die Frage, was sein alter Freund als Nächstes vorhatte, war für Hegel jetzt eher zweitrangig. »Das wirst du mir schon noch selbst mitteilen.« Hegel sprach zu dem Foto, das Veith mit Mitte zwanzig betrunken auf einer Studentenparty in irgendeiner Berliner Kneipe zeigte, die es vermutlich nicht mehr gab. »Ich finde eine andere Frage viel interessanter.«

Er blätterte um und betrachtete nun das lachende Gesicht des jungen Veith auf einem Foto, das sie beide vor dem Big Eden zeigte, einer der angesagtesten Diskotheken im Berlin der Siebzigerjahre. Veith hatte damals erklärt, dass sich der Club wie nebelfeuchte Handtücher anfühle und nach bitterem Honig schmecke. »Du hast vermutet, dass dich alle ablehnen, weil du dich selbst nicht annehmen konntest.« Hegel sprach mit Verständnis in der Stimme zu dem jungen Veith auf dem verblassten Polaroidfoto. Als er schließlich einen näheren Blick auf die Ablichtung seines eigenen jungen Ichs warf, musste er trotz der denkbar wenig heiteren Umstände breit grinsen. Was würde wohl Julas kleiner Bruder zu der Frisur sagen, die er damals gehabt hatte? Hegel schloss die Augen und fokussierte sich wieder.

Du hast jeden einzelnen Zug deines Plans Tausende Male durchdacht, und dabei bist du zugegebenermaßen sehr kreativ gewesen. Und so wie du es vorhattest, zermartern sich jetzt alle den Kopf darüber, wie deine nächsten Pläne aussehen. Aber etwas anderes interessiert mich noch mehr: Was hast du dir zu der wichtigsten der vielen Fragen überlegt, die du dir stellen musstest?

Gerade als Hegel die Augen schließen und in Gedanken die Vergangenheit nach möglichen Hinweisen durchforsten wollte, vibrierte sein Handy. *Holder*.

»Oswald, was gibt es Neues?« Wenn er auch auf das Schlimmste vorbereitet war, stieg Hegels Puls doch zu keiner Sekunde merklich an.

Er blickte gelassen aus dem Fenster auf die Dächer der Stadt hinaus, die allmählich vom Sonnenuntergang in ein warmes Rot gehüllt wurden.

»Die Jungs sind aus dem Safehouse abgehauen.« Holder sprach schnell, aber dennoch ruhig.

Hegel richtete sich in seinem Sitz auf. »Und was ist mit Mathilda?«

»Der Kleinen geht es gut, keine Sorge. Friedrich und Elyas haben sie ausgetrickst, um heimlich abhauen zu können.«

Hegel atmete erleichtert durch. »Und wo sind die Jungs jetzt?«

»Wir wissen es nicht.« Holder räusperte sich verschämt. »Dadurch, dass wir ihnen die Handys abgenommen haben, können wir sie nicht lokalisieren. Wir sind uns aber sicher, dass die beiden bald bei Ihnen oder Frau Ansorge auftauchen werden.«

»Davon können Sie ausgehen.« Hegel atmete durch. »Sobald ich etwas weiß, gebe ich Bescheid.« Er beendete das Telefonat.

Hegel lehnte sich wieder zurück, während er seine Gedanken fortsetzte. *Dir war von Anfang an klar, dass sie mit allen Mitteln nach dir suchen werden, nachdem das Haus eingestürzt ist. Dein Plan ist dir aber viel zu wichtig, als dass du es auch nur im Ansatz riskieren würdest, dass man ihn dir durchkreuzt. Du hast dir nicht einfach nur überlegt, wo du dich möglichst gut vor den Zielfahndern verstecken kannst. Du hast dir über etwas viel Besseres Gedanken gemacht.* Er schlug die Seite des Fotoalbums um und sah ein Bild, das sie beide auf einer Wiese im Tiergartenpark beim Grillen zeigte. Es war die Zeit gewesen, bevor sie Johanna nachts an der Bushaltestelle angesprochen hatten. Die Zeit, bevor er und sie ein Paar geworden waren. *Danach haben wir weniger gemeinsam unternommen, das muss ich zugeben. War das der erste kleine Riss in unserer Freundschaft? Die Stunde null deines langen Weges vom schrulligen, aber netten Kerl zum komplett durchgeknallten Verrückten?*

Hegel schloss das Album und legte es beiseite. Dann erhob er sich und trat an die Fensterfront heran. Während die Sonne sich immer weiter am Horizont senkte, kam er auf seine Überlegung zurück.

Du kannst unmöglich riskieren, dass sie dich schnappen. Und das, obwohl sie alle nach dir suchen. Veith, du verdammter, gerissener Kerl – wo hast du dich versteckt?

KAPITEL 31

VEITH VRIES

Er war so unglaublich müde. Aber nicht einfach nur, weil er diese anstrengenden Tage hinter sich hatte. Natürlich, auch das spielte in seinen Zustand mit hinein. Tatsächlich war es aber letztlich vollkommen gleichgültig, ob er nun beinahe rund um die Uhr über das Funktionieren seines Planes wachte und alles dafür tat, die Fäden dabei zu keiner Zeit aus der Hand legen zu müssen. Sogar dann, wenn er die letzten paar Wochen seines Lebens, die er noch nicht in irgendeiner Klinik im Bett liegend und dabei langsam vor sich hin sterbend zubringen würde, damit verbrachte, auf einer Luftmatratze im Pool zu liegen – es hätte keinen Unterschied gemacht. *Diese verfluchte Müdigkeit geht einfach nicht weg.*

Vries hatte es wirklich mit Schlafen versucht, bis zu dreizehn Stunden pro Nacht hatte er am Stück im Bett gelegen. Doch nicht einmal das hatte geholfen. Seine Müdigkeit war dadurch nicht auch nur ein bisschen geringer geworden. *Der ewige Schlaf kommt immer näher, halte noch ein bisschen durch. Bald kannst du endlich die Augen zumachen und das Wissen genießen, dass du sie nie wieder öffnen musst. Nie wieder aufstehen, nie wieder Pflichten haben, nie wieder Verantwortung tragen. Einfach schlafen. Immer weiter und weiter, ohne dass dich jemals wieder irgendetwas weckt.* Vries spürte, wie seine Augenlider schwerer zu werden schienen. Noch konnte er dagegen ankommen, doch schon bald würden sie einen Grad von Schwere erreicht haben, vor dem er kapitulieren musste. Bevor er sich gleich aber wenigstens noch ein paar Stunden Schlaf vor dem morgigen Tag gönnen würde, wollte er noch einmal sichergehen, dass der weitere Verlauf seiner Operation planmäßig verlief.

Er rief über den sicheren Server, den er auf seinem Rechner installiert hatte, die Seite des Lieferdiensts auf, den er mit der Übergabe seiner nächsten Überraschung für Hegel beauftragt hatte. *Ihr Auftrag wird morgen um zwölf Uhr ausgeführt.*

»Ich hoffe, ich habe es dir nicht zu schwer gemacht.« Der Gedanke daran, wie Hegel seinen Code zu entschlüsseln versuchte, fühlte sich wie goldener Rhododendron mit Rosendornen an. »Es wäre so schön, wenn du dabei wärst, wenn es passiert.«

Es würde Hegel vermutlich nicht töten, wenn er die dritte Spielrunde persönlich miterlebte. Aber es würde ihm wehtun! *Und noch viel besser: Es wird dich zeichnen! Ganz egal wie lange du nach meinem großen Finale noch zum Leben verflucht bist, du wirst nie wieder in den Spiegel sehen können, ohne an mich zu denken.* Vries schmeckte seine Vorstellung wie scharfen Zucker, der von hinten gegen die Augäpfel pochte. Wenn die Zeit, in der sein Krebs sich immer schneller und schneller in seinem Körper ausgebreitet hatte, Vries etwas gelehrt hatte, dann war es, dass der Tod keine Strafe bedeutete. *Der Tod ist gar nichts, buchstäblich. Man selbst bemerkt ihn schließlich nicht. Niemand, den man tötet, fühlt sich danach bestraft. Wie sollte er auch? Nein, das wäre viel zu einfach für dich. Geradezu ein Akt von Gnade. So einfach kommst du nicht davon, Matthias. Deine Strafe ist eine ganz andere.* Vries zuckte zusammen, ein stechender Schmerz durchfuhr ihn wie ein Blitzschlag, und er krümmte sich mit einem lauten Aufschrei. Dann sank er zu Boden und begann zu wimmern. Und während der Boden unter seinem abgemagerten Körper den Geruch von lila Glühlampen annahm, huschte trotz der quälenden Krämpfe noch einmal ein Lächeln über sein Gesicht. *Ihr Auftrag wird morgen um zwölf Uhr ausgeführt.*

KAPITEL 32

DONNERSTAG
ELYAS

»Ich wette, die vermuten uns genau hier. In der Nähe vom Adlon.« Elyas sah sich vorsichtig auf dem belebten Pariser Platz vor dem Nobelhotel um. »Wir sollten hier lieber nicht auf Jula warten, das ist echt riskant.«

Er und Friedrich hatten die ganze Nacht benötigt, um sich unbemerkt nach Berlin durchzuschlagen. Es hatte nach ihrer Flucht natürlich nicht lange gedauert, bis zwei der Sicherheitsbeamten aus dem Safehouse ihre Verfolgung aufgenommen hatten.

Doch wenn es sich dabei auch um Profis ihres Faches gehandelt hatte, so waren diese bei Elyas eben auch nicht gerade auf einen Anfänger getroffen. Jedenfalls nicht, wenn es darum ging, sich vor der Polizei zu verstecken.

»Warum können wir da nicht warten?« Friedrich zwinkerte. »Wir sind nicht Hannibal Lecter und Ted Bundy auf der Flucht aus Alcatraz. Ich glaube mal nicht, dass die eine Spezialeinheit gegründet haben, die mit Hubschraubern und Fährtenhunden nach uns sucht. Die haben uns ja gestern nicht mal gefunden, als wir noch in der Nähe waren.«

Ja, es war tatsächlich ziemlich clever von Elyas gewesen, nach der Flucht von dem bewachten Anwesen nicht einfach blindlings die Straße hinunterzulaufen, um irgendwo nach einer Möglichkeit Ausschau zu halten, zu einer Mitfahrgelegenheit in Richtung Berlin zu kommen. Die Beamten hätten sie innerhalb weniger Minuten entdeckt und wieder in die geschützte Unterbringung zurückgebracht.

»Du hast leicht reden.« Elyas sah seinen Freund an, als hielte sich dieser für etwas Besonderes. »Du bist ja auch nicht der, den sie sofort wieder in dieses bekackte Haus stecken, wenn sie uns finden. Du bist achtzehn, dich können sie nicht zwingen, in der Pampa rumzusitzen und Angst vor *Fritz Fies* zu haben oder wie der Spacko heißt.«

Elyas hatte nicht ganz unrecht. Friedrich hätte vermutlich auf eigenen Wunsch und nach dem Unterzeichnen irgendwelcher Formulare einfach gehen können. Schließlich waren sie keine Gefangenen, sondern Schutzpersonen. Zudem lag kein richterlicher Beschluss vor, der ihre Inobhutnahme anordnete. Aber Elyas? Er war gerade einmal knappe fünfzehn, über seinen Verbleib im Opferschutz hatte also letztlich nicht er zu entscheiden, sondern sein Vater. Und wenn Benno Ansorge, dieser vertrottelte Loser, auch durchaus manipulierbar war, so nützte dem Jungen dies in seiner jetzigen Lage doch rein gar nichts. Sein Vater war zurzeit nicht in Berlin, sondern mal wieder in der Weltgeschichte unterwegs. Seine Mutter war schon lange zurück in ihre nordafrikanische Heimat gezogen und hatte das alleinige Sorgerecht an Elyas' Vater abgetreten. Für die Zeit seiner Abwesenheit hatte Benno Ansorge Jula mit der Wahrnehmung seines Erziehungsrechts beauftragt. *Und Jula lässt mich nie und nimmer aus diesem Knast für Opfer raus.*

»Okay, und was ist dann jetzt dein Vorschlag?« Friedrich sah sich zum gefühlt hundertsten Mal um, seit sie aus der Bahn gestiegen waren. »Wenn wir Jula helfen wollen, dann müssen wir mit ihr reden.«

Elyas dachte nach. »Na ja, nicht unbedingt.« Er schloss die Augen. »Jula hat Schiss, dass wir in Gefahr geraten, und Hegel fährt sowieso seinen eigenen Film. Wenn wir uns jetzt bei einem von den beiden melden, schicken die uns garantiert sofort wieder ins Safehouse.«

»Es hätte mir eine sehr unangenehme Nacht erspart, wenn dir dieser Gedanke gestern gekommen wäre.« Friedrich verdrehte die Augen.

»Jetzt chill mal!« Elyas legte seinem Freund die rechte Hand auf die Schulter, als sei er dessen Mentor. »Wir hauen jetzt hier ab und schicken Jula einfach eine Voicemail. Damit sie weiß, dass es uns gut geht. Du kennst sie ja, die tickt sonst aus.«

»Okay, und dann?« Friedrich sah Elyas voll Skepsis an.

»Alter, was wohl?« Elyas' Blick ließ jedes weitere Wort überflüssig werden.

»Na super.« Friedrich senkte den Blick. »Das hatte ich schon befürchtet ...«

KAPITEL 33

HEGEL

Lassen Sie mich raten, Frau Mohr.« Hegel hatte nur wenige Stunden geschlafen, und selbst das nicht freiwillig. Er war lediglich auf der Couch im Eingangsbereich seiner Suite eingenickt, nachdem sein Körper ihm vorübergehend den Dienst versagt hatte. »Jemand hat etwas für mich abgegeben, das ich mir unbedingt ansehen sollte?«

Die Mitarbeiterin von der Hotelrezeption schwieg einige Sekunden lang, bevor sie antwortete. »Irgendwie schon.« Es hätte der phonetischen Fähigkeiten von Hegel nicht bedurft, um erkennen zu können, dass sie verunsichert war. »Es handelt sich eher um eine, nun ja, *Einladung*. Kommissar Danlowski hat das bereits überprüft. Es hat wohl alles seine Richtigkeit.«

Natürlich hatte es das. Was immer da unten auch auf ihn wartete, was immer Veith schon wieder irgendjemandem aufgetragen hatte, ihm zu liefern. Es kam zweifellos so, wie alle anderen seiner Botschaften zuvor, von niemand anderem als einer weiteren ahnungslosen Marionette.

»Wozu wurde ich denn eingeladen?« Hegel setzte sich auf die Kante seines Schreibtischs.

»Warten Sie bitte kurz.« Die Hotelmitarbeiterin reichte erkennbar den Hörer weiter.

»Professor Hegel?« Jetzt war es Danlowskis Stimme. »Ich vermute mal, dass Sie sich mittlerweile über nichts mehr wundern. Aber die Einladung, die hier vor mir liegt, ist für eine Veranstaltung in der näheren Umgebung, die bereits begonnen hat. Es besteht nach unserer Überprüfung keine konkrete Gefahr bei dem, nun ja, *Event.*«

Hegel schüttelte den Kopf. »Veith will mich nicht irgendwo hinlocken, um mich hinterrücks zu erschießen. Er wird mich nicht angreifen, das wäre komplett unbefriedigend für ihn. Er will mich erniedrigen. Also, sagen Sie schon. Wo schickt er mich dieses Mal hin?«

Kurz drang der Duft der Tasse Kaffee auf seinem Schreibtisch zu Hegels Nase vor. Als er diesen Geruch zuletzt wahrgenommen hatte, war kurz darauf ein Tiger aufgetaucht. *Wie viel schlimmer kann es noch werden?*

»Also gut.« Danlowski atmete tief durch. »Wie es aussieht, sollten Sie auf dem Weg noch ein Geschenk besorgen. In einer Spielwarenhandlung.«

KAPITEL 34

Wir haben das angesichts der Umstände alles sehr diskret überprüft.« Danlowski war in Zivil gekleidet, sein Ohrstecker, über den er mit seinen Kollegen kommunizieren konnte, nur bei näherem Hinsehen zu erkennen. »Der Familie wurde erzählt, dass Sie zum Management des Künstlers gehören und sich mal ansehen wollen, wie er seine Show gestaltet.«

»Ich bin mir nicht sicher, ob Veith mir Angst machen oder mich veralbern will.« Hegel sah über den Gartenzaun hinweg zu der Gruppe der Feiernden. »Aber ich muss ihm schon lassen, dass seine Präsentation an Absurdität wenig zu wünschen übrig lässt.«

Sie waren etwa eine halbe Stunde lang in einem unauffälligen Fahrzeug aus der Tiefgarage des Adlon durch den dichten Berliner Straßenverkehr nach Halensee gefahren. Der gutbürgerliche Berliner Stadtteil war eher ruhig gelegen. Viele alte Villen dominierten das Stadtbild, hinzu kamen Parks und Gewässer, die für eine ruhige, angenehme Wohnatmosphäre jenseits des Großstadttrubels sorgten.

»Sie sind der Herr von der Künstleragentur?« Die Frau war zum Gartentor gekommen, nachdem sie das Eintreffen Hegels und seines Begleiters bemerkt hatte. »Ihr Künstler hat schon aufgebaut. Gut, dass Sie kommen, die Meute wird langsam unruhig.«

»Bitte entschuldigen Sie.« Hegel legte so viel Bass wie möglich in seine Stimme, die meisten Menschen beruhigten tiefe Töne. »Ich habe gehört, dass unser Künstler heute eine ganz neue Darbietung zeigt, die wollte ich gern direkt vor dem Publikum miterleben, für die sie gedacht ist.«

»Ja, das verstehe ich.« Die Frau lächelte freundlich. »Kinder sind sehr ehrlich.«

Hegel sah in den hinteren Teil des Gartengrundstücks. Überall waren bunte Luftballons aufgehängt, auf dem Tapeziertisch mit den Speisen waren viele verschiedene Kuchen und Torten in den grellsten Farben zu sehen, aber auch Würstchen, Hamburger und jede Menge Süßigkeiten.

»Maaama!!!« Ein kleiner Junge in einer kurzen, fleckenübersäten Hose kam auf die Frau zugelaufen. »Wann geht's denn endlich los?«

An der Rezeption des Adlon war nichts weiter als eine bunte, handbeschriftete Karte abgegeben worden. Sie zeigte einen liebevoll gezeichneten Clown, der einen kleinen Affen auf der Schulter trug. Der Affe seinerseits hielt ein Schild mit der Aufschrift *Ich werde 10!* in der Hand. Die Karte hatte in einem Umschlag gesteckt, den die Polizisten bereits überprüft hatten, bevor Hegel über die Nachricht informiert worden war. Konfetti hatte darin gelegen, das beim Öffnen der Karte zu Boden gefallen war.

»Die kleine Verzögerung war meine Schuld.« Hegel beugte sich mit einem breiten Lächeln zu dem Kind hinunter. »Jetzt kann es losgehen.«

»Jippieeeh!« Der Junge sprang vor Freude in die Luft. »Ich sage Bescheid!« Damit wandte sich das Kind von den Erwachsenen ab und lief zu seinen Freunden.

Hegels Blick folgte dem Jungen mit Wehmut. Nein, Veith würde keinen Angriff auf einen Kindergeburtstag geplant haben. Er wollte mit seinen durchaus kreativen Inszenierungen von Bomben, Raubkatzen und Kinderpartys ganz offenbar nur zeigen, wie willkürlich und somit unberechenbar seine Vorgehensweise war. Keinesfalls würde er seinen exponierten Platz in der Kriminalgeschichte, auf den er mit seinem perfiden Spiel ziemlich offensichtlich spähte, mit einem Angriff auf feiernde Kinder gefährden. *Den Sprengsatz an der Kita hätte er sicher auch nicht gezündet. Der war nur eine Absicherung. Veith konnte sich schon denken, dass er das nicht würde tun müssen. Er kennt mich gut genug, um zu wissen, dass ich das niemals riskieren würde.*

»So, Kinder! Dann kommt mal alle zur Bühne!« Eine Männerstimme erklang mit Knarzen und Fiepen durch ein nicht besonders gut ausgesteuertes Mikrofon. »Gleich kommen meine beiden Freunde zu euch!«

Hegel und sein Begleiter Danlowski traten durch den Vorgarten in den hinteren Bereich des Grundstücks. Etwa zwanzig Kinder tobten über die weite Rasenfläche, spielten Einkriege, sprangen auf einer kleinen Hüpfburg oder plünderten das Büfett, das liebevoll und kindgerecht angerichtet und dekoriert war. Hegel betrachtete die Bühne, vor der sich nun die jungen Gäste zu drängen begannen. Er las den grellen Schriftzug des Künstlers, der ihm verhieß, auf welche Art von Darbietung er sich einzustellen hatte. Figurentheater … *Veith weiß anscheinend noch, dass ich kaum etwas mehr hasse als Puppenspiel. Die Figuren haben keine Mimik, und meistens werden sie alle von ein und demselben gesprochen. Dadurch lassen sich keine individuellen Zwischentöne unterschiedlicher Stimmen heraushören, die etwas über die Emotionen der Schauspieler verraten würden. Die Puppen haben ja nicht mal eine Körpersprache.*

»Der Auftraggeber für das Puppenspiel war Vries persönlich, der Künstler hat ihn auf Fotos eindeutig identifiziert.«

»So weit keine Überraschung.« Hegel lächelte, aber nicht, weil er zufrieden war. Die Kinder und ihre Eltern sollten einfach nicht das Gefühl bekommen, dass etwas Unerfreuliches auf sie wartete. »Was hat Veith mit dieser Familie zu tun? Wie kommt er dazu, dem Jungen einen Puppenspieler zu schicken?«

Der Polizist nickte knapp, bevor er antwortete: »Die Aufführung war bereits von den Eltern gebucht. Vries hat sich telefonisch an die Mutter des Jungen gewandt und ihr angeboten, das Puppentheater für sie zu bezahlen. Unter der Voraussetzung, dass *jemand aus seinem Team* heute herkommen und sich die Aufführung angucken darf.«

»Das war wieder einmal clever von ihm.« Hegel behielt sein sanftes Lächeln im Gesicht, obwohl es ihm absolut nicht gefiel, das perfide Spiel seines früheren Freundes weitestgehend wehrlos mitspielen zu müssen. »Gibt es noch was, das ich wissen sollte?«

»Allerdings.« Der Beamte flüsterte. »Vries hat dem Künstler vorgegeben, gleich zu Beginn eine ganz konkrete Nummer aufzuführen. Erst danach darf er sein übliches Kinderprogramm zeigen. Dazu hat er nicht nur eigene Marionetten geliefert, sondern auch eine Audiodatei, auf der sich der Text befindet. Diese Datei hat er anscheinend persönlich besprochen. Wir können also davon ausgehen, dass sich die möglichen Hinweise gleich in der ersten Nummer verstecken.«

Hegel faltete die Hände ineinander, als der Einsatz fröhlicher Musik den bevorstehenden Beginn der Vorführung ankündigte. »Ich sage das nicht besonders oft.« Weder wich das sanfte Schmunzeln von seinen Lippen, noch ließ er sich auf sonst irgendeine Weise anmerken, wie er sich in diesem Moment tatsächlich fühlte. »Aber was immer da auch gleich passieren wird – es graust mir davor!«

KAPITEL 35

Guck mal, Matthias! Das ist mein neuer Sportwagen!« Die Marionette, die offenkundig Veith Vries nachgebildet war, deutete auf die Pappnachbildung eines Autos, das seinerseits keiner bestimmten Fahrzeugmarke nachempfunden schien. »Wollen wir damit irgendwo zusammen hingleiten?«

»Warum nicht?« Die erstaunlich gut gelungene Hegel-Nachbildung nickte und verneigte sich in typischer Marionettenmanier.

Die Vries-Puppe streckte den rechten Arm aus, und das Geräusch einer Funkfernbedienung erklang. »Dann mal los!«

Die Marionetten stiegen andeutungsweise in das Auto ein, woraufhin Motorengeräusche zu hören waren. Jetzt schienen die beiden irgendwo hinzufahren, wenn auch nicht erkennbar war, wohin.

»Weißt du, Veith, ich möchte das Essen, das du mir gestern gekocht hast, mit dem Essen in einem Sternerestaurant vergleichen!«

»Oh, tatsächlich, lieber Matthias?«

»Ja! Also: Im Vergleich zum Essen in einem Sternerestaurant war deins sehr viel schlechter!«

Die anwesenden Erwachsenen schmunzelten, während die Kinder sich dem Anschein nach noch mit der bloßen Gegenwart der Puppen sowie ihrer Erwartungshaltung zufriedengaben. Hegel folgte dem grotesken Spiel aus einigen Metern Entfernung, während sich Danlowski so im Gartenbereich des Hauses positioniert hatte, dass er überblicken konnte, was der Künstler, der sich hinter seiner Puppenbühne verborgen hielt, gerade tat. Tatsächlich handelte es sich bei dem Mann um einen seit Jahren aktiven Künstler, der seine Dienstleistungen im Bereich des professionellen Puppenspiels im Internet anbot und schlicht und einfach von Veith Vries für seinen Auftritt bei Hegel engagiert und vorab bar bezahlt worden war.

Die Bewegungen der Figuren sind vollkommen unwichtig. Dafür ist der Puppenspieler zuständig, das kann Veith nicht kontrollieren. Die Botschaft, die er mir sendet, könnte im Text des Dialogs versteckt sein. Aber die Wahrscheinlichkeit ist viel größer, dass sie sich in der Tondatei befindet.

»Weißt du, Matthias, mir war gar nicht bewusst, wie schrecklich mein Leben gewesen ist, bevor wir Freunde geworden sind.« Die beiden Puppen agierten in dem durch ein simples Pappmodell angedeuteten Auto eher minimalistisch. »Erst seitdem wir Freunde geworden sind, ist mir bewusst, wie schrecklich mein Leben ist!«

Hegel konnte sich ein Lächeln nicht verkneifen. Ja, dieser Text war für Kinder viel zu kompliziert und in seinen Andeutungen schlicht nicht nachzuvollziehen. *Aber irgendwie schon auch witzig.*

»Veith, wie du weißt, habe ich ja sehr viel mehr Geld als du.« Der Text der Hegel-Puppe war so gesprochen, dass er nachdenklich und besonnen klang. »Aber jetzt, wo ich älter werde, ist mir etwas klar geworden: Das, was mir wirklich wichtig ist, kann ich mit all meinem Geld nicht kaufen!«

»Das ist ja schlimm!« Die Vries-Puppe wandte sich jetzt direkt an das Publikum. »Wollen wir alle mal Mitleid mit Matthias haben?«

Es waren zunächst die anwesenden Erwachsenen, die mit einem großen, sarkastischen *Ohhhhh* einsetzten. Die Kinder stimmten zunächst zögerlich, dann etwas zu lautstark mit ein.

»Was ist es denn, das du dir mit all deinem Geld nicht kaufen kannst, Matthias?« Die Vries-Marionette schien die Hegel-Puppe zu streicheln.

»Das, was ich mir wirklich wünsche, ist eine Boeing 747! Weißt du, wie teuer so ein Flugzeug ist? Das kann ich mit meinem ganzen Geld nicht bezahlen! Und dann muss man die ja auch noch dauernd volltanken, und das bei den Benzinpreisen!«

Wieder huschte ein Schmunzeln über die Gesichter der Erwachsenen. Die Kinder hingegen hatten offenkundig noch keine einzige der Pointen verstanden und zeigten erste Anzeichen von Unruhe.

»Weißt du was, Matthias?« Die Vries-Puppe schien eine Vollbremsung zu machen. »Ich steige hier aus. Ich muss noch zu einem Kindergeburtstag. Die Kinder warten auf meine Freunde Kasper und Seppel.« Jetzt wandte sich die Puppe direkt an das Publikum. »Wollt ihr, dass meine Freunde jetzt kommen?«

Erwartungsgemäß brach unter den Kindern ein großes Hallo aus. Die Vries-Marionette verneigte sich, dann fiel der Vorhang.

Hegel sah zu Danlowski hinüber, der mit Argusaugen die Handlungen des Puppenspielers überwachte. Sie nickten einander zu. Der an Hegel adressierte Teil der Vorführung war zweifellos gelaufen. Hegel ging zu seinem Begleiter vom LKA hinüber. »Ich brauche die Tondatei sofort in meinem Labor.«

»Und was ist mit den Puppen und den Requisiten?«

Hegel winkte ab. »Die sind unwichtig. Der Text ist auch egal.«

Der Beamte sah Hegel ebenso ungläubig wie interessiert an. »Das können Sie jetzt schon sagen?«

»Ich bin mir ziemlich sicher.« Hegel deutete mit einer Geste an, dass er die Geburtstagsfeier zeitnah verlassen wollte. »Was mich interessiert, sind die Erschütterungen.«

»Welche Erschütterungen?« Danlowski blickte Hegel ratlos an.

»Die Erschütterungen in Veiths Stimme.« Damit wandte er sich ab, bedankte sich höflich bei der Mutter des Geburtstagskinds und verließ zusammen mit Kommissar Danlowski das Anwesen.

KAPITEL 36

JULA

Ja, die beiden haben sich bei mir gemeldet! Mit einer behämmerten Voicemail, auf der sie mir mitteilen, dass alles in Ordnung ist.« Jula musste sich beherrschen, nicht in ihr Handy zu schreien. »Darf ich Sie auch mal was fragen? Was machen Ihre Leute vom Opferschutz eigentlich hauptberuflich? Ich meine, wie können denen denn bitte zwei Teenager einfach so abhauen?«

Die Frau am anderen Ende der Verbindung schwieg für einige Sekunden, allein die Geräusche in ihrem Hintergrund waren zu hören. Und von wo genau auch immer die Mitarbeiterin des LKA Jula anrief, es schien gerade einiges bei ihr los zu sein. Schließlich erwiderte sie betont ruhig: »Wir setzen derzeit den größten Teil der uns zur Verfügung stehenden Kräfte für die Fahndung nach Veith Vries ein. Dieser Kerl scheint sich ein besonders gutes Versteck gesucht zu haben. Frau Ansorge, es tut mir wirklich sehr leid, dass die beiden Jungs entkommen sind. Ich habe auch jüngere Geschwister. Aber üblicherweise …«

Jula fiel ihrer Gesprächspartnerin ins Wort. »Ja, üblicherweise hauen Schutzpersonen nicht ab. Das ist mir schon klar. Aber üblicherweise ist die Schutzperson auch nicht mein Bruder Elyas mit seinem Freund Friedrich. Die beiden sind unberechenbar, und das hatte ich Ihren Kollegen mehrfach deutlich gesagt.«

»Bitte verstehen Sie auch uns, Frau Ansorge.« Die Frau blieb noch immer ruhig, wenn sie auch mittlerweile etwas schneller zu atmen schien. »Nicht nur, dass wir mit zahlreichen Einsatzkräften nach Herrn Vries fahnden, die Kollegen sind zeitgleich damit beschäftigt, zahlreiche Orte zu überprüfen, die in der Vergangenheit von Professor Hegel und Dr. Vries eine Rolle gespielt haben. Nach unseren bisherigen Erkenntnissen sind das potenzielle Anschlagsorte. Und dann ist das ja auch nicht das Einzige, was wir zu tun haben. Am Samstag treten die Rolling Stones im Olympiastadion auf. Was meinen Sie, was wir unter den gegebenen Umständen da an zusätzlichen Sicherheitsmaßnahmen durchführen müssen? Der Senat ist heilfroh, dass die Stones nicht abgesagt haben.« Sie atmete tief durch und sprach etwas ruhiger weiter. »Frau Ansorge, wir haben einfach nicht genug Leute, um an allen Fronten mit voller Kraft zu stehen. Also bitte, geben Sie Bescheid, wenn sich die Jungs bei Ihnen blicken lassen. Zurzeit gehen wir nicht davon aus, dass sich die beiden in konkreter Gefahr befinden. Die bisherigen Aktionen von Herrn Vries deuten nicht darauf hin.«

Jula lehnte sich in den Sitz ihres Wagens zurück und gähnte. Seit sie am Vorabend von der Flucht der Jungs erfahren hatte, war sie so ziemlich an jedem Ort gewesen, den sie auch nur ansatzweise mit Elyas und Friedrich in Verbindung hatte bringen können. *Natürlich ohne Erfolg, das haben die beiden ja schließlich vorhersehen können.*

»Mein Bruder ist sehr schwer zu berechnen.« Jula bemühte sich darum, ruhig zu bleiben, obwohl sie in der Nacht bestenfalls zwei oder drei Stunden geschlafen hatte. Und das auch nur auf dem Sitz ihres Twingos, wenig komfortabel auf irgendwelchen Parkplätzen oder Raststätten. »Ich muss jetzt weiter, Professor Hegel hat mich informiert, dass er einen neuen Hinweis zur Analyse vorliegen hat. Also, danke für nichts!« Sie beendete das Telefonat.

Noch einmal gähnte Jula, während sie sich in ihrem Autositz

streckte. Die vergangenen Tage hatten ihr viel abverlangt. *Gestern dann noch der deprimierende Besuch bei meiner Mutter, die Nachricht von der Flucht der Jungs.* Doch wenn sie ehrlich zu sich war, gab es einen vollkommen anderen Grund dafür, dass sie sich fühlte wie der machtlose Spielball irgendwelcher Männer, die Berlin als Austragungsort für ein ebenso idiotisches wie menschenverachtendes Spiel gewählt hatten. *Ich kann seit Tagen immer nur reagieren, nachdem schon etwas geschehen ist. Okay, ich habe die Menschen im Café vor dem Tiger gerettet, aber es muss doch möglich sein, diesem Vries mal zuvorzukommen. Und auch wenn ich dafür nicht das notwendige Hintergrundwissen habe, dann müsste doch zumindest Hegel allmählich verstehen, wie dieses Spielchen weitergehen wird. Aber er war ja schon bei der Gruselgeschichte nicht ehrlich zu mir.* Jula griff zu ihrem Handy und wählte Hegels Nummer an.

»Hallo, Jula!« Im Hintergrund waren Fahrgeräusche zu vernehmen. »Ich bin auf dem Weg ins Adlon, mir liegt eine neue Tondatei von Veith vor. Wo sind Sie?«

Jula atmete tief durch. »Wo ich bin? Ich bin am Ende meiner Nerven!«

Hegel blieb ruhig, so wie er es immer tat. »Das kann ich gut verstehen. Niemand kann von Ihnen erwarten, dass Sie sich in Veiths Wahnsinn hineinziehen lassen. Ich habe volles Verständnis, wenn Sie sich aus dieser Sache heraushalten möchten.«

»Genau!« Jula musste sich beherrschen, um nicht böse aufzulachen. »Jetzt, wo Elyas und Friedrich früher oder später in diese Nummer hineingezogen werden, fahre ich schön in das Safehouse, esse Knäckebrot vor dem Kamin und sehe mir endlich mal wieder *Dirty Dancing* an. Immerhin, ich kann da ja jederzeit abhauen, wenn ich keine Lust mehr drauf habe.«

Hegel schwieg kurz. Dann sagte er: »Wussten Sie schon, dass

sich das Geräusch einer Funkfernbedienung bei jeder Automarke anders anhört?«

»Bitte?« Jula benötigte eine Sekunde, um Hegels scheinbar absurde Frage zu deuten. »Ach so, Sie meinen den neuen Hinweis?«

»Ganz genau! Bitte kommen Sie so schnell es geht ins Adlon. Ich befürchte, dass Veith nach dem Scheitern seiner Tiger-Aktion dieses Mal keine Gnade mehr wird walten lassen. Wir müssen jetzt also schnell sein, und vor allem dürfen wir uns keinen einzigen Fehler erlauben!«

KAPITEL 37

CELINA

Überall war Blut, so viel, dass es doch eigentlich nicht nur von einem einzigen Menschen stammen konnte? Fliegen und anderes Geschmeiß labten sich an den verwesenden Überresten und schwirrten auch sonst überall umher, massenhaft, so dicht, dass sie beinahe eine Wand zwischen ihr und dem toten Körper bildeten. Der Geruch war mittlerweile ausgeblendet, immerhin. Celinas Verstand hatte entschieden, diesen Aspekt des Traumas zu verdrängen. Vielleicht, so dachte sie, war es ihrem Sinnesgedächtnis auch einfach nur nicht möglich gewesen, eine derartige olfaktorische Kakofonie aus Blut, Leid, Tod und Verwesung abzuspeichern. Die Bilder hingegen kamen zu ihr, wann und wo immer sie wollten. Nicht nur nachts, wenn sie das Licht ausschaltete, weil es ihr keinen Schutz vor den Erinnerungen bot. Sie warfen sich willkürlich und ohne dass es eines Auslösers bedurfte vor ihr inneres Auge. Sei es in der Bahn, im Supermarkt oder einfach nur auf dem verdammten Scheißhaus. Mal in zuckenden Blitzen, mal in ganzen Filmsequenzen. Und wenn man auch meinen würde, dass sich der Geist doch allmählich selbst an das Schlimme gewöhnen würde – an das Schlimmste gewöhnte er sich, zumindest in ihrem Falle, nicht.

»Du bist HIER und JETZT, und die Vergangenheit kann dir nichts mehr tun.« Sie hätte ihr Mantra, das eher schlecht als recht gegen die Erinnerungen funktionierte, lieber geschrien als geflüstert. Doch sie befand sich nicht in ihrer kleinen Wohnung irgendwo draußen auf dem Land. Da, wo es niemand mitbekommen konnte, was das Vergangene mit ihr trieb, wie es ihm gerade gefiel.

Celina sah sich um. Immerhin hatte Veith seinen Plan so minutiös choreografiert, dass es ihrer Hilfe jetzt kaum noch bedurfte. Dieser erfreuliche Umstand ließ ihr Zeit. Zeit, Jula zu folgen, Zeit, Hegel im Blick zu behalten. Und vor allem Zeit, sich im Gewimmel der Touristen rund um das Brandenburger Tor vor dem Adlon aufzuhalten und zu beobachten, was dort geschah.

Hegel hat sich seit seiner Rückkehr aus der Klinik fast nur in seiner Hotelsuite aufgehalten. Veith hatte recht, das muss man ihm lassen.

Celina behielt ihre Zielpersonen stets aus sicherer Entfernung im Blick. Sie folgte ihnen schon den ganzen Tag lang, seit dem Augenblick, in dem sie ihnen auf ihrem Beobachtungsposten ins Netz gegangen waren. Und das war überraschenderweise nicht einmal besonders schwer für sie gewesen. Wie gut, dachte Celina, dass sie diese unscheinbare Statur und das Allerweltsgesicht hatte. Damals, als junge Frau, hätte sie so gern große Brüste und eine Modellfigur gehabt. Die anderen Mädchen an ihrer Schule waren ihr allesamt schöner und begehrenswerter vorgekommen. Aber so war es nun mal. Die Gene des Menschen hatten sich noch immer nicht aus der Zeit herausentwickelt, in der eine Frau nur überleben konnte, wenn sie einen Mann hatte, der sie beschützte und ernährte. Aus der Zeit, in der es viel mehr Frauen als Männer gab, weil die Jagd gefährlich und die Sterberate unter den Männern weit höher gewesen war. So, dass sich nur die schönste von allen sicher sein konnte, einen Ernährer und Beschützer zu finden, weswegen die Frauen einander stets Konkurrenten gewesen waren.

Aber das ist ein paar Jahre her. Du kannst dein Mammut mitt-

lerweile sehr gut selbst erlegen. Außerdem, wenn alle Männer wären wie Veith, dann wäre die Menschheit nie über die Steinzeit hinausgekommen.

Da, plötzlich schoss es ihr wieder durch den Verstand wie ein unerwarteter Tritt in den Rücken. Die aufgerissenen toten Augen und das Blut, das schwarz statt rot war. Die Kälte, die Dunkelheit, und immer wieder diese verfluchten Insekten. Wie eine Armee von winzig kleinen Soldaten, die sich zu einem einzigen Riesenwesen vereinen konnten, um jeden, der ihre Kreise störte, in einem gewaltigen Strudel zu verschlingen.

»Vorsicht!« Der Schrei des Mannes war so laut und kam so unerwartet, dass er Celina aus ihrem inneren Gefängnis riss.

Schon packte sie etwas mit großer Kraft an den Schultern und zog sie zurück. Kurz war überall Himmel, dann ein dumpfes Aufschlagen, danach schwarz. Ein letztes Aufflackern von Erinnerung an das Blut, dann Verwirrung, Stimmen – und wieder Himmel.

»Was …?« Sie war wie benebelt, orientierungslos und nicht dazu imstande, ihre Situation zu erfassen.

»Es ist alles gut!« Der Mann zu der Stimme hatte sich über sie gebeugt. »Sie waren wohl gerade in Gedanken, jedenfalls sind Sie auf die Fahrbahn gelaufen.«

»Sei'n Se dem Mann ma dankbar, jute Frau!« Das war die Stimme einer älteren Dame, offenkundig einer Berlinerin. »Wär der nich jewesen, dann wär'n Se jetzt dot!«

Und schließlich erkannte Celina ihre Lage. Tatsächlich, sie hatte so tief in ihrem inneren Verlies gesteckt, dass sie einfach immer weitergelaufen war. Ihrem Ziel hinterher, darauf wartend, dass sich der perfekte Moment ergeben würde. Sie hatte die Fahrbahn gesehen, natürlich. Und auch die Ampel, die für Fußgänger eindeutig Rot angezeigt hatte. Doch ihr Verstand hatte keine Kapazität dafür gehabt, diese Bilder zu interpretieren und die logische Schlussfolgerung daraus zu ziehen. Immerhin, gleichzeitig das Trauma zu verwalten und ihre Zielperson im Auge zu behalten, das war nicht gerade einfach.

»Danke.« Sie stammelte eher, als dass sie sprach.

Der Mann half ihr wieder auf die Beine. »Geht es Ihnen gut, haben Sie Schmerzen?« Er führte einen kleinen Hund an der Leine und schien auch sonst von freundlichem Wesen zu sein.

»Es ist alles gut, Sie sind wirklich mein Schutzengel.« Celina wich kurz mit dem Blick auf ihre Zielperson aus. Sie durfte unter keinen Umständen den Kontakt verlieren, eine andere Spur gab es nicht. Sie lächelte dem Mann zu und strich ihm über die Schulter. »Wären Sie nicht gewesen, dann hätte das große Auswirkungen gehabt. Ich arbeite nämlich gerade an einem sehr wichtigen Projekt.«

Der Mann lächelte verschmitzt. »Vielleicht arbeiten Sie ja zu hart an Ihrem Projekt, ruhen Sie sich mal aus.«

Celina nickte entschlossen. »Das werde ich tun! Spätestens übermorgen ist alles erledigt, danach habe ich dann alle Zeit der Welt.«

KAPITEL 38

HEGEL

Ich sehe es regelrecht vor mir, wie Veith gegrinst hat. Jede einzelne Nacht vor dem Einschlafen.« Hegel hatte die Kopfhörer abgesetzt und Jula in das Tonstudio gebeten, das in seinem Büro integriert war. »Wie er sich vorgestellt hat, dass ich irgendwo auf einem absurd fröhlichen Kindergeburtstag auftauche und mir ein albernes Kasperletheater ansehe, das für alle anderen witzig ist. Nur nicht für mich. Wie er es genossen hat, diesen Text aufzunehmen.«

Er hatte Jula die relativ kurze Audiodatei gleich zur Begrüßung zweimal nacheinander vorgespielt.

»Also, in einer Comedyshow würde ich die Gags vermutlich wirklich witzig finden.« Jula sah erneut auf ihr Handy, wenn ihr im Grunde auch klar war, dass Elyas sich ganz sicher nicht telefonisch bei ihr melden würde. »Aber ich vermute mal, dass es sich wieder um irgendein phonetisches Phänomen handelt, von dem ich noch niemals irgendwas gehört habe.«

»Das ist ja das Gute an meinem Beruf.« Hegels Miene blieb der Situation entsprechend ernst, wenn er unter anderen Umständen auch gern schelmisch gelächelt hätte. »Die meisten Menschen nehmen Töne so selbstverständlich hin wie Atemluft. Beides können sie nicht sehen, also ist es zwar schon irgendwie da, aber andererseits auch nicht. Hat man erst einmal verstanden, dass Töne physikalische Fakten sind, dann eröffnet sich einem eine Welt, die den weitaus meisten Menschen verborgen bleibt. Leider fand Veith genau *das* an der Phonetik immer am interessantesten …«

Jula signalisierte Zustimmung. »Sie meinen, dass er Macht über etwas hat, das fast alle anderen Menschen nicht verstehen oder über das sie niemals wirklich nachdenken?«

»Glauben Sie mir, er hätte beim Militär Waffen entwickeln können, die ein Mensch wie er niemals in der Hand halten sollte. Massenvernichtungswaffen, die nur er und vielleicht noch eine Handvoll anderer Experten überhaupt verstehen oder bedienen können würden.«

Jula nickte gedankenvoll und ließ den Blick durch das schalldichte Fenster in die Weite der Großstadt ausweichen. »Dann legen Sie mal los: Welcher Horror versteckt sich hinter diesem albernen kleinen *Matthias und Veith fahren Auto*-Sketch?«

»Um Ihnen das zu demonstrieren, würde ich Sie gern um etwas bitten: Sagen Sie doch mal *Berlin ist eine schöne Stadt.*« Hegel sah Jula mit einem Blick an, den sie unmöglich falsch verstehen konnte.

Tatsächlich folgte sie seiner Aufforderung, ohne diese zunächst zu hinterfragen, wie sie es normalerweise getan hätte. »Berlin ist eine schöne Stadt.«

»Vielen Dank.« Hegel verneigte sich leicht. »Und jetzt tun Sie mir den Gefallen, den Satz zu wiederholen, dieses Mal aber beim Sprechen zu hüpfen.« Erneut konnte sein Blick keinen Zweifel daran aufkommen lassen, dass er sich keinen Spaß mit Jula erlaubte.

Entsprechend folgte sie der Aufforderung. Jula hüpfte leicht auf dem federnden Boden der Tonkabine und sagte erneut: »Berlin ist eine schöne Stadt.«

Hegel nickte zufrieden. »Haben Sie es bemerkt?«

Jula musste nicht lange nachdenken. »Man kann hören, ob

ich beim Sprechen ruhig dastehe oder ob sich mein Körper bewegt.«

»Ganz genau!« Hegel nahm an dem kleinen Schreibtisch in der Kabine Platz und rief die Darstellung der Frequenzen von Vries' Tondatei auf. »Jedes harte Auftreten auf dem Boden erzeugt einen kleinen abrupten Anstieg des Luftdrucks im Kehlkopf. Aus diesem Anstieg kann man zum Beispiel die Schrittfrequenz eines Sprechers heraushören. Ob jemand beim Reden in Ruhe ist, langsam geht, zügig läuft, rennt oder hüpft. Das alles erzeugt Erschütterungen im Ton, die sich eindeutig nachweisen lassen.«

»Okay, das verstehe ich.« Jula wirkte ruhig, sie bewegte sich kaum noch und hatte die Augen leicht zusammengekniffen. »Aber wie hat Vries diese Tatsache für seine Botschaft genutzt?«

»Das ist das Problem.« Hegel schüttelte den Kopf, wenn auch nur ganz leicht. »Ich kann deutlich hören, dass er sich während der Aufzeichnung dieser Datei bewegt hat. Die Schwankungen in seiner Sprache sind auf der Grafik zu sehen.« Er deutete auf seinen Monitor.

Jula sah sich die Anzeige der Frequenzkurve genauer an. »Die Erschütterungen in seiner Stimme scheinen ziemlich gleichmäßig zu sein.«

»Nicht ziemlich!« Hegel vergrößerte die Darstellung der Frequenzen noch etwas. »Die Schwankungen sind *exakt* gleichmäßig! Sie folgen einem konstanten Muster, das sich während der gesamten Aufnahme nicht verändert.«

»Er hat sich also während der Aufzeichnung bewegt.« Jula dachte kurz nach. »Wie soll Ihnen das als Hinweis nutzen?«

»Allein seine Bewegung beim Sprechen wäre tatsächlich etwas dürftig, wenn er sichergehen will, dass ich seine Botschaft verstehe.«

»Deswegen haben Sie mich am Handy gefragt, ob ich weiß,

dass sich das Geräusch einer Funkfernbedienung bei jeder Automarke anders anhört?«

»Ganz genau! Es gibt noch einen zweiten Hinweis in der Datei, und Veith hat ganz sicher keine überflüssige phonetische Information eingebaut.« Hegel ging zum Anfang der Aufnahme zurück. »Hier, an dieser Stelle öffnet Veiths Marionette die Autotür über die Funkfernbedienung. Das charakteristische Geräusch ist eindeutig der Marke BMW zuzuordnen.«

»Dann nehme ich an, dass es in Ihrer gemeinsamen Vergangenheit einen wichtigen Vorfall gab, bei dem ein BMW im Spiel war.« Jula regte sich kaum, sie wirkte absolut fokussiert.

»Eben nicht!« Hegel zuckte mit den Schultern. »Wir sind damals fast überall zusammen in meinem BMW hingefahren. Wie Sie wissen, waren meine Eltern vermögend, deswegen war ich einer der wenigen Studenten in meinem Jahrgang, der ein Auto hatte.«

Jula trat etwas näher an Hegel heran und zwinkerte ihm zu. »Sie haben mich aber nicht hergebeten, weil Sie keine Ahnung haben, was Vries Ihnen mitteilen möchte?«

»Ich gebe es nicht gern zu, aber tatsächlich fehlt mir noch die entscheidende Information.« Er senkte den Blick für die Dauer eines Sekundenbruchteils. »Ich habe Kommissar Holder alle Orte mitgeteilt, an denen Veith und ich früher oft waren und die es auch heute noch gibt. Die Polizei checkt die alle mit großem Aufwand, aber bisher wurde nichts gefunden, das verdächtig wäre.«

Jula überlegte kurz. »Vries hat spätestens mit seinem zweiten Anschlagsort klargestellt, dass er sich bei der Wahl der Location an Ihrer gemeinsamen Vergangenheit orientiert. Der BMW deutet zunächst mal nur auf Ihre gemeinsame Studentenzeit hin. Dass es darum geht, wissen Sie ja mittlerweile, und das muss Vries schon klar gewesen sein, als er das alles geplant hat. Wo sind Sie denn mit dem BMW hingefahren, wo Sie sich beide schnell und rhythmisch bewegt haben? Zum Sport, vielleicht Joggen im Park oder so was in der Art?«

»Dafür sind die Sohlen zu hart.« Hegel lehnte sich gegen die gedämmte Wand der Tonkabine. Sein Schlafdefizit hatte sich beträchtlich angestaut, sehr lange würde sein Körper ihm dies nicht mehr durchgehen lassen. »Man kann aus den Anstiegen der Tonhöhe bei körperlicher Bewegung heraushören, welche Sohlen der Sprecher trägt.«

»Ich habe auf der Aufnahme nur die Stimmen und das Schlüsselgeräusch gehört. Keine klackenden Sohlen.«

Hegel nickte. »Das ist ein weiteres Phänomen der Phonetik: Man muss die Schritte selbst gar nicht hören, um über die Schwankungen in der Stimme auf die Sohlen rückschließen zu können. Also, zumindest darauf, ob sie eher stark oder schwach gepolstert sind.«

»Okay, und in diesem Falle sind es also keine weichen Laufschuhe?«

Hegel nickte. »Die Sohlen sind auffallend hart! Unter keinen Umständen würde man solche Schuhe beim Joggen anziehen.«

»Also gut.« Jula schloss die Augen. »Er bewegt sich absolut rhythmisch, trägt aber harte Sohlen. Mit Ihrem BMW sind Sie dagegen überall hingefahren.« Jula blieb kurz still, bevor sie schließlich die Augen öffnete. Hegel meinte, ein Aufblitzen darin zu erkennen. »Ist bei irgendeiner Tour mit dem BMW mal was passiert?«

»Nein, daran habe ich auch schon gedacht. Der Wagen hat niemals eine tragende Rolle zwischen uns gespielt. Und in meinem Leben gab es auch nur diesen einen BMW, danach bin ich immer andere Marken gefahren.«

»Okay, dann habe ich nur noch eine Idee.« Jula atmete tief durch.

»Ich bin gespannt. Und ehrlich gesagt habe ich Sie auch deswegen zu mir gebeten. Dieses eine Puzzleteil fehlt mir noch.«

Hegel konnte sehen, wie Jula in ihren eigenen Gedanken eingetaucht zu sein schien. Sie machte diese ganz spezielle Bewegung mit den Lippen, die Hegel jedes Mal bei ihr beobachtet hatte, wenn ihr ein kluger Gedanke gekommen war.

»Gab es in Ihrer gemeinsamen Zeit eine Situation, in der es von Tragweite war, dass Sie eben gerade *nicht* mit Ihrem BMW unterwegs waren?«

Hegel dachte nach. »Jetzt, wo Sie es sagen, fällt mir etwas ein.« Er schwieg kurz, um die Teile zunächst für sich selbst zu einem Bild zusammenzusetzen. »Der einzige Ort, an den wir nie mit dem Auto gefahren sind, war unsere Studentendisco, weil wir uns da jedes Mal betrunken haben. Okay, das haben wir im Café in Steglitz zwar auch oft gemacht, aber das ist ja seit dem Tiger erst mal geschlossen. Das meint er nicht.«

Jula klatschte in die Hände. »Und wo trug man zu Ihrer Studentenzeit auffällige Schuhe mit harten Sohlen und hat sich darin absolut rhythmisch bewegt? Sicher nicht in einem Studentencafé …«

Hegel hatte diesen Gedanken kurz gehabt, doch ihn sofort unbeachtet verworfen. Schließlich … »Verdammt!« Er fasste sich an die Stirn. »Unsere Studentendisco wurde schon vor Ewigkeiten geschlossen. Deswegen habe ich sie auch nicht von Holder abchecken lassen.«

»Ihr Freund ist echt ein würdiger Gegner!« Jula nickte anerkennend. »Nachdem ihm klar war, dass Sie alle gemeinsamen Orte würden checken lassen, hat er einfach einen gewählt, auf den Sie nicht mehr kommen konnten.«

»Dank Ihnen bin ich darauf gekommen, Jula!« Hegel sah auf die Uhr. »Es ist noch zu früh zum Tanzen. Wir sollten schnell sein, vielleicht kommen wir dieses Mal noch rechtzeitig!«

KAPITEL 39

ELYAS

»Wir fahren jetzt erst mal zu Julas Wohnung. Ich wette, dass sie nicht da ist!« Elyas lehnte sich in seinem Sitz zurück, die Flucht und das Versteckspiel danach hatten ihn mehr Kraft gekostet, als er zugeben würde.

Er und Friedrich waren am Brandenburger Tor in die S-Bahn gestiegen, um zur Seestraße zu fahren, wo Julas Dachgeschosswohnung lag.

»Klar, sie ist damit beschäftigt, mit Hegel durch Berlin zu rennen und Bomben zu suchen.« Friedrich sah sich nervös um, obwohl es keinen besonderen Anlass dazu gab. »Aber denkst du nicht, dass die uns bei Julas Wohnung erwarten? Da können wir uns ja gleich auf der Polizeiwache melden.«

»Mann, jetzt heul doch nicht die ganze Zeit rum, du Spacko!« Elyas zwinkerte seinem Freund zu. »Was meinst du, wie viele Leute ich im Wedding kenne? Mach dir mal keine Sorgen, wir kommen da schon unbemerkt rein.«

Der Waggon ruckelte, als die Bahn in eine Kurve fuhr, und kaum dass sich die beiden Jungs versahen, stand auch schon eine Frau vor ihnen, die ihnen bislang nicht aufgefallen war.

»Darf ich mich kurz zu euch setzen?« Sie lächelte nicht, wirkte aber dennoch in keiner Weise feindselig. »Keine Sorge, ich will euch nicht mitnehmen, es geht um etwas viel Wichtigeres.«

Elyas sah zu Friedrich, der sich seinerseits ihm zugewendet hatte. Ihre fragenden Blicke trafen einander. »Wie es aussieht, können wir ja wohl gerade sowieso nicht wegrennen.« Elyas deutete mit einer Geste an, dass die Frau Platz nehmen solle.

»Passt auf, wir haben euch aus dem Polizeischutz gelassen, weil wir euch hier vor Ort brauchen.« Sie sprach leise, aber mit sicherer Stimme. »Ihr seid wichtige Verbindungspersonen zu Jula Ansorge, und die ist wiederum an der Seite von Matthias Hegel.«

Friedrich musterte die Frau mit strengem Blick. »Wollen Sie uns vielleicht mal sagen, wer Sie eigentlich sind?«

»Natürlich, Entschuldigung.« Sie sah sich kurz um. »Ich bin vom BKA. Wir haben Informationen darüber, wo sich Veith Vries aufhält, oder vielmehr, wo er sich heute Abend aufhalten wird. Weil wir aber davon ausgehen müssen, dass er Professor Hegel und Frau Ansorge überwacht, seid ihr unsere einzigen Kontaktpersonen zu den beiden, die wir unbemerkt einsetzen können. Weil Vries davon ausgehen muss, dass ihr als gefährdete Personen seit Dienstag im Polizeigewahrsam seid.«

Elyas sah zu Friedrich, dessen Blick von Skepsis durchsetzt war. »Okay, und was sollen wir machen?« Er beugte sich zu der Frau vor.

Sie wirkte unbeeindruckt. »Es findet heute eine Eröffnungsfeier statt. Die Veranstalter arbeiten nach unseren Erkenntnissen mit Vries zusammen, sie sind vermutlich unter anderem für die technische Umsetzung seiner Anschläge verantwortlich. Wir haben über eine interne Quelle herausgefunden, dass Vries den Trubel der Veranstaltung nutzen will, um unbemerkt in der Menge unterzutauchen und den nächsten Angriff mit seinen Kontaktleuten zu koordinieren.«

»Das ergibt keinen Sinn.« Elyas sprach etwas tiefer als sonst, so als könne dies seinen Worten mehr Gewicht verleihen. »Wenn Sie wissen, dass der Irre da heute auftaucht, dann können Sie doch einfach mit Ihren Leuten da reinstürmen und ihn festnehmen.«

Die Frau nickte anerkennend. »Im Grunde schon. Es gibt aber ein Problem: Wir gehen davon aus, dass Vries seine Operationen auch dann durchführen kann, wenn wir ihn festnehmen. Weil er vermutlich alles delegiert und längst vorbereitet hat. Schnappen wir ihn, wird er einfach schweigen. Wir hätten dann keine Möglichkeit mehr, ihn durch Beschattung auszukundschaften und seine Pläne auszuspionieren.«

»Was sollen wir denn machen? Und warum eigentlich wir?« Friedrich beugte sich nun ebenfalls vor.

»Es handelt sich um eine Veranstaltung für junges Zielpublikum. Ihr beiden fallt dort also nicht auf. Außerdem hoffen wir, dass es euch gelingt, Frau Ansorge oder Herrn Hegel zu kontaktieren und sie beide ebenfalls dort hinzulocken. Ihr seid so etwas wie ein Joker für uns.«

»Und die Bullen setzen jetzt also neuerdings Teenager als Sondereinheit zur Bewachung von Terroristen ein?« Elyas sprach leiser, gleichzeitig aber auch dringlicher.

»Natürlich nicht.« Sie zog die Augenbrauen hoch. »Ihr seid nur ein Glücksfall, den uns das Schicksal zugespielt hat. Es besteht keine Gefahr für euch, und euer Einsatz ist absolut inoffiziell. Dieses Gespräch hier hat nie stattgefunden! Es geht uns nur um euren Kontakt zu Professor Hegel und Frau Ansorge.«

Die Jungs tauschten Blicke aus. Elyas meinte, in Friedrichs Augen ein ganz bestimmtes Funkeln auszumachen. Diese spezielle Note, die er immer dann im Blick hatte, wenn er im Begriff war, sich auf ein Abenteuer einzulassen, von dem er eigentlich wissen sollte, dass es nicht seine Kragenweite war.

»Also gut.« Elyas lehnte sich zurück und lächelte der Frau zu. »Dann erzählen Sie mal, worum es genau geht.«

KAPITEL 40

VEITH VRIES

Er betrachtete noch einmal den Inhalt der Schachtel. Das, was er darin die vielen Jahre lang treu sorgend für Hegel aufbewahrt hatte, befand sich noch immer in exakt dem Zustand, in dem er es seinem damaligen Freund seinerzeit hatte abnehmen können. Nachdem er lange und mit allem rhetorischen Geschick, über das er verfügte, auf Matthias eingewirkt hatte.

»Wofür wirst du dich entscheiden?« Er streckte sich auf dem gemütlichen Sofa aus und gähnte.

Seine Tage waren nicht eben erholsam und seine Nächte entweder von Schmerzen, Übelkeit oder Albträumen geprägt. Der Krebs war gar nicht so sehr sein Problem. Er bekam mittlerweile Medikamente, die man nur Todgeweihten aushändigte. Solche, die Schmerzen nicht heilen, sondern sie einfach nur noch stumm schalten sollten. Immerhin war es genau dieser Service, der es ihm überhaupt noch ermöglichte, das alles hier durchzuziehen. Ohne die Mittel, die man in der Apotheke eigens aus dem Tresor für ihn holen musste, hätte er auf die Umsetzung seiner letzten großen Show wohl verzichten müssen. *Und das wäre nun wirklich schade gewesen.* Er hatte das Licht nicht eingeschaltet, nicht hier oben, wo es Fenster gab, durch die hindurch man es hätte sehen können. Sein Versteck – oder eher sein *Hauptquartier* – hielt so, wie er es erwartet hatte, bislang jeder Fahndung nach ihm stand.

»Die zwei Tage halte ich das jetzt auch noch durch.« Vries holte tief Luft.

Immerhin, die Krämpfe schmeckten nach Honig und rochen wie frische Pizza. Und auch die Übelkeit war zu ertragen, immerhin fühlte sie sich flauschig und warm an. Welche Ironie, dass es gerade seine besondere Gabe war, die eine ihrer wenigen positiven Seiten ausgerechnet jetzt zeigte, da es auf sein Ende zuging.

Noch einmal sah er sich den Inhalt der Schachtel an. *Wenn du deinen Discobesuch überstehst, bekommst du sie. Und wenn du sie einsetzt, verzichte ich dafür auf das große Finale.* Vries horchte noch einmal tief in sich hinein. *Obwohl, das wäre schon sehr bedauerlich.* Er wägte ein weiteres Mal ab. Würde er es sich nehmen lassen, es so enden zu lassen, wie es begonnen hatte? Würde er es übers Herz bringen, auf seinen ganz großen Abschluss zu verzichten? Er schmeckte noch einmal den Honig, kuschelte sich in die weiche Decke ein und schloss für ein paar Minuten die Augen. Jetzt stand erst einmal das Halbfinale an, und die Freude daran würde er sich nicht von Spekulationen darüber nehmen lassen, wie es danach weiterging.

»Das kann ich ja immer noch morgen entscheiden.«

Zunächst einmal würde er in den Keller gehen, von wo aus er alles über die Kameras mitverfolgen konnte, die er hatte installieren lassen. *Das wird ein Spaß!*

KAPITEL 41

HEGEL

»Darauf hätte ich kommen müssen!« Er bremste seinen Wagen mitten auf der Fahrbahn. Gleich nachdem Hegel das Schild vor dem Nebengebäude des Studentenwohnheims gesehen hatte.

»*Steglitz' Studenten tanzen wieder! Heute große Neueröffnung der alten Uni-Disco von 1974! Studenten, die vor 18 Uhr kommen, erhalten Freigetränke! Punkt 18 Uhr heißt es dann: Jetzt geht es richtig los!*« Jula atmete tief durch. »Dieser miese, heimtückische Dreckskerl! Ich wette, da unten ist es jetzt schon gerammelt voll.«

»Ich könnte mich selbst ohrfeigen, dass ich das nicht vorhergesehen habe.« Hegel atmete durch. »Der einzige Ort, den niemand überprüft hat, war einer, den es nicht mehr gab.« Hegel setzte seine Fahrt fort, der Parkplatz war nicht weit entfernt, und die Zeit drängte. »Was hat er sich wohl jetzt schon wieder Perfides ausgedacht?«

»Ich rufe Holder an!« Jula griff nach ihrem Handy.

»Tun Sie das, aber wir müssen da trotzdem sofort rein. Also, zumindest ich, Sie können draußen bleiben. Es wäre mir sogar lieber, das hier ist schließlich nicht Ihr Krieg.«

»Sehen Sie doch selbst!« Jula deutete auf die jungen Leute, die am Abgang zu der Kellerdisco warteten und vom Türsteher im Sekundentakt nach unten durchgewinkt wurden.

»Dieser Mistkerl hat dafür gesorgt, dass das hier schon am frühen Abend losgeht. Klar, es ist Donnerstag, und es sind ja alles Studenten. Die wollen morgen früh wieder im Hörsaal sitzen.«

»Das ist so was von heimtückisch.« Jula aktivierte den Anruf bei Oswald Holder. »Bei einer normalen Berliner Disco hätten wir bis zwei Uhr morgens Zeit gehabt, bevor sie auch nur ansatzweise gut besucht gewesen wäre.«

Während Jula den Kommissar über die neue Lage informierte, hatte Hegel auch schon seinen Wagen geparkt. Eilig sprangen die beiden aus dem Fahrzeug und drängelten sich unter Zeter und Mordio der wartenden Studenten zum Türsteher vor.

»Ganz ruhig, Brauner!« Der bullige, über und über tätowierte Mann wirkte bedrohlich. »Das ist ein privater Club für Studenten, keine Jagdwiese für alte Männer.«

Natürlich, dachte Hegel. *Veith will es mir ja schließlich nicht zu einfach machen.* Damals hatte es in diesem Club keinen Türsteher gegeben. Der kleine Laden hatte sich aus den stark verbilligten Getränkepreisen und dem Eintrittsgeld, das für Studenten bei einer symbolischen D-Mark gelegen hatte, ohnehin schon kaum finanzieren lassen. Ein bulliger Aufpasser, der den von ihm auserkorenen Besuchern das Gefühl geben sollte, sich vor pöbelnden Gästen sicher fühlen zu können, war im Budget nicht vorgesehen gewesen.

»Wissen Sie eigentlich, wer diesen ganzen Laden hier finanziert hat?« Hegel trat dem Türsteher sogar noch etwas näher, als dieser zuvor ihm gekommen war. Zudem sprach er tiefer als ohnehin schon und fixierte sein Gegenüber mit ruhigem Blick und ohne mit der Wimper zu zucken. Es dauerte nur Sekunden, bevor sich Zweifel in der Mimik des kräftigen Aufpassers erkennen ließen.

»Sind Sie etwa Herr Vries?« Der Türsteher legte den Kopf leicht schräg und sprach etwas höher.

Er hat Veith also immer nur gesprochen oder schriftlich mit ihm kommuniziert. Sehr gut! »Genau, der bin ich.« Hegel ließ eine kurze Pause vergehen, die mit unangenehmem Schweigen ausgefüllt war. Schließlich fügte er hinzu: »Sehr gut, dass Sie Ihren Job machen, danke!« Er lächelte und klopfte dem Mann jovial auf die Schulter.

Immer weitere junge Leute drängten sich unterdessen an ihnen vorbei, um sich noch rechtzeitig für die angepriesenen Freigetränke zu qualifizieren.

»Entschuldigung, aber Sie wissen ja, wie das ist.« Der Türsteher trat einen Schritt zurück. »Wo junge Frauen sind, sind alte Männer nicht weit.«

»Könnten Sie mir einen Gefallen tun?« Hegel legte eine Hand auf die Schulter des Türstehers. »Lassen Sie doch bitte die nächsten zehn Minuten niemanden mehr nach unten. Ich will erst mal gucken, wie voll es schon ist. Wegen der Brandschutzbestimmungen, Sie wissen schon.«

»Keine Panik!« Der Mann griff ein kleines Gerät, das er neben sich auf einem Stehtisch abgelegt hatte. »Ich zähle mit dem Klicker hier mit, wie viele Leute rein- und rausgehen. Ist alles noch im grünen Bereich.«

»Bitte lassen Sie trotzdem erst mal niemanden mehr nach unten.« Hegel zwinkerte dem Mann zu. »Es ist die Eröffnung, da will ich sichergehen, dass alles funktioniert.«

Der Türsteher stimmte schließlich zu und schloss das Band, das die Schlange der Wartenden vom Treppenabgang zum Club trennte. Und während sie hinter sich das Fluchen der vorerst gebremsten Besucher vernahmen, eilten Hegel und Jula nach unten in den Tanzraum.

Jula sah sich mit besorgtem Blick um. »Wir müssen sofort alle rausschicken. Egal was Vries vorhat, es sind jetzt schon viel zu viele Leute hier unten.«

»Ich bin froh, dass zunächst mal niemand nachkommt.« Hegel sprach ruhig, wenn es auch in ihm brodelte. »Ich fürchte nur, dass Veith uns beobachtet. Wenn wir evakuieren, drückt er einen Knopf, und alles ist aus. Wir müssen rausfinden, was er plant.«

Jula presste die Lippen aufeinander. »Also gut, ein paar Minuten gebe ich uns. Danach räumen wir, wie auch immer.«

Hegel signalisierte Zustimmung. »Der Wiederaufbau muss Wochen gedauert haben.« Er stand mit weit geöffneten Augen da und sah in den Raum, den er zuletzt als junger Mann betreten hatte.

Die ganze Disco mochte etwa eine Fläche von zweihundert Quadratmetern haben. Der kleine Eingangsbereich war früher mit Plakaten und immer wieder neu übereinander aufgebrachten Aufklebern geziert gewesen. Es war stickig gewesen, und die Musik von dem alten Plattenspieler hatte gedämpft und immer etwas zu leise geklungen. Jetzt war der Raum nicht wiederzuerkennen. Auf dem Boden waren große, weiße Fliesen verlegt, sämtliche Wände waren mit Spiegeln verkleidet, die den Raum weit größer wirken ließen, als er war, und nahe der Tanzfläche drehte sich eine gewaltige Discokugel direkt über den Köpfen der jungen Besucher. Die Musik kam nicht mehr von einem Plattenteller, sondern dem Klang nach zu urteilen von einer digitalen Quelle. Zudem waren überall an den Wänden kostspielige Lautsprecher mit hoher Leistung angebracht.

»Das hat sich Veith ein kleines Vermögen kosten lassen.« Hegel musste sich zu Julas Ohr vorbeugen, damit sie ihn unter dem Tosen der Musik und dem Durcheinander der Stimmen überhaupt verstehen konnte.

»Okay, er wird es etwa um achtzehn Uhr tun.« Jula musste ebenfalls sehr laut sprechen, damit Hegel sie verstehen konnte. »Was auch immer Vries plant, um diese Zeit herum wird es hier unten gerammelt voll sein.«

»Nicht *etwa!* Veith hat mir jedes Mal eine theoretische Chance gegeben, seinen Anschlag zu verhindern. Das sind die Regeln seines Spieles. Und auf dem Banner draußen steht ganz klar: Punkt achtzehn Uhr geht es richtig los!«

Jula warf einen Blick auf ihr Handydisplay. »Uns bleiben also noch genau sechs Minuten, alle hier rauszubringen!«

Hegel sah sich um. Einige Gäste bewegten sich bereits auf der Tanzfläche im Rhythmus der Musik, die meisten drängten sich jedoch vor der Bar, um die ausgelobten Gratisgetränke zu bestellen. Hegel überschlug, dass es vielleicht fünfzig Studenten waren, die allesamt durcheinanderriefen und einander die besten Steh- und Sitzplätze streitig machten.

»Wenn wir denen gleich sagen, dass sie hier alle sofort rausmüssen, was wird dann passieren?« Hegel sah Jula mit großem Ernst an.

»Ich fürchte, die zeigen uns einfach den Vogel und weisen darauf hin, dass sie lange genug gebraucht haben, hier reinzukommen.« Jula dachte nach. »Was, wenn wir den Feueralarm auslösen?«

»Dann könnte Panik ausbrechen. Am Ende treten sich alle gegenseitig tot.« Hegel versuchte so schnell es ging zu einer effektiven Lösung des Problems zu gelangen. Dann ließ er seinen Blick ein weiteres Mal durch den Raum gleiten. »Sehen Sie da oben?« Hegel deutete auf eine Ecke in der Wand.

Jula sah zu dem ihr angezeigten Punkt. Sofort verzog sie das Gesicht. »Natürlich, er hat Kameras aufgehängt.«

»Er will zusehen, das war ja klar.« Hegel ging im Geiste seine Optionen durch. »Aber Veith will auch sehen, ob ich es schaffe, seinen Anschlag rechtzeitig zu verhindern. Er wird vor achtzehn Uhr nichts unternehmen. Das gehört zu seinem Spiel, daran wird er sich halten.«

»Was hat er denn überhaupt vor?« Jula sah sich um, doch sie

konnte anscheinend nichts Verdächtiges ausmachen. »Er wird ja kaum noch einen zweiten Tiger haben.«

»Nein, er wiederholt sich nicht. Dafür ist er viel zu kreativ.« Hegel atmete durch.

Innerhalb von fünf Minuten war die Disco nicht zu räumen, zumal man ihm weder glauben noch überhaupt zuhören würde. Während Lärm, Gedränge und der Geruch stickiger Luft um ihn herum weiter zunahmen, versuchte Hegel sich hier, inmitten des Tosens und Wummerns, in den Mann hineinzuversetzen, mit dem er so viele Stunden seines Lebens verbracht hatte wie mit nur wenigen anderen Menschen sonst.

Wenn du darauf kommst, was er plant, kannst du ihm zuvorkommen. Seine Hinweise waren immer phonetisch – aber nicht seine Attentate. Ein Sprengsatz im Bachweg. Ein Tiger im Café. Ich vermute, dass er auch dieses Mal eine nicht phonetische Waffe einsetzen wird. Und hier unten, in der Enge, wo niemand so schnell rauskommt, wären effektiv entweder Gas oder …

Hegels Blick wanderte über die Köpfe der sich drängenden Studenten hinweg zur Decke des ebenfalls vollständig verspiegelten Tanzraums. Dabei bemerkte er etwas, das so auffällig und zentral positioniert war, dass es im Fall einer Explosion den größtmöglichen Schaden anrichten würde.

»Die Discokugel!« Er erstarrte, während er auf den großen, leuchtenden Spiegelball blickte, der direkt über den Köpfen der weitaus meisten Gäste an der Decke des Hauptraums hing und sich leuchtend und blitzend drehte. »Wenn er die mit Sprengstoff gefüllt hat, gibt es hier gleich massenhaft Verletzte und vermutlich sogar Tote.« Hegel sah zur Uhr, es blieben ihnen noch vier Minuten.

Jula betrachtete die Kugel eingehend. »Die sieht nagelneu aus. Jede Wette, dass Vries die hier aufgehängt hat.« Sie nickte Hegel zu. »Okay, das wäre logisch. Wir müssen die Studenten irgendwie dazu bringen, so schnell wie möglich von dieser Discokugel wegzukommen. Ich …«

Doch noch ehe Jula ihren Satz beendet hatte, stockte ihr die Sprache. Hegel folgte intuitiv ihrem Blick, der sich an einem fixen Punkt in Julas Sichtfeld aufgehängt zu haben schien. Und kaum dass er den Blick gewendet hatte, sah er auch schon, was Jula soeben entdeckt hatte.

Das sind Elyas und Friedrich! Wie kommen die denn hierher? Und sie sitzen fast direkt unter der Kugel …

KAPITEL 42

Okay, es muss jetzt sehr schnell gehen!« Jula hatte sich von hinten an die Jungs herangeschlichen und sie mit einem gleichzeitigen Griff auf ihre Schultern überrascht. Noch schwiegen sie vor lauter Verblüffung, doch das würde nicht lange anhalten. »Ihr diskutiert nicht, ihr erklärt nichts, und vor allem: Ihr macht exakt, was wir euch sagen!«

»Jula, wir …« Weiter kam Elyas nicht.

»Ihr geht jetzt so schnell wie möglich nach oben und bringt euch irgendwo auf dem Parkplatz in Sicherheit. Ich komme gleich nach, Hegel und ich müssen hier erst noch was klären.«

»Alter, dein Ernst?« Elyas fand schnell wieder Worte. »Auf dem Parkplatz in Sicherheit bringen? Was ist hier los?«

Jula fuhr sich nervös durch die Haare. »Ihr hättet in diesem Safehouse bleiben sollen, dann …«

»Dafür haben wir keine Zeit.« Hegel fiel Jula ins Wort. »Seien wir lieber froh, dass wir zwei kräftige Helfer mehr haben. Nur wir beide schaffen das vermutlich nicht.«

Jula sah Hegel in die Augen, und er meinte, jedes der Worte, das sie gerade dachte, wie in einem Buch lesen zu können. Zumal die Jungs ganz sicher nicht durch einen erstaunlichen Zufall zum Ort des bevorstehenden Anschlags gekommen waren. Zudem stand es unter den gegebenen Umständen außer Frage, sie in diese Rettungsmission einzubinden. Auf vier weitere Hände konnten sie in ihrer Situation einfach nicht verzichten. Jula sah erneut zur Uhr. Eine überzeugendere Antwort auf ihre Bedenken, die Jungs zu involvieren, hätte sie vermutlich nicht bekommen können.

»Okay, ihr packt mit an. Aber wenn ich es sage, lasst ihr das Ding einfach fallen und lauft weg, so schnell ihr könnt!«

Friedrich erhob sich von seinem Hocker und versuchte, seine Körperoberfläche zu vergrößern, indem er die Arme anwinkelte. »Okay, was geht hier gerade ab? Sterben wir gleich alle?«

»Nicht wenn wir jetzt zusammenarbeiten.« Hegel trat näher an die Jungs heran, sodass sie ihn verstehen konnten, ohne dass die umstehenden Gäste etwas mithören konnten. »Die Discokugel über uns ist nur in einen Haken eingehängt, der fest in die Decke verschraubt wurde. Das ist gut, dadurch brauchen wir kein Werkzeug. Wir müssen die Kugel lediglich aushängen, die Stromkabel reißen dabei von selbst aus der Wand.« Hegel sprach klar, ruhig und doch mit einer Dringlichkeit, die selbst auf Elyas und Friedrich Eindruck zu machen schien.

»Wir sollen …« Friedrich sah unsicher zwischen Jula, Hegel und der Discokugel hin und her. »… die Discokugel? Aber warum …?«

»Vermutlich ist sie manipuliert. Wir haben, wenn es gut geht, noch drei Minuten. Also hört zu und macht, was ich euch sage.« Noch immer wirkte Hegel absolut souverän. »Ich hänge die Kugel jetzt aus. Sie dürfte sehr schwer sein, ich werde sie nicht halten können. Wenn sie mir also aus den Händen gleitet, greift ihr Jungs sie gemeinsam. Jula geht voran und bahnt uns den Weg durch die Menge. Wir werden dabei laut schreien, darauf reagieren die meisten Menschen instinktiv. Aber wir rufen nichts, was den Gästen Angst macht oder sie in Panik versetzen könnte. Einfach nur *Achtung!, Platz da!,* oder: *Zur Seite!*«

»Discokugel abnehmen, raustragen, niemandem Angst machen?« Elyas' Gesichtszüge erstarrten. »Scheiße, ist da 'ne Bombe drin?«

»Zumindest ist sie vermutlich manipuliert.« Jula fasste ihren kleinen Bruder an die Schultern und übte sanften Druck dabei aus. »Wir schaffen das nur gemeinsam, also los. Um achtzehn Uhr geht sie hoch. Wir müssen das Ding sofort raus auf den Parkplatz schaffen.«

Die Jungs sahen einander an. Es waren im besten Falle noch gute zwei Minuten, und der Weg nach draußen war zwar nicht weit, aber vollkommen von Studenten versperrt, die wenig motiviert wirkten, ihre Position in der Getränkeschlange aufzugeben oder auch nur durch ein Ausweichen zu gefährden.

»Also los!« Noch ehe irgendeiner der Beteiligten zu weiteren Überlegungen ausholen konnte, war Hegel auch schon auf einen Barhocker gestiegen und hatte sich dank der im Souterrain niedrigen Decke und seiner nicht eben geringen Körpergröße relativ leicht zur Aufhängung der Kugel vorgetastet. »Ich hebe sie jetzt aus!«

Der Barmann rief ihnen etwas zu, doch die Jungs waren bereits in Position. Sie stellten sich links und rechts neben Hegel und breiteten die Arme aus. Hegel wuchtete, stöhnte laut auf, schaffte es aber letztlich, die schwere Spiegelkugel aus der Verankerung zu hieven. Wie erwartet hielten seine Kräfte dem Gewicht der Kugel nicht lange stand, sodass er diese kaum gebremst sinken lassen musste. Elyas und Friedrich, was auch immer sie hier eigentlich zu suchen hatten, warfen sich von zwei Seiten gegen den schweren Spiegelball und schafften es, dessen Aufprallen und Zerspringen auf dem Boden zu verhindern. Das Stromkabel war beim Sturz wie erhofft aus der Decke gerissen.

»Alter, seid ihr bescheuert?« Der DJ, der nur wenige Meter entfernt an seinem Pult stand, sprach in sein Mikrofon.

Jula stürzte zu ihm hin, griff sich das Mikro und nutzte nun ebenfalls die Lautsprecheranlage: »Wir müssen sofort die Kugel hier rausschaffen. Die hat einen Defekt, sie könnte zerbrechen. Und rumfliegende Glassplitter können wir bei dem Andrang hier unten echt nicht brauchen. Macht uns also bitte den Weg zum Ausgang frei!«

Und wenn die Umstehenden auch nicht wirklich zu verstehen schienen, was das alles hier eigentlich sollte, reagierten doch die meisten von ihnen wie erhofft und bemühten sich darum, Jula, Hegel und die beiden Jungs mit der schweren Kugel an sich vorbeizulassen. So hatten die vier die Treppe nach oben in unter eine Minute erreicht.

»Noch neunzig Sekunden!« Jula sah die Treppe zum Ausgang hinauf – der bedauerlicherweise zugleich der Eingang war. »Da oben stehen locker noch mal so viele Leute wie hier unten!«

»Dann los!« Auf Elyas' Ruf hin setzte sich die kleine Gruppe mit der Kugel in den Armen in Bewegung und kämpfte sich zügig zu der Treppe nach oben durch.

Am Ausgang bot sich den vieren das befürchtete Bild: In Zweierreihen drängten sich Studenten um das Absperrband und hatten den Türsteher zwischenzeitlich so bearbeitet, dass dieser seinem Gesichtsausdruck nach zu urteilen schwer gereizt und mit den Nerven am Anschlag war.

»Ihr hört jetzt alle zu!« Hegel rief mit einer solchen Kraft in die Menge, dass sich ihm tatsächlich die meisten Gesichter zuwandten und zumindest kurzzeitig Ruhe einkehrte. »Wenn diese Kugel hier nicht in zwanzig Sekunden da hinten auf dem Parkplatz liegt, dann liegen wir gleich alle in der Leichenhalle!« Hegel bemerkte, wie sich Unsicherheit breitmachte, doch noch blieb es ruhig. »Ihr bildet jetzt einen Gang, wir schaffen diese Kugel weg, und dann passiert keinem was!«

Und plötzlich wirkte es, als stehe absolute Stille in der Luft. Sicher, von unten drang nach wie vor Musik nach oben, und bei Weitem nicht jeder der Umstehenden nahm Hegels verunsichernde Ansprache kommentarlos zur Kenntnis. Die Stille, die

Hegel zu spüren meinte, hatte eine andere Qualität. Sie war keine phonetisch messbare Tatsache, ganz im Gegenteil. Es war eine Stille, die nicht seine Ohren wahrnahmen, sondern die allein seine Seele spürte. Hegel war dieser Form der Stille einige Male im Leben begegnet, und das, was sie anzukündigen schien, war eben genau das, was er noch immer entschlossen zu verhindern versuchte. *Das Ende! Aber nicht jetzt und hier …*

»Los, schnell!«

Und dann rannten sie einfach los, alle vier. Hegel, Jula, Elyas und Friedrich. So als wiege diese verfluchte Kugel nicht viel mehr als ein Daunenkissen, trieb sie das Adrenalin durch den dürftigen Spalt in der Menge, der jedoch nach hinten immer größer wurde. Ein Stolpern hätte den Tod bedeuten können. Doch das war ihnen allen bewusst. Vollgepumpt mit Adrenalin, hoch konzentriert und mit dem festen Willen, das hier zu überleben, setzten sie beinahe synchron Schritt um Schritt, und wenn es ihnen auch wesentlich länger vorgekommen war, hatten sie den sicheren Parkplatz doch bereits nach gut zehn Sekunden erreicht. Hegel rief ihnen zu, dass sie die Kugel ablegen sollten, was sie sogleich in die Tat umsetzten. Natürlich, es würden Splitter fliegen, ein paar Autos würden Schäden davontragen, und die Telefone bei Polizei und Feuerwehr würden nicht mehr stillstehen. Aber niemand würde verletzt werden! *Nicht dieses Mal, Veith!* Sie rannten, so schnell ihre Beine sie trugen, von der Kugel weg. Schließlich nahmen sie Deckung hinter einem SUV, der weit genug entfernt geparkt war und ihnen zweifellos Schutz vor umherfliegenden Glassplittern bieten würde.

»Noch zehn Sekunden!« Jula sah auf ihr Handy.

Noch einmal vergewisserte sich Hegel mit einem Blick zum Eingang, dass die Discobesucher in sicherer Entfernung standen. Dann schloss er die Augen und zählte im Geiste den Countdown runter. *Fünf. Vier. Drei, Zwei. Eins …*

»Und jetzt?« Elyas sah Jula beinahe vorwurfsvoll an. »Hat die Bombe etwa Gewissensbisse bekommen?«

Tatsächlich, es war nichts passiert. Noch einmal sah Hegel nach der Zeit. Es war achtzehn Uhr, und das bereits seit einigen Sekunden. Doch die Discokugel lag einfach da, beinahe schon jämmerlich. Das Symbol für die ganz große Party, Stimmung und Lebensfreude lag angeschlagen auf einem ungepflegten Parkplatz, reflektierte einzig das Licht der untergehenden Sonne und wirkte auf Hegel geradezu so, als wolle sie ihn verspotten. Da erklang ein Klingelton. Hegel konnte sich nicht dagegen wehren, leicht zusammenzuzucken. Er sah auf das Display. *Unbekannter Teilnehmer*. Er nickte den anderen drei verbindlich zu, dann nahm er das Telefonat entgegen.

»Also gut, Veith.« Er sprach auffallend ruhig, immerhin wollte er Vries keinen Grund zum Spott liefern. Zumindest nicht noch mehr. »Dann leg mal los.«

Und wenn es im Hintergrund auch nach wie vor laut zuging, schien es für Hegel jetzt doch so, als sei Vries' Stimme am anderen Ende der Verbindung das einzige Geräusch, das ihn umgab.

»Du bist mal wieder über deine eigene Schlauheit gestolpert, mein Freund.« Vries sprach so liebevoll, als wäre er ein Onkel, der seinem Neffen zum zehnten Geburtstag gratulierte. »Der Gedanke lag nahe, zugegeben. Aber unter uns: Wäre das nicht ein bisschen unoriginell gewesen?«

Hegels Mimik schien zu versteinern. »Ich kann dir nicht vorwerfen, dass du es bei deinem geisteskranken Spiel an Kreativität mangeln lässt. Also, was hast du mir zu sagen?«

»Nur das, was du und deine Rasselbande gerade selbst herausgefunden habt: Es war nicht die Discokugel …«

Hegel spürte, wie das Adrenalin schlagartig wieder zurück in seinen Körper schoss. Seine Augen weiteten sich, sein Herz schlug schneller, und ohne zuvor Luft zu holen, fragte er mit brüchiger Stimme: »Was war es dann?«

Vries setzte eine kleine Pause, die ihre Wirkung nicht verfehlte. Erst dann sagte er so, dass Hegel meinte, das Lächeln auf seinen Lippen hören zu können: »Es sind die Spiegelwände!«

Und schon vernahmen sie aus der Ferne einen quälend lauten, kaum zu ertragenden schrillen Ton, kurz darauf ein unheilvolles Knallen und Splittern, dem sogleich massenhafte Schreie folgten.

KAPITEL 43

Es hatte keinen Toten gegeben. Wenigstens das. Sehr viel mehr Anlass zur Freude bot sich Hegel jedoch nicht, nachdem er sich durch das Gewühl der schreienden, orientierungslosen, mit dem Oberkörper wippenden und blutverschmierten Menschen nach unten durchgeschlagen hatte. Dorthin, von wo alle anderen einfach nur noch entkommen wollten. Von draußen waren die Sirenen der eintreffenden Rettungswagen zu hören, hier unten hingegen waren nach dem abrupten Abbruch der Musik die einzigen präsenten Geräusche das Wimmern und Weinen der Verletzten sowie das Knirschen der Splitter unter Hegels und Julas Schuhsohlen.

»Wie konnte er das schaffen?« Jula sah sich äußerlich ruhig, der Schwingung in ihrer Stimme nach zu urteilen jedoch nicht weniger fassungslos als Hegel um. »Sämtliche Spiegelwände sind gleichzeitig explodiert, es gab nur einen einzigen großen Knall.«

»Nachdem unsere alte Studentendisco vor rund zwanzig Jahren geschlossen wurde, dürfte das hier unten vermutlich brachgelegen haben. Veith hat mit Sicherheit alles hier neu einbauen lassen.« Hegel beugte sich zu einem jungen Mann hinunter, dem Blut übers Gesicht lief. Er prüfte die Verletzung, stellte fest, dass es sich nur um eine Schnittwunde durch einen umherfliegenden Glassplitter handelte, und forderte den jungen Mann auf, bis zum Eintreffen der Sanitäter mit einem Taschentuch auf die Wunde zu pressen.

»Aber er konnte doch unmöglich ganz allein hinter sämtlichen Spiegeln Sprengstoff anbringen. Den hätte er dann ja auch verkabeln müssen, das wäre doch jemandem aufgefallen. Er hat das alles hier ja wohl nicht allein aufgebaut.« Jula sah zum Treppenaufgang, von wo nun sekündlich Rettungssanitäter nach unten kamen und sich der Verletzten annahmen.

»Diese Discokugel war ein Bluff.« Hegel senkte den Blick. »Und dieser Bluff war so auffällig, dass ich niemals darauf hätte reinfallen dürfen. Und nein, Veith musste keinen Sprengstoff anbringen.«

Jula half einer jungen Frau auf, die nicht erkennbar blutete, jedoch sichtlich unter Schock stand. Sie übergab sie in die Betreuung einer Sanitäterin, bevor sie sich wieder Hegel zuwendete. »Aber es hat nur einen einzigen Knall gegeben. Wie konnte Vries sämtliche Spiegel auf einmal platzen lassen, ohne Sprengstoff zu verwenden?«

Nachdem auch die letzten noch im Tanzraum befindlichen Verletzten mittlerweile versorgt wurden, wischte Hegel vorsichtig die Splitter von zwei Barhockern und deutete Jula an, dass sie sich setzen solle. Was für ein Bild sie wohl gerade an diesem Tresen boten? Wie sie da saßen, in einem zersprengten, mit Blut besudelten Tanzraum, der über und über mit reflektierenden Splittern übersät war. Veith würde seine Freude an der Symbolik der Bilder haben, dachte Hegel. Doch seine Kameras waren beim großen Knall ebenfalls zerstört worden.

»Vor der Explosion gab es diesen quälenden, schrillen Ton. Das war der Auslöser. Ein Spiegel ist im Grunde nichts anderes als eine große Membran. So wie bei einem Lautsprecher. Der Spiegel ist natürlich viel weniger weich als eine Lautsprechermembran, aber das heißt nur, dass seine Dämpfung geringer ist. Eine große Scheibe hat ja eine deutlich höhere Festigkeit.« Hegel griff eine Flasche Whisky vom Tresen, zog den Korken heraus und trank einen Schluck aus der Flasche. Er wollte sie Jula weiterreichen, doch diese winkte ab. »Ein Spiegel schwingt durch seine Festigkeit bei bestimmten Frequenzen stärker als eine Lautsprechermembran. Diese Membranen sind natürlich viel weicher, weil sie ja darauf ausgelegt sind, mit vielen Frequenzen zu schwingen. Sonst könnten sie keine Musik wiedergeben. Je härter das Material ist, umso geringer ist die Bandbreite, mit der ein Gegenstand schwingt.«

»Wenn ich es richtig verstehe, kann man Spiegel zum Platzen bringen, wenn man sie mit einem bestimmten Ton beschallt, der sie so stark in Schwingung versetzt, dass sie bersten. Das kenne ich noch aus alten Filmen, wenn eine Sängerin mit einem sehr hohen Ton ein Glas zum Zerbrechen bringt.« Jula schüttelte den Kopf.

»Ja, das ist genau das Prinzip. Aber diese Frequenz muss den Spiegel mit sehr viel Energie treffen, und es müssen große Spiegel sein. Kleine Spiegel könnten nicht die nötige Auslenkung annehmen.«

»Also gut, das habe ich verstanden.« Jetzt griff Jula doch nach der Whiskyflasche und trank ebenfalls einen Schluck daraus. »Aber die Spiegel sind ja nicht einfach nur zerbrochen. Sie sind den Studenten regelrecht um die Ohren geflogen.«

»Sie stellen die richtigen Fragen, Jula. Respekt!« Hegel klang nicht lehrerhaft, die Anerkennung war so aufrichtig, dass sich dies auf Jula zu übertragen schien. Zumindest nahm sie das Kompliment kommentarlos hin, was sie zuvor nicht oft getan hatte. »Wie hat er es geschafft, die Scheiben so zu beschleunigen, dass ihr Bersten diese Konsequenzen hatte? Es ist wirklich schwer, einen Spiegel so zum Platzen zu bringen, dass seine Splitter wie Geschosse umherfliegen. Im Normalfall brechen sie einfach, und das Glas fällt auf den Boden.«

Mittlerweile waren die Verletzten allesamt nach oben gebracht worden, von ferne hörten Hegel und Jula das Stimmengewirr und die Sirenen immer weiterer eintreffender Rettungswagen. Jetzt, für diesen Moment, saßen sie allein dort unten. Auf Barhockern an einem Tresen, der mit Splittern und Staub bedeckt war, in einem Raum, der voll Blut und Bruchstücken von Spiegeln war. Von dem Ort, an dem Hegel ein paar der schönsten Nächte seines Lebens verbracht hatte, war nichts weiter übrig als ein furchterregendes Skelett. Und eine staubige Flasche Whisky, deren Glas der unseligen Frequenz standgehalten hatte.

»Glauben Sie, dass Vries eine Technik entwickelt hat, die das möglich macht?« Jula sah auf ihr Handy, sie hatte Elyas gesagt, dass er ihr sofort schreiben solle, wenn sich vor der Disco etwas Wichtiges tat.

Hegel zuckte mit den Schultern. »Ich traue es ihm zu. Genau das ist ja der Grund, warum ich davon abgeraten habe, ihn bei der Bundeswehr zu verpflichten. Egal welches phonetische Phänomen er auch erforscht hat – jedes Mal kam ihm spätestens nach dem dritten Bier der Gedanke, dass man es als tödliche Waffe einsetzen könnte.«

»Es gibt da noch etwas.« Jula wandte sich jetzt Hegel direkt zu und sah ihm in die Augen. »Vries hat zum ersten Mal nicht nur seinen Hinweis mit Methoden der Phonetik gestaltet. Dieses Mal hat auch sein Anschlag auf Phonetik basiert.«

Hegel schwieg einige Sekunden lang. Schließlich atmete er tief durch, stand vom Barhocker auf und deutete an, dass er wieder nach oben zu den anderen gehen wolle. »Genau das bereitet mir große Sorgen. Ich nehme an, dass alles, was Veith bisher abgezogen hat, in seinen Augen nur Spielereien waren.«

KAPITEL 44

JULA

»Warum seid ihr denn bloß aus dem Safehouse abgehauen? Ihr könntet jetzt mit schweren Schnittverletzungen im Krankenhaus liegen! Und vor allen Dingen: Was zur Hölle hattet ihr hier überhaupt zu suchen? Wer hat euch hierhergelockt?« Bis zuletzt hatten das Adrenalin und die Tatsache, dass es um Menschenleben gegangen war, Julas Emotionen im Zaum gehalten. Jetzt, nachdem sie wieder nach draußen zu Elyas und Friedrich gegangen war, konnte sie ihrem Zorn endlich Luft machen.

»Das war eine Frau von den Bullen.« Elyas stockte kurz, er schien noch einmal nachzudenken. »Also, sie hat zumindest behauptet, dass sie von den Bullen ist. Mittlerweile habe ich eher das Gefühl, dass sie uns verarscht hat.«

»Wie sah die Frau denn aus? Hatte sie einen russischen Akzent?« Jula wurde ruhiger.

»Ja, hatte sie. Aber viele Polizisten haben doch einen Migrationshintergrund.« Friedrich hatte wieder etwas Farbe im Gesicht; in den Minuten nach dem großen Knall war er kreidebleich gewesen. »Die muss uns vor dem Adlon aufgelauert haben und ist uns dann gefolgt. Das war eine Frau um die vierzig, schlank, dunkle Haare, sportlich.«

»Alles klar.« Jula verdrehte die Augen. »Ihr beiden Helden habt euch von Vries' Ehefrau herlocken lassen. Die ist ziemlich gut darin, Leuten aufzulauern und ihnen zu folgen.«

»Aber sie kann nicht damit gerechnet haben, dass wir beim

Adlon aufkreuzen.« Elyas wirkte auffallend ruhig, der Schrecken steckte ihm offenbar noch ebenso in den Gliedern wie allen anderen auch. »Wenn es ihr Plan war, uns hier in die Luft zu jagen, dann hat sie dabei echt auf den Zufall vertraut.«

»Hat sie nicht.« Jula winkte ab. »Die hat einfach nur das Adlon beobachtet, wann wir da rein- und rausgehen. Euch beide Trottel hat sie zufällig erwischt. Und sich vermutlich gedacht, dass das doch eine gute Gelegenheit wäre, mich für die Aktion mit dem Tiger zu bestrafen.«

»Bist du sicher?« Elyas stand vom Boden auf und wischte sich den Sand von der Hose. »Vielleicht wollte sie euch ja auch helfen. Wir hätten dir und Hegel schließlich erzählen können, wo wir hingeschickt worden sind. Zumindest musste sie damit rechnen.«

»Ich weiß nicht.« Jula dachte nach. Ja, es war möglich, dass Vries' Frau versucht hatte, ihr und Hegel zu helfen. »Ihr geht auf jeden Fall sofort wieder in den Polizeischutz zurück!«

»Wie seid ihr da überhaupt rausgekommen?« Die Stimme von Oswald Holder erklang hinter Julas Rücken. »Die Kollegen haben euch überall in der Umgebung gesucht, aber ihr wart wie vom Erdboden verschluckt.«

Holder und Hegel hatten ein kurzes Vieraugengespräch geführt und waren jetzt wieder an die Gruppe herangetreten.

»Das war so einfach, dass es fast schon lächerlich ist.« Elyas musste sich erkennbar ein Grinsen verkneifen.

»Jetzt erzähl schon.« Jula sprach drängender.

»Okay, zweimal klappt das sowieso nicht.« Elyas sah zu Holder. »Ihre Leute lassen sich echt zu leicht austricksen! Ich habe schon ab dem ersten Tag die Positionen der Überwachungskameras ausgecheckt. Nach Schwachstellen, toten Winkeln oder Ecken, die nicht abgedeckt sind. Ich meine, die Kameras sind ja nur dazu gedacht, zu erkennen, wenn jemand ins Haus reinwill.

Die sollen ja nicht kontrollieren, ob da einer abhaut. Alter, es gibt echt eine Menge Lücken in eurer Überwachung!«

»Die Kameras decken mehrere Hundert Meter um das Haus herum ab. In alle Richtungen.« Holder schien Fragezeichen im Blick zu haben. »Da gibt es keine Lücken.«

»Mehrere Hundert Meter um das Haus rum nicht …« Friedrich grinste nun übers ganze Gesicht.

»Ihr wollt jetzt nicht sagen, dass ihr …?« Holder stockte.

»Doch!« Elyas lachte unkontrolliert auf, beherrschte sich aber sofort wieder. »Wir sind nicht weggerannt – wir sind einfach dageblieben! Wir sind nur schnell zum Nachbarhaus rüber, da gab es einen toten Winkel in der Überwachung. Und da haben wir uns dann hinter den Mülltonnen versteckt.«

»Wir waren so absurd nah am Safehouse, dass uns da einfach keiner gesucht hat! Die sind die Straße hoch- und runtergerannt, aber direkt neben ihren Füßen haben sie nicht geguckt.« Auch Friedrich wirkte amüsiert, wenn die Umstände seine Schadenfreude jedoch ebenso bremsten wie die von Elyas. »Wir mussten nur ein paar Stunden ruhig hinter den Tonnen kauern und auf den Schichtwechsel der Bewacher warten. Da sind die mit sich selbst beschäftigt und passen nicht so genau auf.«

»Dann sind wir zur Landstraße gerannt, aber erst als keiner mehr nach uns gesucht hat. Ein Lkw-Fahrer hat uns dann später nach Berlin mitgenommen.«

»Clever!« Oswald Holder nickte den Jungs anerkennend zu. »Im Auge des Orkans stürmt es nicht.«

Gerade als Elyas etwas entgegnen wollte, trat eine nervös wirkende junge Frau von Anfang zwanzig an die Gruppe heran. Sie hielt mit unsicherer Körperhaltung ein Päckchen in den Händen und musterte Hegel mit prüfendem Blick. »Sind Sie Professor, ähh, Hegel?«

»Bitte treten Sie einen Schritt zurück!« Oswald Holder sprach mit fester Stimme und stellte sich sofort mit breiten Schultern zwischen Hegel und die Frau.

»Das ist schon in Ordnung, Oswald.« Hegel legte dem Kommissar eine Hand auf die Schulter, bevor er zu der Botin sprach. »Haben Sie den Auftrag, mir etwas von Herrn Vries zu übergeben?«

Die junge Frau, die ohnehin schon höchst verunsichert darüber wirkte, welches Schauspiel sich ihr an dem offensichtlich genannten Übergabeort bot, sprach jetzt noch etwas leiser. »Ich, äh, ja. Schon. Aber er hat mir nicht gesagt, dass …«

»… dass er Sie an den Ort eines von ihm begangenen Anschlags schickt? Na ja, ich will Veith nicht in Schutz nehmen, aber das wäre aus seiner Sicht auch wirklich eher unklug gewesen.« Hegel zwinkerte der Frau freundlich zu und streckte die Hand nach dem Päckchen aus. »Ich nehme das gern.«

Die Frau reichte es Hegel mit zittrigen Händen. »Was ist denn hier los?«

»Das klären wir gerade.« Kommissar Holder zeigte der Frau seinen Polizeiausweis. »Kommen Sie bitte mit mir, ich muss Ihnen ein paar Fragen stellen.« Er deutete auf einen Einsatzwagen der Polizei und ging mit der jungen Frau zu diesem hinüber, zweifellos, um ihre Aussage zu dokumentieren.

»Was ist das?« Jula sprach so vorsichtig, als könnten ihre Worte das Päckchen in Hegels Hand zur Explosion bringen.

»Veith hat mir im Café angekündigt, dass ich sein Spiel sofort stoppen kann, wenn ich das opfere, was mir auf der Welt am wichtigsten ist.« Hegels Gesicht zeigte keinerlei erkennbare Emotion, und auch aus seiner Stimme heraus konnte Jula seinen Gefühlszustand nicht deuten.

»Aber …« Sie wagte es kaum, weiterzusprechen. »Das ist doch … Mathilda …?«

»Ja, Mathilda ist mir das Wichtigste auf der Welt.« Kurz huschte ein Lächeln über Hegels Gesicht, bevor es sofort wieder steinerne Züge annahm. »Aber das, was Veith meint, geht auf ein Ereignis zurück, das vor Mathildas Geburt stattgefunden hat. Abgesehen davon, dass Veith auch jetzt noch davon ausgeht, dass mir das, was er meint, wichtiger als meine Tochter wäre.«

»Bitte?« Elyas kniff die Augen zusammen. »Sie wissen, was da drin ist?«

»Ich denke schon. Veith hat es lange aufgehoben, und ich wette, er hat alle diese Menschen getötet und verletzt, weil er ganz genau auf *diesen* Augenblick gewartet hat. Wo auch immer er sich verkrochen hat, er wird gerade zufrieden grinsen. Über die Vorstellung, wie ich dieses Päckchen öffne und verstehe, in welche Lage er mich damit bringt.«

»Sie machen mir Angst.« Jula sprach fast tonlos.

»Veith hat im Café noch etwas anderes zu mir gesagt: *Dieses Spiel wird so enden, wie es begonnen hat. Nur sehr viel größer!*«

»Können Sie endlich mal Klartext reden?« Jula klang dringlicher.

Hegel antwortete nicht. Stattdessen riss er die Verpackung auf, öffnete die Schachtel und präsentierte Jula und den beiden Jungs deren Inhalt, ohne dabei selbst hineinsehen zu müssen.

»Aber das sind doch nur …« Friedrich hielt inne, er verstand offenkundig ebenso wenig wie Jula und Elyas, was das zu bedeuten hatte.

»Ganz richtig.« Hegel betrachtete nun ebenfalls den Inhalt des Päckchens. »Das sind einfach nur Kopfhörer. Dieser Dreckskerl hat sie tatsächlich die ganzen Jahre über aufgehoben.«

KAPITEL 45

HEGEL, 32 JAHRE ZUVOR

Jetzt hör endlich mit dem Scheiß auf!« Veith war etwas weniger betrunken als Matthias, was jedoch nicht bedeutete, dass er auch nur ansatzweise nüchtern war.

»Ich muss das jetzt durchziehen!« Hegel stand, am ganzen Leibe zitternd, vor seinem Freund.

Die kleine Wohnung im Bachweg war nicht eben das, was man modern oder komfortabel nennen würde. Und mit ihren fünfunddreißig Quadratmetern war sie auch nicht gerade dafür prädestiniert, von zwei jungen Männern bewohnt zu werden, die keine intime Beziehung zueinander hatten. Und genau genommen wäre sie sogar in *diesem* Fall zu klein für die beiden gewesen. Aber auch wenn Matthias durch seine Familie über ausreichende finanzielle Möglichkeiten verfügte, wollte er sich dennoch unter keinen Umständen von seinen Eltern aushalten lassen. Nicht nur, dass ihn dies in den Augen seiner Freunde und Kommilitonen nicht eben sympathischer gemacht hätte. Er war vor allem wild entschlossen, sich selbst zu beweisen, dass er die Privilegien, die sein Elternhaus ihm bot, nicht benötigte. Er hatte sich vorgenommen, später zurückblicken und sagen zu können, dass er sich alles, was er haben würde, selbst erarbeitet hatte.

»Deine Stimme riecht nach Staub, und diese Kopfhörer schmecken wie Kupferdraht mit Ingwer!« Veith bewegte sich nicht auf Matthias zu, wich aber auch keinen Zentimeter von ihm zurück.

»Und ist das gut oder nicht?«

Matthias hatte verstanden, dass Veiths synästhetische Verknüpfungen einem Phänomen seiner Wahrnehmung entsprangen, das nicht verstehen konnte, wer es nicht erlebte. So bedeutete es nicht unbedingt etwas Schlechtes, wenn ein Geräusch nach Verwesung roch oder sich eine Farbe wie Stacheldraht anfühlte. Denn, so hatte er verstanden, der Geruch von Verwesung konnte sich unter Umständen wie Streicheln anfühlen oder das Gefühl von Stacheldraht nach frischem Streuselkuchen duften.

»Nein, die sind nicht gut! Das sind absolut beschissene Verknüpfungen!« Veith wendete den Blick keine Sekunde von Matthias ab. »Also setz jetzt bitte den verfluchten Kopfhörer ab!«

Der Abend war zunächst nicht anders verlaufen als die meisten zuvor. Sie waren nach der Uni noch im Café gewesen und hatten mit ein paar anderen Studenten über die Vorlesung gesprochen, die sie zuvor gemeinsam gehört hatten. Später, nach Anbruch der Dunkelheit, waren sie noch eine Weile im Park gewesen und hatten Marihuana geraucht, das einer ihrer Freunde mitgebracht hatte. Matthias war irgendwann dann noch zur Tankstelle gegangen und hatte eine Flasche Wein und eine Flasche Wodka besorgt. Und das waren nicht die einzigen Flaschen gewesen, die sie an diesem Abend gemeinsam geleert hatten. Jetzt, mitten in der Nacht, mit Veith zurück in ihrer kleinen Wohnung, war Matthias nicht nur vollkommen betrunken und bekifft, er war zudem in eine depressive Stimmung abgedriftet. In ein seelisches Loch, das ihm in seinem derzeitigen Zustand so tief vorkam, dass er seinem Freund Veith einfach nicht glauben wollte, dass er jemals wieder daraus hervorkriechen konnte.

»Ich muss es beenden!« Matthias spuckte beim Reden, so in

Rage war er. »Es ist nicht Segen und Fluch zugleich. Es ist einfach nur ein Fluch!«

Schon im Kindergarten hatte er Dinge gehört, die den anderen verborgen geblieben waren. Nicht nur, dass keiner außer ihm das absolute Gehör hatte. Sie waren anscheinend auch allesamt nicht dazu imstande, Schwingungen, Frequenzen oder die verschiedenen Strömungen zu deuten, die durch die unterschiedlich großen Stimmlippen jedes einzelnen Menschen verursacht wurden.

»Dass du besser hören kannst als alle anderen? *Das* ist ein Fluch?« Veith lachte sarkastisch auf. »Wenn du mit Krämpfen zusammenbrichst und dich minutenlang vor Schmerzen krümmen musst, weil jemand in deiner Nähe gegen eine Glasflasche schnipst, dann weißt du, was ein Fluch ist!«

Matthias hatte die Worte gehört. Und er hatte sie auch verstanden. Aber das Wissen darum, dass es jemanden gab, der ein anderes Problem als er hatte, wollte ihm so gar nicht dabei helfen, sein eigenes als weniger schwer zu bewerten. *Iss deinen Teller leer, woanders auf der Welt verhungern Kinder!,* hatte seine Mutter zu ihm gesagt, wenn er als Kind nicht aufessen wollte. Schon mit fünf hatte er sich gefragt, wie um alles in der Welt es irgendeinem hungernden Kind helfen sollte, wenn er gegen seinen Willen und um den Preis, dass ihm übel wurde, das letzte Stück Bratwurst in sich hineinstopfte. Und das, obwohl sein Körper ihm anzeigte, dass er keine weitere Nahrung mehr benötigte.

Nein, sein Gehör, von dem er erst als Teenager begriffen hatte, dass es weit leistungsfähiger als das aller anderen war, wurde nicht einen Funken weniger Fluch für ihn, weil jemand anderer *auch ein Problem hatte.*

»Ich zünde es jetzt an!« Rotz lief ihm aus der Nase, und in seinem Schädel drehte es sich wie ein Karussell. »Ich beende es jetzt und hier! Und dann kann ich ein normales Leben führen wie alle anderen auch.«

Matthias hatte an den Innenseiten der Hörmuscheln seines Kopfhörers mit Klebeband jeweils einen der Böller befestigt, die seit dem letzten Silvester in einer Schublade gelegen hatten. Jetzt hatte er den Kopfhörer aufgesetzt und hielt ein Feuerzeug in der Hand.

»Das sprengt dir die Trommelfelle weg!« Veith wich nach wie vor nicht zurück. »Du verlierst nicht nur deine besondere Gabe, du hörst danach einfach nie wieder irgendwas!«

»Das will ich doch wohl hoffen!« Matthias führte das Feuerzeug näher an sein rechtes Ohr. »Dann bin ich endlich wie alle anderen: taub!«

»Du bist komplett besoffen und auf Gras!« Veith sprach etwas langsamer und wagte einen kleinen Schritt auf Matthias zu. »Ich werde nicht zulassen, dass du dir das Liebste nimmst, was du hast!«

Natürlich hatte Matthias das immer mal wieder gesagt. Welcher Segen es sei, so gut hören zu können. Welche Möglichkeiten ihm seine Gabe eröffne. Aber sie hatten eben auch immer mit Neid und Missgunst auf ihn geblickt. Und dann immer diese spitzen Bemerkungen seiner Kommilitonen. *Ich sage dazu mal lieber nichts, sonst hört Matthias noch raus, was ich wirklich denke.* Veiths Synästhesie fanden sie lustig. Oder seltsam und verschroben. Aber sie hatten keine Angst davor. Sollte ihre neue Frisur für ihn doch nach Lehm schmecken, was machte das schon? Immerhin, das musste Hegel selbst in seinem gegenwärtigen Zustand erkennen, Veith war für diese Erkenntnis ebenso wenig offen gewesen, wie er selbst es gerade für dessen Versuche war, ihm zu erklären, dass er nicht der Ausgestoßene war, für den er sich hielt. Immerhin, Veiths Komplexe waren überwiegend dessen Selbstwahrnehmung geschuldet. Bei Hegel war das anders. Ein kurzes Zögern, eine etwas zu hoch gesprochene Silbe, ein Räuspern. Alles, was sie an Geräuschen von sich gaben, konnte sie in Matthias' Ohren verraten.

»Ich zünde die Böller jetzt an, und dann kann ich endlich glücklich werden!« Er spürte, wie der Boden unter ihm zu schwanken begann.

Einer ihrer Freunde im Park hatte aus einer leeren Getränkedose eine Bong gebastelt. Matthias hatte bis dahin noch gar nicht genau gewusst, was das überhaupt war. Nur dass es etwas mit Kiffen zu tun hatte. *Wenn du an der Bong ziehst, knallt das Gras viel heftiger!* Diese Ankündigung einer Studienfreundin, nachts betrunken im Park, hatte ihm in seiner derzeitigen Stimmung vollkommen gereicht, um es auszuprobieren. Und ja, es hatte wirklich geknallt! So wie es auch jetzt knallen würde. Zwei Mal – und danach niemals wieder.

KAPITEL 46

FREITAG

Bisher war es ruhig geblieben. Hegel hatte die Nacht so wie alle anderen seit seiner Rückkehr aus der Reha auf dem Sofa im Eingangsbereich seiner Agentur im Adlon verbracht. Es war nun mal der Ort, an den Veith seine Hinweise liefern ließ, und zudem war die Suite für Hegels Schutzpersonen von der Polizei deutlich besser zu bewachen, als es seine Villa in Grunewald gewesen wäre. *Wenn Elyas und Friedrich auch bewiesen haben, wie lächerlich einfach man sich verstecken kann, wenn man es nur auf so derartig dreiste Weise tut, dass niemand jemals darauf kommen würde.* Veith hatte jedoch ganz offensichtlich nicht vor, Hegel persönlich anzugreifen; im Grunde konnten Danlowski und seine Kollegen aus dem Adlon auch abgezogen werden, um anderswo Wichtigeres zu tun.

»Ich weiß, dass du nicht bluffst.« Hegel sprach zu Vries, als stünde dieser im Raum.

Und in gewisser Weise tat er das ja, wenn auch nur in Gestalt eines alten, technisch vollkommen überholten Kopfhörers, an dessen Ohrpolstern Silvesterböller angebracht waren. *Er hat die Böller von damals gegen neue ausgetauscht. Natürlich, sie sollen ja schließlich funktionieren.* Hegel musste lächeln, als er aus der Musikanlage den Song »Seasons in the Sun« von Terry Jacks hörte. Er hatte ihn schon immer für wehleidig und kitschig gehalten, und das, obwohl er ihn nach jedem Hören stundenlang als Ohrwurm mit sich herumgetragen hatte. Jetzt, nachdem Veith endlich offenbart hatte, welche Demütigung er ihm anzutun plante, erschien Hegel das Lied wie die geistreiche Pointe eines Witzes, der so makaber war, dass man schon wieder über ihn lachen konnte. Was sollte er tun?

Sich die Trommelfelle zu zerstören kam nicht infrage, Hegel wollte nicht einmal darüber nachdenken. Andererseits hatte er keinerlei Zweifel daran, dass Veith für den Fall, dass er sich weigern würde, eine Vergeltung vorbereitet hatte, die er sich vermutlich kaum vorzustellen vermochte.

Oder vielleicht doch?

Hegel setzte sich aufrecht hin, seine Lethargie war einem Gedanken gewichen. *Er hat mir im Café einen Hinweis zugespielt. Und das hat er nicht versehentlich oder grundlos getan. Veith spielt ein Spiel mit mir, und was ist das Einzige, das ein Spiel reizvoll macht?*

»Ein Spiel macht nur dann Spaß, wenn dein Gegner eine faire Chance hat, dich zu besiegen …« Hegel sprang vom Sofa auf. »Er hat es mir ganz klar gesagt: *Dieses Spiel wird so enden, wie es begonnen hat. Nur sehr viel größer!*«

Er sah erneut auf die Kopfhörer. Diese verfluchte Nacht voller Drogen und Depressionen konnte Veith damit nicht gemeint haben. *Was war der Beginn dieses Spiels?* Nicht der Moment, in dem Hegel mit seinem Gutachten verhindert hatte, dass Veith seinen Hang zu perfiden Waffen hauptberuflich gegen Menschen einsetzen konnte, und auch nicht die Töne im Zug.

»Du verfluchter Dreckskerl!« Hegel ballte die Hände zu Fäusten.

Es wäre eine kleine Sprengung gewesen, nur zwei Silvesterböller. Die Nachbarn hätten vermutlich wütend gegen die Wand geklopft, wobei Hegel selbst das dann auch nicht mehr hätte hören können. Viel mehr wäre zunächst nicht passiert. *Abgesehen von der Tatsache, dass ich niemals zu »Auris« geworden wäre.*

»Ich kann mir jetzt und hier die Trommelfelle zersprengen. In diesem Falle endet es, wie es begonnen hat.« Plötzlich war es für Hegel vollkommen klar. »Ich würde also verhindern, dass es *sehr viel größer* endet.«

Veith hatte das Haus im Bachweg gesprengt, zweifellos verfügte er also über alles, was es brauchte, um eine *sehr viel größere* Sprengung vornehmen zu können. Gerade als Hegel zu überlegen begann, welcher Ort aus seiner und Veiths gemeinsamer Vergangenheit für eine ebenso dramatische wie tödliche Explosion geeignet sein konnte, erklang ein neuer Song aus der Musikanlage. Einer, den Hegel mochte. Nur dass er ihm dieses Mal wie die Ankündigung einer Katastrophe erschien, die von einem solchen Ausmaß wäre, dass Veith ihr vermutlich kaum würde widerstehen können. Es lief »Angie« von den Rolling Stones. Hegel wurde es gleichzeitig heiß und kalt.

»Ein Sprengstoffanschlag auf das Olympiastadion. Hunderttausend Zuschauer und eine der größten Bands der Musikgeschichte. Verdammt, damit würdest du wirklich in die Geschichte eingehen …«

Dann stürmte er auch schon nach unten ins Foyer. Immerhin, das Konzert würde erst am nächsten Tag stattfinden. Sie hatten also noch Zeit.

KAPITEL 47

»Das Management der Stones hat die Schlagzeilen durchaus mitbekommen.« Manfred Bredlow, der Sicherheitschef des Olympiastadions, hatte Hegel und Oswald Holder empfangen und war mit ihnen in die Arena gegangen, in der die letzten Aufbauarbeiten für die morgige Show im vollen Gange waren. »*Terror in Berlin,* das hat die natürlich besorgt gemacht. Aber ein Konzert dieses Ausmaßes sagt man auch nicht einfach so ab, da geht es um Millionenumsätze.«

»Ich weiß, was so ein Ticket kostet.« Oswald Holder verzog das Gesicht. »Wenn man das mit hunderttausend multipliziert, will man natürlich spielen.«

Bredlow nickte. »Ich kann Sie beruhigen, die Polizei war schon gestern mit Sprengstoff-Spürhunden und Sicherheitsexperten hier. Die haben das ganze Stadion auf den Kopf gestellt. Es gibt hier nicht ein Gramm von irgendeinem explosiven Material. Und morgen wird es keinen Weg ins Stadion geben, an dem nicht auch wieder Beamte mit Spürhunden stehen. Sogar die Personaleingänge werden überwacht. Die Security ist angewiesen, jede Pillendose auf ihren Inhalt zu checken. Sogar die Stones selbst werden überprüft! Also seien Sie beruhigt: Niemand wird hier morgen irgendwen oder irgendetwas explodieren lassen!«

Während Oswald Holder nickte, blieb Hegel skeptisch. »Der Mann, mit dem wir es hier zu tun haben, ist hochintelligent, komplett irre und leider wirklich sehr kreativ. Bitte denken Sie noch mal nach: Wenn Sie als Sicherheitschef dieser Veranstaltung hier einen Sprengsatz würden reinschmuggeln wollen, wie würden Sie das anstellen?«

Manfred Bredlow schwieg für einige Sekunden. »Also gut, dann spielen wir das mal durch. Ich könnte in meiner Position natürlich dafür sorgen, dass meine Leute zu bestimmten Zeiten bestimmte Orte und Durchgänge nicht absichern würden. Das könnte Ihr Verdächtiger aber nicht. Ich habe hier jederzeit freien Zugang, ich könnte also jetzt, nachdem die Suchhunde weg sind, jederzeit herkommen und zumindest kleinere Mengen Sprengstoff in meinem Kofferraum mitbringen. Auch das könnte Ihr Mann nicht tun. Aber selbst wenn ich das alles machen würde, wäre es ja immer noch so, dass vor dem Eintreffen der Stones und dem Öffnen der Eingänge noch einmal die Spürhunde durchs Stadion geführt werden. Ich sage so etwas nicht leichtfertig, also bitte glauben Sie es mir: Niemand kann hier morgen irgendwen oder irgendetwas in die Luft sprengen.«

Hegel hörte die Worte und verstand, was Bredlow meinte. Ihm war auch klar, dass er recht hatte. Veith war ein gerissener Hund, aber den gesamten Berliner Apparat der Terrorverhinderung würde selbst er nicht einfach so aufs Kreuz legen können. Hegel sah sich um. Auf der Suche nach nichts, und dann wieder nach allem. *Versetze dich in Veith hinein. Stell dir vor, du willst hier eine Bombe zünden. Wie würdest du es anstellen?*

»Was, wenn er etwas über dem Stadion abwirft?« Hegel richtete den Blick nach oben.

»Sie sind kreativ, das muss ich Ihnen lassen.« Bredlow lächelte anerkennend. »Aber bei einem Großereignis dieser Dimension und unter den gegebenen Umständen würden Sie es nicht bis hierher schaffen. Egal mit welchem Fluggerät Sie es versuchen, die Luftüberwachung würde Sie bemerken, bevor Sie auch nur in die Nähe der Arena gelangt sind. Es sei denn, Sie haben von der US Army einen Tarnkappenbomber geklaut. Trauen Sie Ihrem Verdächtigen das zu?«

»Die Lautsprecher sind sehr groß.«

»Bitte?« Manfred Bredlow sah Hegel ebenso wie Oswald Holder fragend an.

»Das ist mir gerade aufgefallen.« Hegel deutete auf die Boxen, die überall im Rund angebracht waren, um die Menschenmasse auch auf den hintersten Plätzen noch mit dem Sound der Rolling Stones versorgen zu können. »Für die Beschallung der Zuschauer würden kleinere Boxen ausreichen. Warum haben Sie die teureren genommen? Das ist nicht notwendig.«

Oswald Holder räusperte sich. »Also, ich denke nicht, dass Vries vorhat, die Musik so laut zu drehen, dass die Zuschauer sich die Ohren zuhalten müssen. Und Spiegel kann ich hier auch weit und breit keine sehen.«

»Sie sind doch Phonetiker.« Bredlow sah Hegel interessiert an. »Kann irgendjemand irgendetwas damit anstellen, dass die Boxen größer sind als notwendig?«

»Ich denke nicht.« Hegel ging die Möglichkeiten durch. »Beim besten Willen nicht, nein. Es hat mich nur gewundert.«

»Ich werde den verantwortlichen Tontechniker fragen, warum die Boxen so groß sind. Er ist allerdings noch nicht hier, er ruft Sie dann an. Reicht Ihnen das?«

Hegel hielt ein letztes Mal inne und rechnete die Optionen aus. Selbst wenn es Veith irgendwie gelänge, die Kontrolle über diese Lautsprecher zu gewinnen, würde er es nicht so machen können wie in der Disco. Das Stadion war nicht überdacht, und selbst eine noch so effektive Frequenz wäre nicht dazu imstande, unter diesen akustischen Bedingungen irgendetwas springen, platzen oder gar explodieren zu lassen. Nicht wenn es hier keinen Sprengstoff gab.

»Also gut.« Hegel lenkte ein. »Dann wünsche ich Ihnen morgen einen erfolgreichen Abend. Und denken Sie an mich, wenn die Stones was von ihrem Album *A Bigger Bang* spielen!«

KAPITEL 48

CELINA

»Denkst du, er wird es tun?« Sie sah noch einmal auf die Fotos, die hier unten an der Wand hingen. Celina konnte Veith durchaus verstehen, was Hegel ihm in seinen Augen angetan hatte, war keine Kleinigkeit gewesen.

»Soll ich dir sagen, was das Verrückte an der Sache ist?« Er sah nicht zu ihr hinüber, seine Augen waren geschlossen.

»Ach, es gibt auch etwas Verrücktes an deinem Plan?« Celina hätte auflachen müssen, wäre das alles hier nicht so verflucht ernst gewesen.

»Das Verrückte ist, dass es mich fast schon ärgern würde, wenn Matthias sich die Trommelfelle zerstört. Ich habe so viel Zeit und Mühe in seine große, finale Bestrafung gesteckt – es wäre ein Jammer, wenn ich sie ausfallen lassen müsste.«

»Soso … *Du* hast also Mühe in seine finale Bestrafung gesteckt.« Celina warf Vries einen Blick zu, der vermutlich wie eine Feuerqualle auf seiner Haut brennen oder sonst irgendetwas Absurdes bewirken würde.

»Ich weiß ja, was du meinst.« Erst jetzt richtete er sich auf und öffnete die Augen. »Mein verfluchter Krebs schreitet fort, ich muss immer stärkere Schmerzmittel nehmen, um das überhaupt noch alles durchzuziehen. Lange mache ich es nicht mehr.«

»Schon gut. Ich habe das Ausrichten gern für dich übernommen. Wenn es auch eine verfluchte Arbeit war.«

»Ich selbst hätte das nicht mehr geschafft. Aber wenn du meine Anweisungen exakt befolgt hast, dann hast du dir deinen

Anteil an meiner großen Abschiedsshow wirklich verdient. Und sei ehrlich: Du wärst doch auch enttäuscht, wenn er sich die Ohren wegsprengt, oder? Es würde ihn am Ende irgendwie als Helden dastehen lassen, der sein kostbarstes Gut für das Leben anderer geopfert hat.«

»Jetzt im Ernst.« Celina trat etwas näher und sprach leiser als zuvor. »Wenn er sich die Trommelfelle zerstört, würdest du das Finale wirklich nicht mehr durchziehen?«

Vries sah Celina an, als habe sie Ungarisch gesprochen. »Das hier ist mein letzter großer Auftritt. Der *durchgeknallte Außenseiter Veith* tritt so ab, wie alle ihn sehen wollten: als verrückter Psycho! Aber wenn ich damit in die Kriminalgeschichte eingehen will, dann muss ich mich schon an meine eigenen Regeln halten. Ein Verstoß dagegen würde meiner Geschichte ein unehrenhaftes Ende verleihen. Ich *muss* mich an meine eigenen Regeln halten!«

»Du hoffst also, dass am Ende Hegel die moralische Verantwortung für alle diese Toten trägt. Weil er nicht bereit war, sein verfluchtes Gehör zu opfern.«

Vries lächelte. »Genau so! Bis ans Ende seines Lebens soll er sich fragen, ob es das wert war. Die Bilder sollen ihm nicht mehr aus dem Kopf gehen, niemals. Und wenn er sein Gehör nicht opfert und alle diese Menschen deswegen sterben lässt, wird er irgendwann nur noch deren Weinen, Schreien und Betteln hören. Rund um die Uhr, bis an sein unseliges Ende.«

»Also gut.« Celina entspannte ihre Körperhaltung etwas. »Dein Spiel, deine Regeln.«

Damit wandte sie sich um und verließ den Raum. Sie hörte Vries noch trocken husten, aber das war ihr gleichgültig. Er war so oder so am Ende, und das, was er jetzt noch für sie tat, war so kostbar für Celina, dass sie seine verfluchte Gegenwart dafür gern noch ein paar Stunden in Kauf nahm. Es lief ja schließlich auch alles nach Plan.

KAPITEL 49

JULA

Ihr werdet gleich abgeholt, und dieses Mal bleibt ihr auch in dem verdammten Safehouse!« Jula ließ weder durch ihre Körperhaltung noch in ihrem Tonfall Zweifel daran aufkommen, dass sie es ernst meinte.

»So wie du in deinem?« Elyas stemmte die Hände in die Hüften. »Du hast uns doch auch verarscht, von Anfang an!«

Jula und die Jungs hatten sich ebenfalls ins Adlon begeben, weil die Suite rund um die Uhr bewacht wurde. Jula hatte ein eigenes Büro, das ihr zudem als Studio für ihren Podcast diente, der nach wie vor mehrere Millionen Follower hatte. Und auf dem sie, wenn das alles hier endlich überstanden war, ein weiteres Mal eine furiose Geschichte aus erster Hand würde erzählen können. *Hoffentlich mit gutem Ausgang …*

»Okay, das muss ich zugeben. Ich wollte auch nicht ins Safehouse und habe euch angelogen.« Jula sprach etwas sanfter. »Aber ich bin auch nicht vierzehn!«

»Das bin ich nur noch genau bis Mitternacht!« Elyas wurde mit jedem seiner Worte ein kleines bisschen lauter, vermutlich, ohne es selbst zu bemerken. »Und ich sage mein Konzert morgen im Mauerpark garantiert nicht ab!«

Natürlich hatte Elyas das mit seinen fünfzehn Jahren gar nicht zu entscheiden. Ihm dies nun aber als autoritäres Argument zu präsentieren hätte die Diskussion zwischen den Halbgeschwistern zweifellos nicht eben beruhigt. So versuchte sich Jula stattdessen in Diplomatie.

»Hegel und ich – außerdem der halbe Polizeiapparat von Berlin – versuchen, dieses Spiel von Vries schnell zu beenden. Aber solange der Kerl Spiegel mit Schall zum Platzen bringen und Gebäude sprengen kann, wird niemand, der mit Hegel zu tun hat, in der Öffentlichkeit ein Ziel für diesen Wahnsinn bieten. Und komm mir jetzt nicht damit, dass ein wahrer Rapper jung sterben muss!«

»Aber was soll der Verrückte denn im Mauerpark machen?« Jetzt brachte sich auch Friedrich in die Diskussion ein. »Wir reden von einem Hügel mit Sitzbänken. Elyas steht auf einem Rondell aus Pflastersteinen, drum herum sind Bäume. Die einzige Anlage, die mit Sound und Schall zu tun hat, bringen wir selbst mit. Da ist weit und breit nichts, das euer Vries gegen irgendwen einsetzen könnte.«

Jula schloss die Augen und atmete durch. »Das glaube ich euch ja alles. Aber bevor der Kerl hinter Gittern sitzt, gehen wir kein Risiko ein. Und das ist kein Vorschlag, sondern eine Feststellung!«

»Okay.« Elyas fuhr sich mit der Hand durch die mit deutlich zu vielen verschiedenen Stylingprodukten frisierten Haare. »Dann haben wir jetzt ja noch einen ganzen Tag Zeit, uns den Penner zu schnappen.«

»So sieht's aus!« Friedrich hob die Hand, und Elyas schlug ein.

Jula verdrehte die Augen. Gern hätte sie gelacht, doch dafür war die Lage bei Weitem zu ernst. »Ihr werdet jetzt zurück ins Safehouse gebracht, Mathilda und ihre Großeltern warten schon auf euch. Die Beamten vor Ort sind nicht sauer, im Gegenteil. Die fanden es super, dass ihr ihnen eine Lücke in ihrem System gezeigt habt. So schnell haut denen keiner mehr ab. Dank euch!«

Es klopfte an die Tür von Julas Büro, und gleich darauf öffnete ein Mitarbeiter des LKA die Tür. »Wir sind so weit, der Wagen wartet in der Tiefgarage.«

Jula wandte sich den Jungs zu. »Ich setze alles daran, dass dieser Wahnsinn noch heute endet. Aber das kann ich nur, wenn ich mir nicht auch noch Sorgen um euch machen muss. Also bitte: Baut ab jetzt keinen Scheiß mehr!«

KAPITEL 50

HEGEL

Die Jungs sind wieder in Sicherheit.« Kommissar Danlowski war nach kurzem Anklopfen ohne Aufforderung in Hegels Büro getreten.

»Die beiden haben es gut.« Hegel sah den Beamten nicht an, sein Blick lag ruhig und aufmerksam auf einem seiner Gemälde. »Die können sich das Finale mit Kartoffelchips auf der Couch im Fernsehen angucken. Ich dagegen bin live dabei.«

Er hatte den Beamten der Polizei nichts von dem Kopfhörer erzählt, sie hätten ihm diesen sofort abgenommen. Nicht nur zu Hegels Schutz, sondern auch zur Auswertung möglicher Spuren. Immerhin, bereits ein winziger Partikel – beispielsweise einer seltenen Pflanze – konnte den möglichen Aufenthaltsort eines Verdächtigen deutlich eingrenzen. *Aber ich darf die Kopfhörer nicht aus der Hand geben. Für den Fall, dass ich nicht drum herumkomme, sie doch noch …* Hegel wollte den Gedanken nicht zu Ende führen, wenn er es seit dem Vortag auch vermutlich bereits tausend Mal getan hatte.

»Wir versuchen das zu verhindern, Professor Hegel. Die Fahndung läuft unvermindert weiter.« Der Beamte klang professionell, er hatte im Zuge seiner Ausbildung zweifellos gelernt, Autorität in seine Worte zu legen. »Wir gehen privaten Unterkünften nach, Airbnb, Laubenkolonien, Campingplätze, verlassene Gebäude im Umland. Wir checken jeden privaten Kontakt von Vries, den wir seit seiner Kindheit ermitteln konnten. Und die Öffentlichkeitsfahndung in den Medien läuft auf allen großen Sendern. Die Belohnung für Hinweise, durch die wir Vries fassen können, liegt mittlerweile bei hunderttausend.«

»Hunderttausend ...« Hegel regte sich nicht, der Beamte würde es ohnehin nicht bemerken. »Das ist eine Menge Geld, Kommissar Danlowski. Unsere beiden Kinderdetektive Friedrich und Elyas hätten ihn für diese Belohnung vielleicht gefunden, wenn wir sie hätten machen lassen. Zumindest wenn sie im Fahnden so gut sind wie im Abhauen.«

Kurz blieb der Polizist still. Schließlich schien er Hegels Reglosigkeit und dessen lapidaren Kommentar richtig interpretiert zu haben. »Na gut, dann lasse ich Sie mal wieder allein. Wenn was ist ... Sie wissen ja ...« Hegel hörte, wie sich Danlowski abwendete und die Tür hinter sich schloss.

Noch einmal vertiefte er sich in das Gemälde. Er hatte darauf die Worte seiner Großmutter festgehalten, die sie ihm gewidmet hatte, als er im Alter von zehn Jahren verzweifelt gewesen war, weil er Dinge hören konnte, die allen anderen verborgen blieben. Doch die Worte hatte er nicht in Buchstaben auf die Leinwand gebracht. Hegel hatte für sich selbst eine Technik entwickelt, mit der er Worte und Frequenzen in Farben darstellen und in seinem inneren Ohr wie eine Tonaufzeichnung wiedergeben konnte.

Ich höre meine Bilder. Witzig, es war Veith, der mich damals auf diese Idee gebracht hat ... Nur dass ich mit meiner Maltechnik steuern kann, welche Farbe, Form oder Kombination welchen Laut ergibt. Ich habe, wenn man so will, seine Macke genommen und sie in etwas Nützliches umgewandelt.

Noch ein letztes Mal für heute sah Hegel auf die Worte seiner Großmutter, die in seinem Ohr erklangen, als stünde sie gerade neben ihm. *Die Dinge sind immer so, wie sie auch sein sollen. Wir verstehen nicht immer den Grund für alles, aber wenn die Zeit reif ist, dann erfahren wir, warum wir so sind, wie wir sind.*

»Und deswegen werde ich mir ganz sicher nicht die Trommelfelle zersprengen. Meine Gabe hat schon viel Gutes bewirkt, und ich werde es einem Veith Vries nicht gestatten, darüber zu entscheiden, ob ich sie behalten darf oder nicht.«

Hegel spürte, wie sich eine überraschend angenehme Form von Erleichterung in ihm ausbreitete. Denn jetzt, nachdem er seine Entscheidung getroffen hatte, war das Grübeln vorbei. Endlich. Das Abwägen, ob er es nicht vielleicht doch tun musste, um Schlimmeres zu verhindern. Die Frage, ob er Veith damit eine Freude oder ein Ärgernis bereiten würde. Die Überlegungen, wie er es nur zum Schein tun konnte, um zu sehen, ob Veith sich an die Abmachung halten würde. Nein, das alles war jetzt vorbei. Er würde es nicht tun, Ende, aus!

Doch diese Entscheidung führte in ihrer Nebenwirkung eben auch dazu, dass Hegels einzige Option, das alles allein und ohne fremde Hilfe zu beenden, damit vom Tisch war.

Was zwangsläufig zu einer anderen Erkenntnis führte. *Ich muss ihn finden! Und das werde ich ganz sicher nicht von dieser Suite aus tun.* Er ging tief in sich und ließ seine Gedanken fließen. Der Ort, den Veith für die Dauer seines Spiels als Versteck gewählt hatte, konnte unmöglich willkürlich gewählt sein. Nichts an diesem Spiel geschah willkürlich, zudem war Veith bewusst, dass die Ermittlungsbehörden wussten, was sie taten. *Wenn du wirklich sichergehen wolltest, dass sie dich nicht finden, dann musstest du etwas riskieren.*

»Du verfluchter, cleverer Hund!« Ein zufriedenes Lächeln breitete sich in Hegels Gesicht aus.

Wenn es stimmte, was ihm soeben in den Sinn gekommen war, dann musste er sich wirklich vor Veith verneigen.

»Er wäre damit vermutlich sogar bis zum Ende durchgekommen.« Hegel sah wieder zu dem Gemälde, um den inneren Dialog mit seiner Großmutter fortzusetzen. »Was für eine Ironie, dass der Kerl, mit dem ich als junger Mann befreundet war, ausgerechnet über zwei junge Männer stolpert, die miteinander befreundet sind.«

Hegel ging zu seinem Kleiderschrank. Er musste sich tarnen, um nach seinem heimlichen Ausflug zum Kaffeeklatsch mit Veith jetzt noch ein weiteres Mal unbemerkt aus dem Adlon zu entkommen. Nein, eine Polizeieskorte konnte er wahrlich nicht gebrauchen. Dieser Moment sollte schließlich nur ihnen beiden gehören. Ihm und Veith. *Ich freue mich schon, dein Gesicht zu sehen, wenn ich plötzlich vor dir stehe …*

KAPITEL 51

VEITH VRIES

Er strich mit dem Ringfinger der linken Hand über das Foto, das er am liebsten betrachtete. Er hatte die leicht verwackelte und eher nicht optimal beleuchtete Aufnahme aus der Zeit, als Bilder noch analog gemacht worden waren, bereits mit jedem seiner Finger berührt. Die Geschmacksnuancen waren nur minimal verschieden gewesen, und auch das Kribbeln an seinen Schultern hatte sich wenig verändert. Aber die Farbe, die das Bild mitsamt den Erinnerungen erzeugte, die es zu ihm zurückbrachte, war mit dem linken Ringfinger am passendsten eingestellt. *Sanftes Beige, begleitet von einer Duftnote frisch gemahlenen Kaffees.*

»Morgen ist es so weit.« Es war, als stünde die Frau auf dem Foto direkt vor ihm, lebendig, mit allen Sinneswahrnehmungen, die sie bei ihm erzeugt hatte. Jedes einzelne Mal. »Falls er sich nicht heute noch das Gehör zerstört. Aber wir kennen ihn ja beide. Dafür liebt er sich selbst viel zu sehr.«

»Ich gehe dann, wenn es dir recht ist.« Celinas Worte kratzten leicht auf Vries' Zunge.

»Hast du die Ausrichtung noch mal überprüft?« Er wandte den Blick nicht von dem Foto.

»Es ist jetzt auch mal gut.« Celina wurde nicht laut, und auch die Dynamik in ihrer Stimme blieb gelassen. Dennoch war eine passive Aggression unverkennbar herauszuhören. »Es hat Wochen gedauert, das alles so exakt zu positionieren. Ich habe es wieder und wieder ausgemessen. Mit deiner Navigationssoftware, von der du selbst sagst, dass es die beste ist, die es gibt. Ich habe exakt nach deinen Anweisungen die Punkte, an denen das Aufeinandertreffen stattfinden soll, auf den Zentimeter genau ausgemessen. Und selbst wenn der Aufbau trotzdem nur zu sechzig Prozent funktioniert, was wirklich wenig wäre, hätte er noch Auswirkungen, die dir deinen Platz in den Geschichtsbüchern auf ewig sichern würden.«

»Und deinen!« Vries hob die Stimme noch immer nicht. Die Schmerzen waren heute besonders stark, einzig das Berühren dieses Fotos mit dem Ringfinger der linken Hand verschaffte ihm etwas Linderung.

Celina wandte sich ihm zu. »Ich habe keine Ambitionen, bis ans Ende aller Zeiten in einem Atemzug mit Iwan dem Schrecklichen und Saddam Hussein genannt zu werden.«

»Du übertreibst maßlos, es werden bei Weitem nicht so viele Tote wie bei denen.« Vries durchzog ein Stechen von der Magengrube her, das sich wie Zuckerwatte anfühlte und nach Amber roch. Ausnahmsweise waren seine zunehmenden Schmerzen jetzt sogar fast angenehm. »Aber ja, diese Menschen sterben aus dem einzigen Grund, damit Matthias bis ans Ende seines Lebens darunter leidet. Dass es seine Schuld war. Und dass er es nicht verhindert hat.«

»Noch kann er sich die Trommelfelle ja zerstören.«

Vries winkte ab. »Wird er nicht, dafür ist er viel zu überheblich. Er denkt sicher, dass er mich noch anders stoppen kann.«

»Also gut.« Celina wandte sich der Treppe zu, die vom Keller nach oben führte. »Dann gehe ich jetzt mal und beobachte weiter, was er und diese Jula so tun.«

Vries nickte, ohne sich ihr zuzuwenden. Er vernahm Celinas Schritte, die sich mit jedem Klacken weiter von ihm entfernten. *Eine Stunde oder zwei kannst du dich noch hinlegen.* Wenn seine Synästhesie die Schmerzen auch im erträglichen Maß hielt, war der Verlust von Kraft und Ausdauer doch mittlerweile an einem kritischen Punkt angekommen. Ohne die Medikamente, die längst nicht mehr heilen, sondern nur noch betäuben sollten, sowie seinen festen Willen, das große Finale am nächsten Tag live mitzuerleben, hätte er vermutlich bereits den Notausgang gewählt und seinem Leben selbst ein Ende gesetzt. Wie seltsam, dachte er, dass es nun ausgerechnet Matthias war, der ihn am Leben erhielt. Zumindest auf eine gewisse Weise. So legte er sich ein weiteres Mal auf die gemütliche Couch, zog sich die Stoffdecke über den Körper und schloss die Augen.

»Hast du noch was vergessen?« Die Schritte, die die Kellertreppe nach unten auf ihn zukamen, hatten Vries aus dem Schlaf gerissen.

Wie lange er auf der Couch gelegen und gedämmert hatte, hätte er nicht sagen können.

»In gewisser Weise schon.« Vries erkannte die Stimme, und mit einem Schlag wurde ihm klar, was ihm in seinem Dämmerzustand entgangen war. Die Schritte waren eindeutig nicht von Celina gekommen. Derjenige, der gerade zu ihm nach unten in den Keller seines Verstecks getreten war, wog deutlich mehr als sie und trug Schuhe mit flachen Sohlen.

»Matthias?« Sofort war Vries hellwach, und sowohl seine Schwäche wie auch seine Schmerzen wurden von dem Adrenalin betäubt, das rasend schnell durch sein Blut geschossen wurde. Er sprang vom Sofa auf und sah seinen ungebetenen Gast mit weit geöffneten Augen an. »Woher wusstest du …?«

Hegel stellte sich mit angewinkelten Armen so breit im Raum auf, wie er konnte. »Ich gebe zu, dein Versteck ist genial. Aber wie das Schicksal halt so spielt: Du bist am Ende über die Schlauheit eines Fünfzehnjährigen gestolpert!«

KAPITEL 52

HEGEL

Du wusstest, dass ich nach meiner Rückkehr aus der Reha direkt ins Adlon fahren würde, weil du von Julas Überraschungsempfang erfahren hattest. Deswegen hast du mir die Karte mit der Melodie ja auch dorthin liefern lassen.« Hegel trug ein subtiles, von Vorfreude getragenes Lächeln auf den Lippen.

»Das war echt nicht schwer rauszufinden!« Vries sah seinen unerwarteten Gast mit einem Blick an, dem es gänzlich an freundlichen Noten fehlte. »Dieser Elyas und sein blonder Freund reden ziemlich gern. Ich musste mich nur zweimal in der S-Bahn auf die Bank hinter die beiden setzen, das hat schon gereicht. Danach wusste ich alles, was ich gebraucht habe.«

Hegel schüttelte den Kopf. »Du wusstest also, wo ich nach meiner Rückkehr als Erstes sein würde. Und ab diesem Zeitpunkt hast du alles, was du mir zukommen lassen wolltest, immer nur ins Adlon geschickt. Und du hast mich mit deinen Spielchen kreuz und quer durch die Stadt gejagt. Du konntest dir sicher sein, dass ich jederzeit entweder in meiner Suite im Hotel oder unterwegs in Berlin war. Rund um die Uhr.«

»Und es hat ja auch super funktioniert.« Vries sprach auf beinahe schon unheimliche Weise mit derselben Vertrautheit zu Hegel wie damals, als sie noch Freunde gewesen waren. »Also, wie bist du drauf gekommen? Was hat der Fünfzehnjährige damit zu tun?«

»Elyas ist mit seinem Freund aus dem Safehouse abgehauen.

Und er hat mir erzählt, mit welchem Trick sie es geschafft haben, nicht gefunden zu werden.«

»Jetzt bin ich gespannt ...« Nichts Feindseliges war Vries anzumerken. Weder in seiner Haltung noch in seinem Blick, und schon gar nicht im Klang seiner Stimme.

»Die Jungs sind einfach nur ein paar Meter weit geflüchtet und haben dann direkt neben dem Safehouse hinter Mülltonnen so lange ausgeharrt, bis keiner mehr nach ihnen gesucht hat.«

Vries lächelte. »Was für eine Ironie! Diese beiden Trottel hatten tatsächlich dieselbe Idee wie ich ...«

»Da muss ich dir nach langer Zeit endlich mal wieder recht geben.« Hegel sah sich demonstrativ im Raum um und nickte zufrieden. »Du hast es dir hier ja sehr schön gemütlich gemacht. Aber warum auch nicht? Immerhin hat dich die Polizei so ziemlich überall vermutet und ganz Berlin und Umland nach dir abgesucht.«

»Es gab nur einen Ort, an dem mich nun wirklich keiner vermutet hat.« Vries zwinkerte Hegel zu. »Zumindest bis jetzt.«

»Du cleverer Hund hast dich in meinem eigenen Wochenendhaus versteckt! So unverschämt dreist, dass es schon wieder grandios ist.«

»Die Stunde Fahrt von hier bis Berlin war etwas lästig. Lieber wäre ich in deine Villa in Grunewald eingezogen, das wäre praktischer gewesen. Aber da ist ja leider dein Butler, und dauernd kommt irgendwer zum Putzen vorbei.«

»Das tut mir leid.« Hegel verneigte sich gestelzt. »Du hättest auch ins Adlon ziehen können, das wäre zeitsparend gewesen. Aber ich vermute, du hast dein ganzes Geld für deine etwas aus dem Ruder gelaufene Schnitzeljagd auf den Kopf gehauen.«

»In der Welt, die ich betreten habe, zeigt sich der wahre Wert des Geldes.« Er hustete demonstrativ. »Wenn du es nicht mehr brauchst, kannst du damit alles tun, was dir die letzten Monate so angenehm wie möglich macht. Und ich kann dir sagen, meine letzten Tage waren es wert, für sie zu sterben!«

Hegel hatte längst geprüft, ob Veith in irgendeiner Weise bewaffnet war oder ob gefährliche Gegenstände in seiner Reichweite lagen. Da dies nach seinen Erkenntnissen nicht der Fall war, nahm er lässig auf der Sofalehne Platz.

»Ich dachte mir schon, dass du krank bist. Du sahst nicht sehr fit aus im Café. Aber dass es zu Ende geht, das dachte ich nicht.«

»Die Bauchspeicheldrüse …« Vries verzog keine Miene. »Also gut, kürzen wir es ab: Du hast mein Versteck gefunden. Das versaut mir ein bisschen das Finale, ich hätte dich nämlich schon gern noch weiter durch die Stadt rennen lassen, um etwas zu verhindern, das du gar nicht verhindern kannst.«

»Kann ich nicht? Das wäre dann aber ein Regelverstoß, und ich weiß, dass du dich an Regeln hältst. Zumindest an deine eigenen.« Damit griff Hegel unter seinen Mantel und zog die alten Kopfhörer mit den Böllern daran hervor.

»Das ist nicht dein Ernst?« Vries' Augen öffneten sich etwas weiter, und Hegel konnte erkennen, dass sich seine Atmung beschleunigte.

»Ich kann mir denken, dass du dir irgendetwas Krankes überlegt hast. Und ich muss leider zugeben, dass ich nicht darauf gekommen bin, was es ist. Hut ab, du hast mich tatsächlich in die Knie gezwungen. Aber ich weiß, dass du fair spielst.«

»Sogar gegen dich, und das will schon was heißen!« Vries war ruhiger geworden, und er bewegte sich kaum noch. »Also, was soll das hier werden?«

Hegel sah ihn an, als verstehe er die Frage nicht. »Was wohl? Ich bin hergekommen, um es zu beenden. Das Letzte, was ich gern noch von dir hören würde, bevor ich danach dann nie wieder etwas höre, ist die Antwort auf eine simple Frage.«

»Die da wäre?« Vries stand jetzt fast regungslos vor Hegel.

»Das, was du in den vergangenen Tagen getan hast, war nicht die Rache dafür, dass ich ein Gutachten zu deinen Ungunsten erstellt habe. So eine Rache begeht man in seinen letzten Tagen nicht wegen eines verpassten Jobs. Also, Veith: Warum hast du mir und der ganzen Stadt das alles wirklich angetan?«

Vries schloss kurz die Augen und atmete tief durch. Schließlich sagte er: »Es wundert mich nicht, dass du das nicht weißt. Aber ich sage es dir gern: Alles, was ich dir und den anderen angetan habe, war wegen des Tickens einer türkisfarbenen Taschenuhr mit Zimt!«

KAPITEL 53

Erst jetzt bemerkte Hegel, dass seine Pinnwand, an der er hier unten in seinem Rückzugsraum Fotos aus seiner Vergangenheit aufgehängt hatte, von Veith neu geordnet worden war. Alle Bilder, die auch ihn und Mathilda gezeigt hatten, waren entweder verschwunden oder so beschnitten worden, dass nur noch eine Person darauf zu sehen war. Der einzige Mensch, der sich in Veiths ganz eigener Welt der Wahrnehmungen wie das Ticken einer türkisfarbenen Taschenuhr mit Zimt anfühlte.

»Du willst mir jetzt nicht erzählen, dass du Johanna …?« Hegel stockte der Atem, nicht ein einziges Mal hatte er auch nur den bloßen Gedanken gehabt.

»Du hast mir nie ernsthaft zugehört, wenn ich von meiner Synästhesie geredet habe. Das war für dich einfach nur verrückter Blödsinn. Wie für alle anderen auch.« Vries ging zu der Pinnwand und berührte eines der Fotos von Hegels Frau mit dem Ringfinger der linken Hand. »Du hast sie damals an der Bushaltestelle gesehen, wir sind mit ihr weitergezogen, ihr habt Nummern getauscht. Später habt ihr geheiratet, ein Kind bekommen, euch dann bald nur noch gestritten. Und dann hast du sie ermordet. Mit so vielen cleveren Schachzügen, dass du am Ende von deiner Schuld freigesprochen wurdest.« Vries entging nicht, dass Hegel für den Moment sprachlos war. So war nun er es, der weiterredete, jetzt jedoch leiser und mit einer nicht zu überhörenden Note von Bedrohlichkeit. »Es gibt keine schönere Verknüpfung als die einer Frau, die sich wie das Ticken einer türkisfarbenen Taschenuhr mit Zimt anfühlt. Das ist so was wie ein Jackpot für mich. Türkis klingt wie Meeresrauschen, die Taschenuhr fühlt sich an, als schwebte ich durch die Luft, und der Zimt sieht wie ein Engel aus. Und, was praktisch niemals passiert: Jede Verknüpfung, die sich wiederum aus den ersten Verknüpfungen ergibt, ist positiv. Johanna war die perfekte Frau, alles, was sie umgab, hat mir gutgetan. Und weiß du, was die Ironie daran ist?«

Hegel regte sich nicht, und er brachte auch kein Wort hervor.

»Dann sage ich es dir.« Vries zog den Ringfinger von dem Foto weg. »Wären nicht sogar die Fotos von Johanna noch eine Kraftquelle für mich, hätte ich das alles gar nicht bis heute durchziehen können. Die Schmerzen und die Kraftlosigkeit hätten mich längst hingerafft. Insofern hat sie mir also aktiv dabei geholfen, mich an dir für ihre Ermordung zu rächen.«

Stille. Vielleicht nur für einige Sekunden, doch Hegel kam es deutlich länger vor. Wie hatte Veith das all die Jahre über verheimlichen können? Seit sie damals betrunken auf Johanna getroffen waren, hatte Veith nicht ein einziges Mal erwähnt, dass er Interesse an ihr hatte. Hegel hatte ihm von seinen Treffen mit ihr berichtet, so wie man es unter Freunden eben tat. Inklusive persönlicher Details, bis hin zu seiner und Johannas erster Liebesnacht. Und Veith hatte zugehört, geantwortet, Fragen gestellt. Aber dass er selbst gern an Hegels Stelle hatte sein wollen? Nein, nicht ein einziges Mal war ihm auch nur der Gedanke daran gekommen. *Und ich schätze, dass er mir gerade erzählt hat, warum das so war.*

»Allein meine Erzählungen von ihr haben dir schon gutgetan, oder?« Hegel sah Veith mit einem aufrichtigen Lächeln an.

»Der bloße Klang ihres Namens hat mich gestreichelt. Aber du hast sie …«

Hegel unterbrach: »Ich habe Johanna nicht ermordet. Ich weiß, dass ich das damals zugegeben habe. Ein ehemaliger Freund hat meine Tochter bedroht, ich hatte keine Wahl.«

»Denk mal darüber nach, warum deine Freunde alle zu deinen Feinden werden!« Vries sprach jetzt ruhiger, die seltsame Vertrautheit, die zwischen den beiden eingekehrt war, schien auch auf ihn zu wirken.

»Jula hat das damals aufgeklärt. Aber ab da war sie davon überzeugt, dass ich sie reingelegt habe. Und ich habe es nie aufgeklärt. Weil ich …« Hegel stockte.

»Weil du deine Tochter schützen wolltest. Ich weiß.« Vries trat näher an Hegel heran und setzte sich auf die Lehne des Sofas, auf dem er noch kurz zuvor geschlafen hatte. »Du hättest Mathilda nicht in ein Safehouse schicken müssen. Sie ist ein Kind, sie kann nichts dafür, was für ein egoistisches Schwein ihr Vater ist. Ich würde ihr niemals etwas antun. Genauso wenig wie deinen Freunden. Ich war selbst mal einer davon, ich weiß, wie leicht man auf dich reinfällt. Das alles hier ist eine Sache zwischen dir und mir. Und selbst wenn du Johanna nicht persönlich getötet hättest, würde sie heute noch leben, wenn du sie mir nicht weggeschnappt hättest.« Er deutete auf den Kopfhörer. »Also, was ist jetzt? Dein Gehör – oder viele, viele unschuldige Menschenleben?«

»Ich habe nicht das Gefühl, dass du noch die Kontrolle hast.« Hegel sah sich demonstrativ in seinem Souterrain um. »Von hier aus wirst du jedenfalls kein Unheil mehr anrichten.«

»Ich gebe zu, dass ich dieses Mal keinen Tiger im Nebenzimmer versteckt habe.« Vries griff unter das Kissen, auf dem noch kurz zuvor sein Kopf gelegen hatte, und zog eine Pistole darunter hervor. »Aber ich habe sieben Kugeln.«

KAPITEL 54

Es gab mal Zeiten, da hast du mit originelleren Waffen gearbeitet.« Hegel blickte in den Lauf der Pistole, als wäre diese ein Luftballon in der Hand eines Kindes auf dem Rummelplatz. »Was soll denn das jetzt? Du schießt mich nicht über den Haufen, das wissen wir beide. Du willst entweder, dass ich mir die Ohren zerstöre, oder, dass ich dir dabei zusehe, wie du mich drakonisch dafür bestrafst, dass ich es nicht tue. Tot bin ich wertlos für dich, mir jetzt einfach so das Licht auszublasen wäre auch gar nicht befriedigend für dich. Weil du wüsstest, dass ich es selbst nicht mitbekommen würde. Die Kugel fliegt schneller als der Schall, meine Lichter wären schon aus, bevor ich es überhaupt knallen höre.«

»Ja, das ist das Gute am eigenen Tod.« Vries senkte die Waffe leicht. »Man selbst bekommt ihn nicht mit, nur die anderen. Johanna weiß nicht, dass sie tot ist. Derjenige, der darunter leidet, bin ich. Ich war an ihrem Grab, aber nur ein Mal. Es ist das Einzige, das sie umgibt, das keine angenehmen Verknüpfungen in mir auslöst. Wie auch? Ihr Tod ist ja nicht Teil von ihr, sondern von dir.« Sein Finger umspielte den Abzug. »Du hast Johanna ermordet, so oder so. Ob du es nun persönlich warst, oder ob es ohne dich einfach nie passiert wäre. Und ich war derjenige, der seitdem darunter leiden musste. Rund um die Uhr, jeden einzelnen Tag. Scheiß auf dein Gutachten für die Bundeswehr, ich habe meine Waffen auch so konstruieren können! Also, was ist jetzt?« Er deutete auf die Kopfhörer.

»Ist ja schon gut, ich tue es.« Hegel atmete tief durch und setzte sich die Böller direkt auf die Ohrmuscheln. Sein Blick fiel auf den Beistelltisch mit den edlen Spirituosen, die er hier, in seinem gemütlichen Rückzugsraum, aufbewahrte.

»Wie sieht es aus?« Er deutete auf die Flaschen. »Nehmen wir noch einen letzten Whisky gemeinsam? Auf die alten Zeiten?«

Vries hob die Waffe wieder an, sie war jetzt direkt auf Hegels Gesicht gerichtet. »Hast du denn noch eine Flasche von unserem Single Malt?«

Hegel und Vries hatten in ihrer Studentenzeit nichts lieber gemeinsam getrunken als diesen rauchigen Scotch. Hegel hatte dessen Aromenvielfalt geliebt, und Veith die Tatsache, dass er sich wie ein warmes Bad anfühlte, das nach Melisse duftete.

»Ich habe immer einen kleinen Vorrat davon da.« Hegel trat mit bedächtigen Schritten auf den Spirituosentisch zu und griff eine Flasche. Langsam und vorsichtig hob er sie an und zeigte Vries das Etikett. »Unsere Marke! Und jedes Mal wenn ich davon getrunken habe, musste ich an dich und unsere Zeit denken. Und zwar nur an den guten Teil unserer Zeit. Den Teil, bevor du aus Spaß Obdachlose anzünden wolltest. Eigentlich schade, dass es jetzt so endet.«

»Immerhin wird das letzte Geräusch, das du je hörst, unser Anstoßen damit sein.« Vries lächelte, und es schien kein böses Lächeln zu sein.

»Du hast dein Spiel mit dem Showdown zweier Superhelden verglichen. Der gute und der böse. Der Phonetiker, der charmant und beliebt war, und der verrückte, der Steine hören konnte.«

»Das war dir zu pathetisch, oder?« Vries zwinkerte Hegel zu. »Aber es hat mir den Spaß an der Sache deutlich vergrößert.«

»Du kennst doch wohl die Regeln, nach denen ein Duell zwischen Gut und Böse endet?«

»Was soll denn das jetzt schon wieder?« Vries hob die Waffe an und streckte den Arm aus.

»Der Gute liegt am Ende geschlagen am Boden. Der Böse scheint gesiegt zu haben.« Hegel schraubte die Flasche auf und roch daran. »Aber dann stolpert der Böse darüber, dass er dem Guten selbst verraten hat, wie man ihn zu Fall bringen kann.«

Vries lachte. »Ich bin schon tot. Du kannst mich nicht mehr zu Fall bringen.«

»Du hast mir in einigen Punkten immer unrecht getan.« Hegel sah Vries nicht an, stattdessen betrachtete er das Etikett des Whiskys.

»Ach ja?« Vries trat einen Schritt zurück.

»Du hast gesagt, dass ich dir nie zugehört habe, wenn du über deine Synästhesie geredet hast. Doch das stimmt nicht.« Hegel drehte sich zu Vries herum. »Du hast in der Nacht, als ich meine Trommelfelle zerstören wollte, erzählt, wie es sich für dich anfühlt, wenn jemand in deiner Nähe gegen eine Glasflasche schnipst.«

Vries riss entsetzt die Augen auf, und noch bevor er reagieren konnte, war Hegels Zeigefinger auch schon gegen die Whiskyflasche geschnellt und hatte ein ganz leises, vollkommen harmloses *Bing* verursacht.

KAPITEL 55

Etwa zwei Sekunden lang hatte er Hegel nur reglos angesehen. So als hätte die Zeit angehalten und sie beide wären in eine Art Starre verfallen. Dann hatte es begonnen. Vries' Gesichtszüge waren ihm entglitten, und mit einem Aufschrei, wie Hegel ihn selten zuvor gehört hatte, war er mit schmerzverzerrtem Gesicht in sich zusammengesackt. Die Pistole hatte er achtlos zu Boden fallen lassen, sodass Hegel sie mit einer leichten Fußbewegung aus Vries' Einflussbereich entfernen konnte.

»Schon seltsam. Obwohl es so einfach ist, gegen eine Flasche zu schnipsen, tut es so gut wie nie jemand. Warum auch? So, Veith, es ist jetzt genug mit den Spielchen.« Hegel sprach sehr deutlich, aber mit einem Timbre von Vertrautheit in der Stimme. »Was ist dein Plan für das *große Finale?* Du hast gesagt, es wird enden, wie es begonnen hat. Willst du noch ein Gebäude angreifen? Sag schon, welches?« Vries krümmte sich noch immer, wenn die Intensität seiner Schmerzenslaute auch etwas nachließ. »Unsere Uni?« Hegel ging neben Vries auf die Knie. »Das LKA hat diese Möglichkeit überprüft und keine Spuren von Sprengstoff gefunden. Falls du also noch welchen anbringen wolltest, dann wird das jetzt nichts mehr.«

»Du ...« Vries' Atmung verlangsamte sich leicht, der Schmerz schien nachzulassen. »Du kannst es nicht ...«

Hegel hob erneut die Whiskyflasche und drohte mit dem Finger. »Was kann ich nicht? Dein Finale verhindern?« Er sah sich demonstrativ im Raum um. »Im Moment sieht es aber ziemlich danach aus. Also, was war dein Plan?«

Vries, der mit starrem Blick Hegels Finger an der Glasflasche fixierte, schien sich allmählich zu erholen. Seine Atmung ging etwas ruhiger, und seine Körperspannung hatte nachgelassen. »Du hast etwas Entscheidendes übersehen. Etwas, das in jeder guten Heldengeschichte im Showdown passiert.«

»Du meinst die überraschende Wendung? Die Figur, die keiner auf der Rechnung hatte?« Hegel verzog keine Miene. »Ich weiß, dass deine Frau dich unterstützt. Bei einem Racheplan, in dem es darum geht, dass du eine andere Frau liebst. Ehrlich, ich bin mir unsicher, ob sie das noch durchziehen wird, wenn du hinter Gittern sitzt.«

»Er kommt nicht hinter Gitter.« Die Stimme erklang von der Tür.

Hegels und Vries' Blicke gingen zeitgleich in die Richtung, aus der die Worte gekommen waren.

»Warum bist du zurückgekommen?« Ein schmerzverzerrtes Lächeln zeigte sich auf Vries' Gesicht, als er die Frau mit der Pistole in der Hand erblickte.

»Mir ist ein Wagen entgegengekommen, und ich dachte, es sei Matthias, der am Steuer gesessen hat. Deswegen bin ich umgekehrt.« Celina wirkte ganz ruhig.

»Sehr gut.« Vries rang sich ein gequältes Lächeln ab. »Dann sag Matthias doch bitte, dass alles für morgen vorbereitet ist und er es nicht mehr verhindern kann.«

»Das können Sie wirklich nicht.« Sie sah zunächst mit ernstem Blick zu Hegel, bevor sie sich Vries zuwandte. »Aber ich kann es. Hier hast du deine überraschende Wendung im Showdown!«

Und noch ehe einer der Männer etwas hätte sagen können, hatte sie auch schon abgedrückt.

KAPITEL 56

Das war nicht nötig!« Hegel sah die Frau unverwandt an. »Ich hatte ihn mit dieser blöden Flasche komplett unter Kontrolle.«

»Glauben Sie mir, das war nötig!« Die Frau senkte die noch immer aus dem Lauf rauchende Waffe in ihrer Hand. »Veith hatte nicht erwartet, dass Sie ihn hier finden würden. Aber er hat sich trotzdem darauf vorbereitet, dass es passieren könnte.« Sie atmete tief durch, ging zum Sofa, legte die Pistole auf dem Glastisch ab und lehnte sich erschöpft in die Polster zurück. »Er hätte mit seinen kranken Ideen sogar noch aus der Psychiatrie heraus Tausende Menschen töten können. Ich musste das beenden. Wenn auch erst jetzt, nachdem ich schon viel zu lange mitgespielt habe.«

Hegel schwieg für einige Sekunden, bevor er in ruhigerem Ton fragte: »Sie haben die Jungs in die Disco geschickt, oder? Warum haben Sie das getan?« Er stellte die Flasche ab, kniete sich zu Vries hinunter und vergewisserte sich, dass ihm tatsächlich nicht mehr zu helfen war.

»Ich bin davon ausgegangen, dass die beiden Ihnen oder Frau Ansorge sofort davon erzählen würden. Ich meine, ich habe den Jungs ja nicht mal einen Polizeiausweis vorgezeigt, meine Geschichte musste den beiden verdächtig vorkommen. Es war ein Versuch, dieses Blutbad in der Disco zu verhindern. Aber ich musste Veith gegenüber natürlich immer so tun, als wäre ich Teil des Komplotts, sonst hätte er mich ohne Zögern getötet. Er war sowieso schon komplett irre, und spätestens seit der Krebsdiagnose war ihm alles egal. Und ich meine wirklich *alles!*«

»Also gut.« Hegel setzte sich ebenfalls, wenn auch nicht zu der Frau auf die Couch, sondern auf einen der Sessel aus dem Erbe seines Großvaters. »Jetzt können Sie es mir ja sagen: Was hatte er für morgen geplant? Wollte er das Konzert im Olympiastadion angreifen?«

»Natürlich wollte er das!« Sie lachte bitter auf. »Der Mann, der die größte Band der Welt plus hunderttausend Fans auf einen Schlag ausgelöscht hat. Der Mann, der Terror auf ein ganz neues Level befördert hat, der geniale Massenmörder Veith Vries, der grausam Rache an einer Welt genommen hat, die seine Genialität für Wahnsinn gehalten hat. Bla, bla, bla …«

Hegel nickte. »Ich war im Olympiastadion, die haben alles überprüft. Da ist weit und breit kein Krümel Sprengstoff.«

»Natürlich nicht.« Sie zwinkerte ihm zu. »Weil er das mir überlassen musste.«

Hegel beugte sich etwas weiter zu ihr vor. »Wie meinen Sie das?«

»Das wäre eine riesige Aufgabe gewesen! Überall im Stadion und unter der Bühne hätte Sprengstoff sein müssen. Und das hätte ja auch alles zeitgleich explodieren müssen. Er hatte sich dafür das Finale der Show vorgestellt, wenn die Pyrotechnik einsetzt.« Sie stieß ein bitteres Lachen aus. »Als Veith von seinem Krebs erfahren hat, hat er seinen gesamten Besitz zu Geld gemacht. Und er hat seine Kontakte spielen lassen. Ernsthaft, er kannte ziemlich üble Leute …«

»Aber ihm musste doch klar sein, dass die Polizei im Olympiastadion nach explosivem Material suchen würde.«

»Natürlich, er hat ja immer an alles gedacht. Veith hat über drei Jahre an einem Zusatzstoff gearbeitet, der den Geruch von Sprengstoffen so beeinflusst, dass Suchhunde nicht mehr darauf anschlagen. Er war nicht nur ein guter Phonetiker, er kannte sich auch mit Chemie aus.«

Hegel blieb skeptisch, wenn die Frau auch aufrichtig klang. »Und was haben Sie dann mit dem ganzen Sprengstoff gemacht, wenn Sie ihn nicht im Olympiastadion versteckt haben? Das muss ja eine ganze Menge gewesen sein.«

»Ich habe ihn in die Spree gestreut.« Sie hob den Blick und sah Hegel zum ersten Mal direkt in die Augen. »Ich stecke wirklich knietief in dieser Aktion drin.« Sie sah voll Verachtung zu der Leiche hinüber, die würdelos verkrümmt auf dem Boden lag. »Ich hatte Angst vor ihm, er hätte mich sofort getötet, wenn ich ihn hintergangen hätte. Dass ich den Sprengstoff nicht ins Stadion gebracht habe, war das Einzige, was ich tun konnte, ohne dass er es bemerkt. Das hätte er erst morgen Abend festgestellt, wenn es zu spät gewesen wäre.«

»Also gut, ich werde das noch mal prüfen lassen.« Hegel blieb ruhig und wahrte sein Pokerface. Sollte es Veith tatsächlich gelungen sein, die Nasen von Sprengstoffspürhunden auszutricksen, musste das LKA das Olympiastadion heute noch einmal mit anderen Mitteln abchecken. »Und wie lief das mit dem Tiger?«

Sie schwieg kurz. »Ich möchte nicht darüber reden. Ich habe eine Menge schlimmer Dinge tun müssen, und ich hätte das alles schon viel früher beenden sollen. Ich hatte wohl einfach zu viel Angst.« Sie atmete tief durch und sah Hegel in die Augen. »Ich werde jetzt gehen. Meine Taten reichen vermutlich für lebenslange Haft aus. Veith zu erschießen, als er schon am Boden lag, war noch das wenigste. Aber solange noch nicht nach mir gefahndet wird, kann ich das Land verlassen. Sie können der Polizei ruhig erzählen, was hier gerade passiert ist. Ich habe einen russischen Pass, Moskau wird mich nicht ausliefern.« Mit diesen Worten erhob sie sich vom Sofa und trat noch einmal an Vries' Leiche heran. Schließlich wandte sie sich ein letztes Mal Hegel zu. »Er wollte der Welt als einer der größten Massenmörder der Geschichte in Erinnerung bleiben. Als Superschurke, dessen Genie keiner verstanden hat. Mit dem Anschlag auf das Olympiastadion wäre ihm das vermutlich gelungen. Nur ein Tiger in einem Café und explodierende Spiegel in einer Studentendisco reichen höchstens für einen Eintrag bei Wikipedia.« Voller Verachtung spuckte sie auf Vries' Leiche. Dann sah sie mit einem Schulterzucken Hegel an. »Meine DNA ist hier sowieso überall. Darauf kommt es jetzt auch nicht mehr an.«

»Eine letzte Frage hätte ich noch.« Hegel legte Fragezeichen in seinen Blick. »Warum haben Sie ihn damals überhaupt geheiratet?«

»Sie wissen ja vermutlich, wie das ist.« Sie zwinkerte ihm zu. »Liebe ist eine Droge, die den Verstand ausschaltet. Und wenn er zurückkehrt, ist es oft zu spät.«

Sie nickten einander mit festem Blick zu, dann wandte sie sich ab und verließ Hegels Wochenendhaus so schnell, wie sie zuvor gekommen war.

»Das war nun also das Ende.« Hegel griff den Kopfhörer mit den Böllern daran und kniete sich neben Veith auf den Boden. »Ich habe am Mittwoch schon mal mit einer Leiche gesprochen. Mit dem Tiger, den du für deine abstrusen Ideen benutzt hast. Er war ein Opfer, sein Tod war ehrenvoll. Falls der Tod das überhaupt sein kann. Du dagegen bist als Verbrecher gestorben, als heimtückischer, soziopathischer Irrer. Darin liegt keinerlei Größe!« Er betrachtete die Kopfhörer in seiner Hand. »Ich weiß nicht, ob ich mir die Trommelfelle damals vielleicht doch zerstört hätte. In dieser Nacht, als ich jung, depressiv und bekifft war. Aber du hast mich davon abgehalten. Wie ein wahrer Freund es eben tut.« Er fasste vorsichtig an Vries' Gesicht und schloss ihm die toten Augen. »Später, wenn etwas Zeit vergangen ist, werde ich dein Grab besuchen. Zusammen mit meiner Tochter Mathilda. Und wenn sie mich dann fragt, wer da begraben liegt, dann werde ich ihr antworten: *Hier liegt Veith Vries. Das Leben war nicht immer gut zu ihm, und er hat sehr viele Fehler gemacht. Aber er war auch einer der besten Freunde, die ich je hatte*. Und dafür danke ich dir.«

KAPITEL 57

JULA

Dann werden die alten Männer morgen also meinetwegen nicht in die Luft gejagt? Werden die das je erfahren? Vielleicht machen die dann einen Song mit mir.« Elyas zwinkerte Jula zu.

»Genau, die Rolling Stones, featuring *BigEly!* Ich sehe es regelrecht vor meinem geistigen Auge.« Jula grinste übers ganze Gesicht.

»Mach dich ruhig lustig, wir werden ja sehen, wer zuletzt lacht!« Elyas griff nach der Champagnerflasche, um sich noch einen Schluck daraus einzuschenken.

»Jetzt reicht es aber, du hattest schon zwei Gläser.« Jula sah ihren Bruder streng an.

»Also, ich will mich nicht in Ihre Geschwisterbeziehung einmischen, aber ich finde schon, das haben die Jungs sich verdient.« Hegel war in seinen Sessel zurückgelehnt und sah hinaus auf die Stadt. »Ich wäre nicht auf Veiths Versteck gekommen, wenn die beiden nicht aus dem Safehouse abgehauen wären.«

Die polizeilichen Ermittlungen waren noch in vollem Gange. Vries hatte seine Spuren im Internet gekonnt verwischt, bislang war es den IT-Spezialisten des LKA nicht gelungen, seine Hinterleute oder Lieferanten zu ermitteln. Früher oder später, so hatte Kommissar Holder erklärt, könne es die Spur des Geldes sein, die zum Erfolg führen würde. Immerhin hatte Vries seinen gesamten Besitz verkauft, um seine perfide Abschiedsgala finanzieren zu können. Und auch die Fahndung nach seiner Frau lief auf Hochtouren, wenn sich bislang auch noch keine Spur zu ihr gefunden hatte. Das Olympiastadion war zudem ein weiteres Mal eingehend überprüft worden, doch tatsächlich hatte sich keinerlei explosives Material darin befunden. Es konnte vermutlich lange dauern, bis noch das letzte Rätsel um Vries' denkwürdiges *Spiel* gelöst sein würde, doch Jula wollte darüber jetzt nicht nachdenken. Sie hatte sich mit Hegel und den beiden Jungs ins Adlon zurückgezogen, um auf das verhinderte Attentat anzustoßen und gleichzeitig in Elyas' Geburtstag hineinzufeiern.

»Wo sind denn Mathilda und ihre Großeltern?« Friedrich schenkte sich ebenfalls Champagner nach.

»Die kommen morgen Mittag zurück.« Hegel zwinkerte Elyas zu. »Keine Sorge, sie werden dein Konzert im Mauerpark nicht verpassen.«

»Das wird keiner!« Elyas strahlte übers ganze Gesicht. »Auf Social Media geht es nach dem ganzen Scheiß der letzten Tage voll ab!« Er sah Hegel an. »Ich hoffe, Sie haben noch ein paar Feinde übrig gelassen. So allmählich gewöhne ich mich daran, Actionstar zu sein.«

»Jetzt ist es aber gut.« Jula legte eine Hand auf die Schulter ihres kleinen Bruders. »Ein paar Studenten haben tiefe Schnittwunden, manche mussten operiert werden. Und fast alle, die da unten waren, behalten Narben zurück – und den Schock! Außerdem gab es durch Vries' Spielchen mehrere Tote. Das ist kein Computerspiel, also hab ein bisschen Respekt.«

»Klar.« Elyas leerte sein Glas in einem Zug. »Ich beginne mein Konzert morgen mit einer Schweigeminute für die Opfer. Und keine Panik, ich mache das würdevoll und ohne blöden Spruch. Total psycho bin ich ja schließlich auch nicht. Also, ihr seid morgen alle dabei?«

»Ich habe mich ernsthaft um Karten für die Stones bemüht, aber es waren leider keine mehr zu bekommen.« Jula sah mit einem Mitleid heischenden Blick in die Runde. »Ich sitze morgen also nicht zwischen alten Männern, sondern zwischen viel zu jungen Männern, die viele Ketten um den Hals tragen.«

»Das ist ja nun echt deine Schuld!« Elyas beugte sich zu Jula vor. »Paul steht immer noch voll auf dich, aber du lässt ihn in Bayern bei seinem Provinz-Radiosender versauern. Ich sollte dir das eigentlich gar nicht erzählen, aber er meldet sich ab und zu bei mir. Meistens spät, wenn er besoffen ist. Er vermisst dich.«

Jula winkte ab. »Ich denke auch noch viel an ihn, aber das braucht Zeit. Einerseits hat er mich jahrelang belogen, andererseits hat er es getan, weil er dachte, mich damit zu beschützen. Ich kann mir schon vorstellen, ihm noch einmal eine Chance zu geben, aber jetzt will ich erst mal feiern, dass wir hier gesund, munter und unverletzt zusammensitzen und mein kleiner Halbbruder endlich mal damit aufhört, die ganze Zeit über vierzehn zu sein.«

»Was sollte ich denn machen?« Elyas setzte diesen speziellen Blick auf, der ebenso hintersinnig wie ironisch wirkte. »Ich komme dank dir und Hegel nicht zum Älterwerden. Ihr müsst ja dauernd irgendwelche Katastrophen verhindern oder Morde aufklären.«

»Und ohne *Elyas und Friedrich, die Teenie-Superhelden,* geht das nun mal nicht!« Friedrich hob die Hand, und Elyas schlug ein.

Jula lächelte zufrieden und nahm einen tiefen Atemzug. Endlich war es vorbei, und vielleicht, so wagte sie zu hoffen, waren Hegels und ihre Feinde jetzt endgültig in ihre Schranken verwiesen und würden ihnen ruhigere Zeiten ermöglichen, als es die letzten gewesen waren. Und ja, dann würde sie sich auch wieder mit Paul unterhalten. Persönlich, in Ruhe, ohne nachtragend zu sein, bei einem guten Wein und frei von Vorwürfen oder Schuldverteilungen. Jula hatte mit ihrem Ex-Freund tatsächlich seit Wochen nicht wirklich geredet. Sie hatten einander über ihre Handys Nachrichten geschickt, zumindest ab und zu. Aber es waren alltägliche Belanglosigkeiten gewesen, über die sie sich ausgetauscht hatten. Paul hatte auffallend defensiv mit einer allgemeinen Frage begonnen, die Jula absichtlich erst nach mehr als einer Stunde ebenso allgemein beantwortet hatte. Ob sie ihn nun hinhalten oder ihn wirklich nicht mehr zurück in ihr Leben lassen wollte, hätte sie selbst nicht mit Bestimmtheit sagen können. *Aber so oft, wie ich über ihn nachdenke, kann ich mir die Antwort eigentlich schon selbst geben.*

»Ihr Teenie-Superhelden habt uns in der Vergangenheit oft sehr geholfen.« Hegel streckte sein Glas zu den beiden Jungs aus. »Ihr seid ein bisschen chaotisch, aber ihr habt das Herz am rechten Fleck, seid mutig, klug und verlässlich.« Jetzt sah er Jula an. »Ich werde alles daransetzen, dass wir in Zukunft gemeinsam weniger gefährliche Dinge unternehmen, als wir es bisher getan haben.«

»Hey, bloß nicht!« Elyas setzte einen ironisch-zornigen Blick auf. »Der ganze Scheiß hat mir schon ein paar Millionen Klicks beschert, und wäre ich volljährig, würde ich längst im Maserati durch die Gegend fahren!«

Jula musste schmunzeln. Sie hätte nicht abstreiten können, dass nicht nur sie, sondern auch ihr Bruder und Friedrich an den Herausforderungen gewachsen waren, mit denen sie dank Hegel konfrontiert worden waren. Und auch über das, was ihren großen Bruder Moritz oder ihren Ex-Freund Paul betraf, hatte Jula oft und intensiv nachgedacht. Natürlich waren weder Paul noch Moritz die Ereignisse der letzten Tage entgangen. Viel Kontakt hatte sie dennoch seit Hegels Rückkehr aus der

Reha mit den beiden nicht gehabt. Moritz musste noch immer im Zeugenschutzprogramm untergetaucht bleiben, zumindest noch so lange, bis alle erforderlichen Stellen diesen als nicht mehr notwendig erkannt und aufgehoben haben würden. So war es in seinem Fall bei einer konspirativen Nachricht über einen Vermittler geblieben, in der er ihr mitgeteilt hatte, dass sie auf sich aufpassen solle. *Dass ich mich aus der Sache mit Vries raushalten würde, hat er selbst nicht geglaubt. Er kennt seine kleine Schwester einfach zu gut.*

»Ich habe mich bei Kommissar Holder über den Mauerpark informiert.« Hegel sprach etwas langsamer als zuvor, was seinen Worten mehr Gewicht verlieh. »Da gibt es tatsächlich nichts, das Veith in Schwingung versetzen oder in die Luft sprengen kann. Wegen der Ereignisse der letzten Tage werden ein paar Beamte da sein. Schon weil sie ja noch nach Veiths Frau fahnden. Aber ansonsten geben alle grünes Licht für deinen Auftritt. Ich freue mich schon darauf!«

»Alter!« Elyas riss die Augen auf. »Der Klassik-Typ kommt freiwillig zu meinem Konzert, das ist ja mal eine Ehre!« Er deutete eine Verneigung an.

»Ich habe eine Menge Probleme in das Leben der Familie Ansorge gebracht.« Hegel senkte den Blick. »Aber das soll jetzt vorbei sein. Und was den Tod von Mathildas Mutter betrifft …«

Jula unterbrach sofort. »Bitte nicht! Ich war von Ihrer Unschuld überzeugt. Dann von Ihrer Schuld. Mittlerweile bin ich unsicher, und im Zweifelsfall sind Sie demnach unschuldig. Ich glaube, besser bekommen wir das erst mal nicht hin.«

»Dann lassen wir es mal so stehen.« Hegel betrachtete die Champagnerflasche. »Schon wieder eine leer! Ich hole Nachschub.« Er verließ den Raum, um in den Eingangsbereich der Suite zu gehen, wo der Kühlschrank mit den Getränken stand.

Jula sah Hegel nach, wobei ihr Blick auf das Foto von Mathilda fiel, das auf dem Schreibtisch ihres Vaters stand. Ob die Kleine je erfahren würde, dass Hegel sie mithilfe der Verbrecherorganisation Remus aus Russland geholt hatte? Vermutlich von verzweifelten Eltern, deren Armut so bitter gewesen sein musste, dass sie bereit gewesen waren, ihr eigenes Kind zu verkaufen? *Und obwohl sie nicht sein leibliches Kind ist, sieht Mathilda ihm ein bisschen ähnlich und hat auch das absolute Gehör, was echt selten vorkommt.* Jetzt, nachdem Hegel den Raum verlassen hatte, neigte sich Elyas zu ihrem Ohr vor und flüsterte: »Ich glaube, der Typ ist nicht so übel, wie du immer dachtest. Der hat nur viel Scheiße durchgemacht. Und haben wir das nicht alle?«

Jula lächelte, und mehr war als Antwort auch gar nicht erforderlich.

KAPITEL 58

SAMSTAG
HEGEL

Zum ersten Mal seit Dienstag hatte Hegel die Nacht ruhig und ohne Unterbrechungen durchschlafen können. Natürlich hatten Oswald Holder und dessen Kollegen von den involvierten Abteilungen der Ermittlungsbehörden ihn noch stundenlang in Beschlag genommen, immer wieder hatte er irgendeinem Zuständigen einer beteiligten Einheit Bericht erstatten müssen. Auch die Untersuchungen in seinem Wochenendhaus waren in vollem Gange, doch den Besuch im Mauerpark hatte Hegel sich trotz allem nicht nehmen lassen.

»Wie war es denn mit Oma und Opa in dem Ferienhaus?« Hegel hatte seiner Tochter Mathilda ein Eis gekauft und sich mit ihr auf die Plätze ganz vorn an der Bühne gesetzt, die Elyas für seine Freunde und die geladenen Gäste reserviert hatte.

»Eigentlich ganz gut.« Die Kleine strahlte übers ganze Gesicht, sie hatte ihren Papa offensichtlich vermisst. »Aber da waren keine anderen Kinder, und Elyas und Friedrich sind weggelaufen.«

»Die beiden haben Jula und mir geholfen, deswegen mussten sie schnell weg. Aber das ist alles erledigt, heute feiern wir!« Hegel sah sich um und atmete tief durch. Während im rund fünfzehn Kilometer entfernten Olympiastadion bereits Scharen von Fans auf den Einlass zum Konzert der Rolling Stones warteten, waren die Steinbänke vor dem mittlerweile fest zur Berliner Szenekultur gehörenden Rondell im Mauerpark bereits gut gefüllt. Elyas und sein Produzent und inoffizieller Manager Friedrich hatten die direkte Verbindung zwischen den Anschlägen von Veith Vries und ihrer Albumpremiere in den sozialen Netzwerken noch am Vortag hinreichend ausgeschlachtet. Zahlreiche Journalisten, insoweit sie kein Presseticket für das Olympiastadion bekommen hatten, waren erschienen. Elyas war darauf vorbereitet, im Anschluss an seine Show vermutlich stundenlang Interviews geben zu müssen, in denen ihm wohl nur wenige Fragen zu seinem Album gestellt werden würden.

»Ist alles in Ordnung?« Einer der Polizeibeamten, die das Konzert aufgrund der Umstände sicherten, war an Hegel herangetreten. »Von unserer Seite gibt es grünes Licht. Die Kollegen waren mit Hunden da, und der Einlass wird streng kontrolliert. Kein Sprengstoff, keine Waffen.«

»Die Soundanlage habe ich mir persönlich angesehen.« Hegel nickte dem Beamten zu. »Keine Manipulation, und es sind auch keine Teile verbaut, die in der Lage wären, phonetische Effekte zu erzielen, die gefährlich werden könnten.«

»Ich soll Sie von Kommissar Holder grüßen.« Der Beamte lächelte Hegel zu. »Er sagt, er wäre gern gekommen, aber er hängt noch beim Staatsanwalt fest.«

»Lassen Sie es *BigEly* bloß nicht wissen, dass es heute etwas Wichtigeres gibt als seine Show.« Hegel zwinkerte dem Polizisten zu, der alle Mühe hatte, ein breites Grinsen zu unterdrücken.

»Unter uns, meine Tochter ist auch hier. Mit ihrem Freund.« Sein Blick ging zu einem Teenagerpaar, das einen ziemlich guten Platz in der zweiten Reihe hatte. »Die sind Fans von *BigEly*.«

»Das ist sehr gut.« Hegel nickte sachlich. »Dann weiß ich, dass Sie hier wirklich gewissenhaft auf die Sicherheit achten.«

Hegels Handy vibrierte in seiner Innentasche. Er gab dem

Beamten ein Zeichen, griff nach dem Telefon und trat einige Schritte zur Seite, wo er ungestört telefonieren konnte.

»Sind Sie Professor Schopenhauer?« Der Mann sprach mit Berliner Dialekt und schien gestresst zu sein.

»Kant!« Hegel blieb vollkommen ernst. »Und mit wem habe ich das Vergnügen?«

»Schuldigung, Herr Kant. Günter Rackwitz hier, ich bin der Tontechniker für die Stones heute. Ich sollte mich bei Ihnen melden wegen der Boxen.«

Hegel drückte das Handy etwas fester an sein Ohr, es wurde zunehmend lauter um ihn herum. »Ja, danke für die Rückmeldung. Mir ist gestern aufgefallen, dass die Boxen, die Sie für die Show verbaut haben, deutlich zu groß sind. Das hat mich gewundert, weil sie dadurch ja viel teurer werden, als es nötig wäre.«

»Da sprechen Sie ein großes Wort gelassen aus.« Rackwitz schien gestresst zu sein. »Wir mieten die Boxen für so ein großes Event selbst nur an. Und die kleineren waren bei sämtlichen Anbietern der Region komplett vermietet. Alle weg! Das macht das Konzert für uns viel teurer, aber denken Sie, wir bekommen deswegen mehr bezahlt?«

Hegel ließ den Blick noch einmal über den Platz streifen. Das Publikum strömte, Elyas war bereits vor Beginn des Konzerts fleißig damit beschäftigt, Selfies zu machen und Autogramme zu geben, und Mathilda tobte mit ein paar anderen Kindern fröhlich über die Wiese hinter der Showfläche.

»Bei wie vielen Anbietern haben Sie es denn versucht?« Hegel wurde ruhiger.

»Alle in Berlin und Brandenburg! Danach: Schnauze voll! So, ich muss jetzt wieder, es geht hier gleich los.«

»Ich verstehe, dann vielen Dank für den Anruf.« Sie beendeten das Telefonat.

Jetzt wurde es ruhiger um Hegel herum. Sein Verstand blendete die Geräusche in seiner Umgebung aus, um den Anruf ungestört überdenken zu können. Was, wenn Veith gewollt hätte, dass das Olympiastadion größere Boxen anmieten musste, als erforderlich gewesen wären? Hegel hatte es gewissenhaft geprüft, die Boxen im Stadion waren nicht manipuliert, und selbst bei größter Nutzung ihrer Kapazität waren sie nicht dazu in der Lage, mehr Unheil zu verursachen als Ohrenschmerzen.

»Ist alles in Ordnung?« Hegel hatte im Augenwinkel bemerkt, dass der Polizeibeamte noch einmal an ihn herangetreten war.

»Ich denke schon.« Wieder ließ er seine Gedanken die Möglichkeiten durchgehen, durch die größeren Boxen Unheil zu erzeugen. »Aber ich schätze, mit dem Tod von Veith ist es jetzt sowieso egal.«

»Ich hatte schon Sorge, dass es doch noch schlechte Nachrichten gibt.«

»Nein, es scheint alles in Ordnung.« Hegel erkannte in den Augen des Beamten, dass seine Wortwahl nicht befriedigend gewesen war. »Vermutlich sehe ich mittlerweile überall Gespenster. Aber sollte mir noch etwas einfallen, gebe ich sofort Bescheid.«

KAPITEL 59

Es ergab keinen Sinn. Warum sollte Veith Unsummen dafür ausgegeben haben, die Veranstalter des Konzerts im Olympiastadion dazu zu zwingen, größere Boxen als notwendig anzumieten? Er hatte es wohl kaum darauf angelegt, den Fans der Stones Ohrenschmerzen bereiten zu wollen oder die ohnehin horrenden Ticketpreise um weitere zwei Euro zu steigern. *Es wird so enden, wie es begonnen hat. Nur sehr viel größer.*

»Was wolltest du mir damit sagen?« Hegel hatte etwas zu laut zu sich selbst gesprochen. Als er bemerkte, wie einige der Umstehenden sich zu ihm umwandten, entschied er, sich etwas von der Showfläche zu entfernen, um dort in Ruhe nachdenken zu können. *Veith hat einen Zusatz für Sprengstoff entwickelt, der die Nasen von Suchhunden austrickst? Ein ausgebildeter Spürhund kann minimale Spuren von Sprengstoff selbst dann noch riechen, wenn sie im Vakuum unter der Wasseroberfläche liegen. Und seit wann war er ein guter Chemiker? Es wird so enden, wie es begonnen hat. Verflucht, wie hat es denn begonnen? Mit den Böllern an meinen Ohren? Mit dem explodierenden Haus? Mit dem Tod von Johanna? Oder …*

Hegel hielt den Atem an und riss die Augen auf. Ohne es beabsichtigt zu haben, schlug er sich mit der flachen Hand auf die Stirn und taumelte zwei Schritte zurück, bis sein Rücken gegen einen Baum stieß.

Es hat mit den Tönen begonnen, die ich im Zug gehört habe. Der erste phonetische Effekt, den er sich zunutze gemacht hat, war Beamforming. Das gezielte Lenken von Schall durch das Verstärken und Auslöschen von dessen Ausbreitung.

»Es ging ihm nicht darum, dass im Olympiastadion größere Boxen als notwendig stehen.« Hegel wurde schwindelig. »Veith hat die vielen kleinen Boxen deswegen angemietet, weil er sie selbst nutzen wollte.«

Er griff sein Handy und wählte die Nummer von Oswald Holder. Es dauerte einige Sekunden, bis der Kommissar den Anruf entgegennahm.

»Matthias, gut, dass Sie sich melden.« Holder klang aufgeräumt. »Ich habe gerade die Information bekommen, dass die Leiche aus dem Café identifiziert werden konnte. Sie wissen schon, die Frau, deren Gesicht von dem Tiger … na ja … gefressen wurde.«

»Ich rufe wegen etwas anderem an. Veith hat sehr viele kleine Soundboxen gemietet, und er wollte sie für das nutzen, was er schon im Zug gemacht hat …« Weiter kam Hegel nicht, denn Holder ließ sich nicht in seinem Eifer bremsen.

»Das können Sie mir gleich erzählen, das mit der Leiche ist wichtig!«

»Okay, dann los, was war mit der Frau?« Hegel hatte alle Mühe, sich zurückzuhalten.

»Es war nicht, wie wir zuerst dachten, eine Mitarbeiterin des Wildparks, aus dem Vries den Tiger geraubt hat. Es war die Leiche von Corinna Vries – seiner Ehefrau!«

Hegel stockte. Was hatte das denn jetzt schon wieder zu bedeuten? »Aber wenn Veiths Frau mindestens seit Mittwoch tot ist, wer war dann gestern …« Hegel brach seinen Satz ab.

»Das würde mich auch interessieren.« Holder sprach sachlich, wenn auch deutliche Fragezeichen in seinen Worten mitklangen.

Doch Hegel antwortete nicht. Es konnte nämlich keinen Zweifel daran geben, dass das, was er da plötzlich im Rücken spürte, der Lauf einer Pistole war. »Ich melde mich gleich zurück, ich muss darüber nachdenken.« Damit beendete er das Telefonat und streckte sein Handy vom Körper weg, das ihm auch gleich darauf aus der Hand genommen wurde.

»Gut gemacht.« Die Stimme war Hegel vertraut, er hätte sie auch ohne den russischen Akzent erkannt.

»Ich hätte es mir denken müssen.« Hegel schüttelte den Kopf über sich selbst. »Veith war eine Niete in Chemie, und Hundenasen kann man nicht reinlegen. Außerdem wäre es den Wasserwerken aufgefallen, wenn jemand massenhaft Sprengstoff in die Spree gekippt hätte.« Hegel musste bitter lachen. »Das war wohl gestern nicht mein stärkster Auftritt.«

»Du warst aufgewühlt, übermüdet, und die Ereignisse der letzten Tage haben dich sehr gefordert. Da darf auch ein Genie mal auf dem Schlauch stehen.« Sie presste ihm den Lauf ihrer Waffe noch etwas fester in den Rücken. »Du schreibst Mathilda und Jula jetzt eine Nachricht, dass du noch einmal kurz wegmusst. Schreib, dass du zu Beginn des Konzerts wieder zurück bist.«

Hegel zögerte kurz, folgte der Anweisung aber schließlich. Bisher war das hier eine Sache zwischen ihm und ihr, unter keinen Umständen würde er riskieren, dass Mathilda oder Jula mit hineingezogen werden würden. »Ist erledigt. Mindestens eine Stunde lang vermisst mich ab jetzt niemand.«

»Gute Entscheidung.« Celina nahm den Lauf ihrer Pistole von Hegels Rücken. Sie ging langsam und in sicherem Abstand um ihn herum, sodass sie ihm nun Auge in Auge gegenüberstand. Sie reichte ihm eine Kapsel. »Hier, die schluckst du jetzt.«

»Was ist das?« Hegel sah Celina mit kaltem Blick an.

»Die macht dich müde und ein bisschen orientierungslos. Du bist schließlich kräftiger als ich, und bevor ich dir ins Knie schieße …« Sie richtete ihre Waffe auf Hegels Bein. »Wenn du es geschluckt hast, gehen wir zu meinem Wagen. Obwohl es eigentlich Veiths Wagen ist, aber der braucht ihn nicht mehr. Und dann fahren wir gemeinsam zu dir in die Villa.«

Hegel hatte wohl keine andere Wahl. Er nahm die Tablette entgegen, schluckte sie jedoch noch nicht. »Warum fahren wir in meine Villa?«

Celina deutete mit dem Lauf ihrer Waffe auf die Kapsel in Hegels Hand. Nach kurzem Zögern schluckte er sie. Immerhin, wenn sie sich mit ihm vom Mauerpark wegbegeben wollte, dann waren zumindest Mathilda und die anderen für sie außer Reichweite. »Du hast doch sicher einen tollen Fernseher mit einer fantastischen Soundanlage, oder? Und eine bequeme Couch und guten Wein.«

»Ist das dein Ernst? Du willst mit mir live dabei zugucken, wie das Olympiastadion …« Da, sein rechtes Knie sackte leicht weg, Hegel hatte Mühe, sich wieder aufzufangen. »Was hast du mir da gegeben?«

»Du stellst die ganze Zeit nur Fragen.« Sie rollte mit den Augen. »Aber nie die wichtigen. Solltest du nicht erst einmal wissen wollen, wer ich überhaupt bin? Und was ich hier mache?«

»Du scheinst eine psychisch kranke Frau zu sein, die gewaltige Probleme hat. Muss ich mehr wissen?« Hegel spürte, wie er die Kontrolle über seinen Körper verlor.

Sie schwieg einige Sekunden lang und sah ihn schließlich mit einem Blick an, der selbst Hegel frösteln ließ. »Du hast mich wirklich nicht erkannt, oder?«

Und während es ihm allmählich schwarz vor Augen wurde, deutete sie auf ein etwas weiter hinten abgestelltes Fahrzeug.

»Ruh dich etwas aus. Die Kapsel wirkt nicht sehr lange. Wenn wir bei dir sind, solltest du wieder aufnahmefähig sein. Du sollst ja schließlich nicht den großen Showdown verpassen.«

KAPITEL 60

JULA

»Wo ist denn Hegel hin?« Jula hatte sich mit Mathildas Großeltern unterhalten und sich erst jetzt wieder zu Elyas und Friedrich begeben.

»Vielleicht muss er pissen.« Elyas zuckte mit den Schultern. »Oder nimmt er Flüssigkeit auch nur über sein Gehör auf?«

Jula hätte gern geschmunzelt, sie mochte Elyas' bissigen Sinn für Humor. Doch sie wollte ihn nicht auch noch darin bestärken, denn früher oder später würde er damit anecken. Während sie sich nach Hegel umsah, erhielt sie auch schon einen Anruf.

»Kommissar Holder, was gibt es denn?« Jula war etwas verunsichert, üblicherweise rief er sie nicht direkt an, sondern wählte den Weg über Hegel.

»Ist Professor Hegel bei Ihnen?« Holder klang besorgt. »Er hatte mich gerade angerufen, wir haben kurz gesprochen. Und, na ja, es war etwas seltsam.«

Jula erinnerte sich, dass Hegel sich vor wenigen Minuten von der Showfläche wegbegeben hatte. Sie machte sich auf in die Richtung, in die er gegangen war. »Ich suche ihn gerade. Was war denn so seltsam?«

»Ich habe ihn informiert, dass es sich bei der Leiche aus dem Café um die Ehefrau von Veith Vries gehandelt hat. Das hat ihn ...«

»Ernsthaft?« Jula unterbrach den Kommissar. »Aber wer war dann die Frau, mit der ich geredet habe?«

»So etwas in der Art hat Hegel auch gesagt. Frau Ansorge, ist bei Ihnen alles in Ordnung? Soll ich den Kollegen vor Ort noch Unterstützung schicken?«

Jula ordnete ihre Gedanken.

Von wichtig über weniger wichtig bis unwichtig. Hegel ist weg: Wichtig. Die Frau ist nicht die Ehefrau von Vries: Wichtig. Aber … »Sie haben gerade gesagt, Hegel hat Sie angerufen. Warum denn? Was wollte er Ihnen sagen?«

»Das weiß ich nicht so genau. Ich wollte die Neuigkeit wegen der Leiche loswerden. Aber warten Sie, ich weiß es noch.« Holder atmete kurz durch. »Es ging darum, dass im Olympiastadion zu große Boxen verbaut sind.«

»Waren das seine Worte?« Jula ging schneller, immer weiter in die Richtung, in der Hegel hinter einem Hügel verschwunden war.

»Nein, warten Sie, es war so.« Erneut schien Holder nachzudenken. »Er hat gesagt, dass Veith Vries viele kleine Boxen gemietet hat, weil er machen wollte, was er schon im Zug gemacht hat.«

Jula dachte nach, während sie weiter Schritt um Schritt über den Hügel ging. Gerade als sie etwas erwidern wollte, machte sie eine Entdeckung. »Hier liegt was.« Ihr Herzschlag beschleunigte sich.

»Was denn?« Auch Holder klang jetzt angespannt.

Jula hob den Gegenstand auf und prüfte ihn. Das Hintergrundbild mit der lachenden Mathilda ließ keinen Zweifel. »Hier liegt Hegels Handy. Und er ist weit und breit nicht zu sehen.« Sie nahm ihr Telefon vom Ohr und überprüfte den Nachrichteneingang. »Ich sehe gerade, dass Hegel mir was geschrieben hat. Er muss kurz weg, will bis zum Konzert aber zurück sein. Das passt nicht zu ihm, normalerweise rechtfertigt er sich mir gegenüber nicht. Verdammte Scheiße, was ist hier los?«

»Es scheint, als habe Vries eine Komplizin gehabt, von der wir nicht wissen, wer sie ist und warum sie das tut.«

Jula nickte und schloss die Augen zu schmalen Schlitzen. »Passen Sie auf, Oswald. Wir beide müssen jetzt nachdenken. Und zwar so richtig.«

»Was meinen Sie damit?«

»Wir müssen jetzt denken, wie Hegel denken würde. Trauen wir uns das zu?«

KAPITEL 61

HEGEL

Du willst wissen, was hier die ganze Zeit über gespielt wird, oder?« Celina hatte den noch immer von der Wirkung dieser seltsamen Kapsel beeinträchtigten Hegel in dessen Villa im Berliner Stadtteil Grunewald gefahren.

Schon Wochen zuvor hatte sie ausgekundschaftet, dass an den Wochenenden ohne besonderen Grund weder Hegels Butler noch einer der anderen Mitarbeiter dort war, die sich um die Erhaltung der klobigen Immobilie kümmerten. Sie waren also allein.

»Um ehrlich zu sein, dachte ich bis gerade eben, ich wüsste es schon.« Hegel spürte, wie das Schwanken nachließ und auch seine Kräfte allmählich wiederkehrten.

Celina hatte ihn, stets mit der Waffe in der Hand, in die Villa geführt und Hegel schließlich aufgefordert, den Fernseher einzuschalten. Ein Streamingdienst hatte die Live-Übertragungsrechte für das Konzert der Rolling Stones erworben, sodass sie beide nun auf der Couch vor Hegels Großbildfernseher saßen und dabei zusahen, wie sich das Stadion minütlich weiter und weiter füllte. Irgendein Reporter führte Interviews mit willkürlich aus der Menge gegriffenen Zuschauern, die allesamt ähnlich verliefen und so viele neue oder interessante Informationen offenlegten wie ein Abreißkalender aus dem Jahr 1974.

»Wir haben noch ein bisschen Zeit.« Sie lehnte sich in dem bequemen Sessel zurück, den sonst Hegel nutzte, und streckte die Beine aus. Die Pistole hatte sie neben sich auf dem Glastisch abgelegt, Hegel würde diese unter keinen Umständen schneller erreichen können als sie. »Falls es dich interessiert, könnte ich dir erzählen, wie ich an deinen lieben Freund Veith geraten bin.«

Hegel war noch immer von der Wirkung dieser K.-o.-Kapsel benebelt. Doch solange seine Tochter, Jula und die Jungs in Sicherheit waren, konnte er so ruhig bleiben, wie die Umstände es eben zuließen. »Wenn es dir wichtig ist, dann bitte.«

Sie lächelte still in sich hinein. »Ich habe schon sehr lange überlegt, wie ich es dir heimzahlen kann. Aber du bist nicht dumm, und viele Menschen schützen dich. Ich brauchte jemanden, der mir hilft. Jemanden, der dich genauso am Boden sehen wollte wie ich.«

»Und wie bist du da auf einen Mann gekommen, den ich seit Jahrzehnten nicht gesehen habe?«

»Über das Internet.« Sie zwinkerte Hegel zu. »Wenn man dich googelt, findet man zahlreiche interessante Beiträge. Veith hatte in verschiedenen Foren regelrechte Hassreden über dich verbreitet. Er schien dich von früher zu kennen und eine Rechnung mit dir offen zu haben. Also habe ich Kontakt zu ihm aufgenommen.«

»So schnell geht das?« Hegel schüttelte den Kopf.

»Ja, das geht so schnell.« Celina fuhr sich mit der Hand durch die Haare. »Er hat ohne Punkt und Komma gegen dich gewettert, wie ein Verrückter. Okay, er war vermutlich auch einer. Aber als er mir dann von diesem Spiel erzählt hat, da bin ich neugierig geworden.«

Auf dem Fernseher wurde der baldige Auftritt der Rolling Stones angekündigt.

»Kannst du die Story abkürzen?« Hegel deutete auf den Fernseher. »Ich würde ungern die Show verpassen.«

»Das solltest du nicht, es wäre zu schade.« Celina erhob sich und begann, ziellos durch den Raum zu gehen. »Ich habe ihn unterstützt, mich um die Logistik gekümmert und dafür gesorgt, dass sein behämmertes Spiel reibungslos ablaufen kann. Er dachte, wir wären ein Team. Veith hat geglaubt, dass allein die Tatsache, dass wir beide dich hassen, uns zu Partnern gemacht hätte.«

»Der Feind meines Feindes ist mein Freund.« Hegel zuckte mit den Schultern. »Ist das nicht so?«

»Du hast ihm eine Frau ausgespannt, um die er nie gekämpft hat. Was hat denn bloß mit diesem Psychopathen nicht gestimmt?« Sie spuckte auf den edlen Perserteppich. »Hier geht es um etwas weit Wichtigeres. Um Familie!«

Zum ersten Mal seit Celina ihn in ihre Gewalt gebracht hatte, horchte Hegel ernsthaft auf. »Moment mal. Du bist allem Anschein nach Deutschrussin. Und du hast eine Rechnung mit mir offen, bei der es um Familie geht? Sag nicht, dass du …« Schlagartig verstand Hegel, in welcher Lage er sich gerade wirklich befand.

»Macht es etwa langsam *klick* beim großen Genie Professor Doktor Matthias Hegel?« Sie wurde leiser und kniff die Augen zu schmalen Schlitzen zusammen, was Hegels Hoffnungen auf einen guten Ausgang der Situation nicht eben steigerte.

War ihm dieser Gedanke vorher nicht gekommen, weil sein Verstand sich mit allen Kräften dagegen gewehrt hatte? Oder war er sich seiner Sache im Laufe der Jahre wirklich so sicher geworden, dass er schlicht verdrängt hatte, was damals geschehen war?

»Jetzt ist der Moment der Abrechnung gekommen.« Celinas Lächeln, wenn es auch sarkastisch gewesen war, wich aus ihrem Gesicht. »Ich bin *Tante Celina*, die Schwester von Mathildas leiblicher Mutter.«

KAPITEL 62

Aber du weißt doch selbst, dass …« Hegel beendete den Satz nicht. Der Blick, den Celina ihm zuwarf, ließ keine Zweifel daran zu, dass jeder Versuch einer Verteidigungsrede von vornherein zum Scheitern verurteilt war.

»Du hast deine Frau mit meiner Schwester betrogen. Jedes Mal wenn du in Russland warst. Okay, das lasse ich dir sogar noch durchgehen, du und Johanna wart zu der Zeit ja schon lange kein *liebendes Paar* mehr. Man muss zusehen, wo man bleibt, an Verlorenem festzuhalten hat noch niemanden glücklich sterben lassen. Aber was du meiner Schwester angetan hast …«

»Jetzt reicht es aber!« Obwohl er wahrlich nicht in der Position war, die Führung zu übernehmen, fiel Hegel ihr ins Wort. »Ja, deine Schwester wurde schwanger von mir, und das war mein Fehler. Ich hätte besser aufpassen müssen. Aber um nichts in der Welt würde ich darauf verzichten wollen, dass durch meine Unachtsamkeit Mathilda zur Welt gekommen ist!«

»Aber sie war nicht dein persönliches Eigentum!« Celina wurde mit jeder Sekunde spürbar zorniger. »Du hast sie von Remus entführen und dir nach Deutschland liefern lassen. Inklusive offizieller Papiere, die dir das Sorgerecht verschafft haben. Wie einen Hundewelpen!«

Hegel ließ einige Sekunden verstreichen. »Deine Schwester hat nach der Geburt schwere Depressionen bekommen, sie hat mehrmals versucht, sich das Leben zu nehmen. Ich konnte doch mein Kind nicht in so einer Umgebung lassen. Das hätte niemand getan!«

»Und der geniale Psychologe Hegel war nicht imstande, meiner depressiven Schwester zu helfen?« Celine wurde leiser.

»Natürlich habe ich das. Jedes Mal wenn ich in Russland war, habe ich sie und Mathilda besucht. Aber sie war gar nicht mehr zu erreichen. Weder hat sie Therapie in Anspruch genommen noch Medikamente.«

Celina nickte knapp. »Also gut, wir können das Rad nicht zurückdrehen. Du hast das Kind meiner Schwester entführen lassen, sie ist daran verzweifelt und hat sich das Leben genommen. Meine Nichte war weg, und meine Schwester auch. Unser Vater ist nach der Sache dem Alkohol verfallen und hat sich totgesoffen.« Sie flüsterte jetzt, und ihre Stimme klang beinahe lieblich dabei. »Ich musste lange auf diesen Moment warten, aber es hat sich gelohnt. Dich einfach zu erschießen wäre keine angemessene Strafe gewesen. Ein Toter weiß schließlich nicht, dass er tot ist. Wirklich schlimm ist es, zu leben, obwohl alle anderen tot sind.«

»Wie meinst du das?« Er wagte es nicht, seinen Gedanken auszusprechen.

»Veith wollte alle diese Menschen sterben lassen, wenn du dir nicht das Gehör zerstörst. Er war da ziemlich maßlos, aber die Sache mit dem Beamforming hat mich dann doch fasziniert.«

»Er hat die vielen kleinen Lautsprecher wie eine Armee aufgestellt, oder? Auf den Dächern Berlins.«

»Genau genommen habe ich das getan. Veith war gesundheitlich nicht mehr dazu in der Lage.« Sie zwinkerte Hegel zu. »Aber seine Anweisungen waren sehr präzise, ich habe alles exakt so gemacht, wie er selbst es auch getan hätte.«

»Es wird enden, wie es begonnen hat. Nur sehr viel größer. Ich habe das zu spät verstanden. Veith hat dich die Lautsprecher so ausrichten lassen, dass jedes kleine Piepen, das von ihnen abgegeben wird, in der Luft auf das Piepen der anderen Lautsprecher trifft. Und zwar immer so, dass ein Wellenberg auf einen anderen Wellenberg trifft. So wie er es im Zug gemacht hat. Die Frequenzen, die auf mich ausgerichtet waren, hat er verstärkt und zu mir durchkommen lassen.«

»Dieses Mal werden alle Frequenzen durchkommen. Nur dass sie sich alle auf dem Weg zu ihrem Ziel gegenseitig zu einem gewaltigen Schalltsunami verstärken.«

Hegel nickte leicht. »Ein Geräusch, abgespielt von über hundert Boxen, die so ausgerichtet sind, dass sich die Frequenzen gegenseitig verdoppeln, wo immer sie auf ihrem Weg durch die Luft aufeinandertreffen. Ausgerichtet auf einen Zielort, an dem der gebündelte, tausendfach multiplizierte Schall mit der Wucht einer gewaltigen Bombe auftrifft und alles, was in seinem Umfeld liegt, zerschmettert wie ein gewaltiger Faustschlag des Teufels.«

Celina deutete Applaus an. »Ich hätte es nicht schöner formulieren können. Und noch was: Danke, dass Veith deinetwegen nicht beim Militär war. Mit so einer Schallwaffe hätte er wirklich eine Menge Schrecken verbreiten können.«

Hegel sah auf den Fernseher. Ein Stadionsprecher kündigte an, dass die Rolling Stones in wenigen Minuten auf die Bühne kommen würden. »Lass die Menschen im Stadion da raus. Sie haben nichts mit dieser Sache hier zu tun.«

Celina sah Hegel ungläubig an. »Natürlich haben sie das nicht. Das habe ich Veith tausend Mal gesagt, aber er war einfach so scharf darauf, die ganze Welt an seiner Wut teilhaben zu lassen.« Sie zog die Fernbedienung aus ihrer Hosentasche und hob sie hoch. »Ich habe mich nicht ganz exakt an Veiths Anweisungen gehalten. Ich habe die Lautsprecher nämlich auf ein anderes Ziel ausgerichtet.« Sie drückte einen Knopf auf der TV-Fernbedienung, woraufhin nun Bilder von Bäumen und einer Wiese zu sehen waren, die augenscheinlich von privaten, nicht professionellen Kameras eingefangen wurden. Menschen waren auf den Bildern zwar nicht zu erkennen, dafür hörte man jedoch deutlich, dass in geringer Ferne Musik abgespielt wurde.

»Das ist der Mauerpark!« Hegel sprang auf, sah in den Lauf der Pistole und setzte sich langsam wieder hin. »Bist du irre? Da ist Mathilda! Deine Nichte, die Tochter deiner Schwester!«

Was dann folgte, vermochte sogar den erfahrenen Psychologen Hegel in einer Weise zu verängstigen, die er selbst bis zu diesem Augenblick nicht gekannt hatte. Celina zuckte mit den Schultern, zwinkerte ihm zu und sagte: »Heute ist der Tag, an dem es endet. Für alle, außer für einen. Jeder Mensch, der dir etwas bedeutet, wird von einer Schallwucht zerschmettert, die unvorstellbare Ausmaße hat. Nur du bleibst am Leben. Allein, verlassen und ohne das kleinste Fünkchen Hoffnung, dass du jemals wieder glücklich werden könntest. Also mach dich bereit für das Donnergrollen! Oder sollte ich lieber sagen: für den Donnergroll?«

Und noch ehe Hegel irgendetwas hätte tun können, hatte Celina auch schon auf den Knopf gedrückt.

KAPITEL 63

Zunächst war schlicht gar nichts zu hören. Die Boxen, die Celina auf zahlreichen Dächern in der näheren Umgebung des Mauerparks installiert hatte, stießen vermutlich zunächst jeweils ihren Ausgangston aus. Dieser musste nicht einmal besonders kräftig sein. Wenn Celina alles richtig gemacht hatte, wovon Hegel ausgehen musste, würden nun also die jeweiligen Wellenberge der Frequenzen aufeinandertreffen, sich gegenseitig verdoppeln, auf weitere verstärkte Frequenzen treffen und innerhalb von wenigen Sekunden zu einer gewaltigen Massenvernichtungswaffe angewachsen sein.

»Hörst du es?« Celina hielt sich demonstrativ eine Hand ans linke Ohr.

Tatsächlich war in einiger Ferne jetzt etwas zu vernehmen. Ein Sirenenlaut, der von weit her kam, jedoch innerhalb kürzester Zeit stärker und stärker wurde. Hier, in Hegels Villa im Ortsteil Grunewald, waren sie weit weg vom Geschehen. Auf dem Monitor konnte Hegel jedoch erkennen, wie die Bäume sich plötzlich überdimensional stark bogen, einige sogar brachen oder entwurzelt wurden, Mülltonnen durch die Luft gewirbelt wurden, der Erdboden bebte, aufbrach und schließlich, nach nur wenigen Sekunden, eine gewaltige Staubwolke von weiter hinten aufstieg, mit der zusammen Stühle und Steine durch die Luft gewirbelt wurden. Von da, wo Elyas gerade sein neues Album präsentierte. Es gab keinen Ton zu den Bildern, doch die Verwüstung, die das Auftreffen der Klanggewalt verursacht hatte, war allein schon an den Gegenständen zu erkennen, die zerbrochen und splitternd umherflogen wie nach einer mächtigen Bombenexplosion. Das alles mochte vielleicht zehn Sekunden gedauert haben, wenn es Hegel auch wie die Ewigkeit vorgekommen war. Dennoch, das Beben auf den Bildern im Fernseher legte sich, und die Geräusche, die vom Fenster her aus der Ferne bis nach Grunewald gedrungen waren, verstummten. Länger hatte es nicht gebraucht. So wie auch eine Bombe nicht mehr Zeit benötigt hätte, um Tod, Leid und Verwüstung zu schaffen.

»Das war es schon?« Celina kicherte albern. »Und dafür habe ich wochenlang millimetergenau unzählige Boxen mit Satellitennavigation ausgerichtet …«

»Dir ist klar, dass du gerade Mathilda getötet hast?« Hegel sprach wie ein Roboter, noch schützte seine Psyche ihn davor, das Ausmaß der Ereignisse wirklich zu begreifen.

»Das ist nicht wichtig, ich sehe sie ja gleich wieder. Und meine Schwester auch. Soll ich sie von dir grüßen?«

Und noch ehe Hegel reagieren konnte, hatte sich Celina auch schon die Waffe an den Kopf gehalten und abgedrückt.

KAPITEL 64

Todesstille. Sonst nichts. Nicht die Bilder, die nach dem Auftreffen der Schallwelle wegen der letztlich ebenfalls zerstörten Kameras erloschen waren. Nicht die Leiche auf dem Boden, aus deren Schädel Blut auslief wie Wasser aus einer umgefallenen Flasche. Nicht die Erlebnisse der vergangenen Tage, nein, noch nicht einmal die der letzten beiden Minuten. Es war einfach nichts mehr da. So als habe Celina mit dem Schuss in ihr Gehirn auch das von Hegel ausgelöscht, saß er reglos da, ohne sich zu spüren, blickte, ohne etwas zu sehen, atmete, ohne Luft zu bekommen. Ja, er hatte vor ein paar Stunden noch mit Jula und den Jungs Geburtstag gefeiert. Er hatte Mathilda und ihren Großeltern die besten Plätze ganz vorn an der Bühne reserviert und sie persönlich dort hingeführt. Er hatte sich auf die Feier nach dem Konzert gefreut. Gerade nach den Ereignissen der vergangenen Tage. Aber auch davon war jetzt nichts mehr übrig. Kein mächtiger Tiger, dessen Atem er im Gesicht gespürt hatte. Keine platzenden Spiegel, die eine fröhliche Feier in ein blutiges Desaster verwandelt hatten. Einfach nichts mehr. Nur dieser Raum, dieser Moment und diese eine Erkenntnis: *Vorbei. Zu spät. Es ist geschehen, nicht mehr umkehrbar. Sie sind tot. Alle.*

»Ich habe es dir immer gesagt.« Hegels Vater, wenn er auch schon lange nicht mehr am Leben war, stand in seinem ebenso teuren wie spießigen Hausanzug vor ihm. So wie er damals immer dagestanden hatte, als Hegel ein Teenager gewesen war. In dem Raum, in dem sein Vater stets seine Sonntagszigarre geraucht und dazu einen guten Rum getrunken hatte.

»Deine Überlegenheit wird dir Ruhm und Reichtum bringen. Aber sie wird dir auch Ärger bereiten. Die Menschen bewundern Größe, allerdings nur bis zu einem gewissen Punkt. Sie applaudieren den großen Geistern genau so lange, wie sie noch denken, ihren Gedanken folgen zu können. Überschreitest du diese Grenze, werden sie dich für wunderlich, exzentrisch oder verrückt halten. In jedem Fall aber lehnen sie dich dann ab.«

»Vater, meine Familie und meine Freunde sind tot. Alle. Denkst du, das ist jetzt der richtige Zeitpunkt für Lebensweisheiten?« Hegel sprach nicht wirklich, nur in der Fantasie, die sein Verstand abspielte, um die Sendepause seines klaren Verstands zu überbrücken.

»Du hast dir viele Feinde gemacht, Matthi. Darüber musst du nachdenken. Oder hältst du es für normal, dass dich dauernd jemand töten oder quälen will?«

»Du weißt, dass ich Johanna nicht ermordet habe.« Hegel war da, und dann auch wieder nicht. So wie sein Vater.

»Ja, das weiß ich. Aber was nützt dir das jetzt noch? Sie sind alle bei deiner Mutter und mir. Auf der anderen Seite. Nur du bist noch übrig. Junge, was habe ich dir über das Verlieren gesagt?« Er sah seinen Sohn mit väterlicher Strenge an.

Er wusste es noch ganz genau. Damals, mit zwölf Jahren, hatte er einen Wettbewerb an seiner Eliteschule gegen eine Mitschülerin verloren. Es war dabei um die Konstruktion von irgendetwas Unwichtigem gegangen. Soweit er sich erinnerte, ging es um den Versuch, einem Perpetuum mobile nahezukommen. Hegel war stinksauer gewesen, dass seine Klassenkameradin den ersten Preis vor seiner Konstruktion gewonnen hatte. Wie, so hatte er sich damals schon gefragt, konnte man besser oder schlechter darin sein, etwas Unmögliches zu versuchen?

»Du hast gesagt, dass man wissen muss, wenn man verloren hat. Niemand mag schlechte Verlierer, denn erst im Verlieren zeigt sich der wahre Charakter.«

»Also, was tust du jetzt?« Sein Vater zwinkerte ihm zu.

Hegels Blick fiel auf die Pistole, die neben der toten Celina auf seinem Perserteppich lag. »Was ich jetzt tue?« Er ging zu der Leiche, beugte sich zu Boden und hob die Waffe auf. »Ich akzeptiere jetzt, dass ich verloren habe.« Er sah zu Celinas Leiche. »Meine Strafe sollte die Einsamkeit sein. Und das Wissen, dass jeder Mensch, der mir etwas bedeutet hat, meinetwegen gestorben ist. Es tut mir leid, aber ich werde dir diesen Gefallen nicht tun.« Er hob die Waffe und führte sie gegen seinen Kopf. »Wir wissen es nicht, wenn wir tot sind.« Noch einmal sah er zu seinem Vater, auch wenn dieser nur seiner Einbildung entsprang. »Insofern leben wir ewig.«

Doch gerade als er dachte, zum Abdrücken bereit zu sein, klingelte es an der Haustür.

»Das ist sicher die Polizei.« Hegels Vater winkte ab. »Du weißt selbst, was sie dir mitzuteilen haben.«

Doch gerade als er seinem Vater zustimmen und abdrücken wollte, kam Hegel ein Gedanke. »So schnell geht das nicht.«

»Bitte?« Sein Vater setzte einen strengen Blick auf, er hatte Widerworte niemals besonders geschätzt.

»Es ist vor zwei Minuten passiert. So schnell kommt niemand an meine Tür, um mir mitzuteilen, dass meine Tochter tot ist.«

»Zwei Minuten?« Hegels Vater deutete auf Celinas Leiche. »Fällt dir nichts auf?«

Hegel sah noch einmal genauer hin und stellte fest, dass das Blut aus ihrem Schädel mittlerweile geronnen und dunkel verfärbt war. Er sah aus dem Fenster. Es war dunkel geworden.

»Wie …?« Hegel stammelte nur.

»Du redest schon seit Stunden mit mir. Ist dir das gar nicht aufgefallen?« Sein Vater sah ihn mit Strenge an.

»Mein … Zeitgefühl ist wohl …« Hegel war verwirrt.

Da, es klingelte erneut an der Tür. Und ohne weitere Diskussionen mit einem Geist zu führen, erhob er sich vom Teppich, steckte die Pistole in seine Tasche und ging zur Tür.

KAPITEL 65

Es war kein guter Zeitpunkt für ein Klingeln an der Tür, so viel stand fest. Wer auch immer was auch immer von ihm wollte, er hätte den Moment nicht weniger glücklich wählen können. Immerhin war er gerade im Begriff gewesen, sich den Kopf wegzuschießen, was nun wirklich nichts war, das man in seinem Leben besonders oft tun konnte. Hegel hatte sich schon mehrmals gefragt, ob er es fertigbringen würde, sich selbst das Leben zu nehmen, unter welchen Umständen auch immer. Ja, er hatte es oft erlebt, wie andere es vor seinen Augen getan hatten. Aber das war etwas ganz anderes. *Trotzdem ist es seltsam, ich meine, ist das eigentlich normal? Erleben andere es auch regelmäßig, dass sich jemand in ihrer Gegenwart das Leben nimmt?* Andererseits, was war denn bitte schon normal?

»Merkst du, wie du verrückt wirst?« Jetzt war es Hegels Mutter, die zu ihm sprach. Sie stand bereits an der Haustür, auf die ihr Sohn sich gerade schwankend und nicht unbedingt im Vollbesitz seiner geistigen Kräfte zubewegte.

»Das ist ein ganz normaler Schutzmechanismus meiner Psyche.« Er hatte es immer gehasst, wenn seine Mutter ihm gesagt hatte, wie er sich fühlte oder was in ihm vorging. »Ich habe gerade ein massives Trauma erlebt, mein Verstand spielt verrückt.«

»Du wirst die Waffe in deiner Tasche aber nicht gegen andere richten, oder?« Seine Mutter hob den Zeigefinger, auch wenn sie dies in Wirklichkeit nie getan hatte. Doch das war egal, Hegels Fantasien waren im Augenblick wohl eher symbolisch zu verstehen.

»Damit fange ich jetzt auch nicht mehr an.« Er hielt seine Schritte für einen Moment ein und sah seiner Mutter mit Verbindlichkeit in die Augen.

»Ich glaube, du wirst gleich umfallen.« Sie sah ihn besorgt an. »Aber das ist unbedeutend. Es gibt sowieso niemanden mehr, für den du stehen bleiben müsstest.«

Da, es klingelte erneut, jetzt zwei Mal. Hegel wankte, er hatte alle Mühe, sich abzufangen und nicht wie eine Bahnschranke auf den Marmorboden im Eingangsbereich seiner Villa zu stürzen.

»Ich öffne jetzt diese Tür!« Er hatte seine Worte viel zu laut aus sich herausgeschrien. Wer immer da draußen stand, musste es gehört haben. Immerhin, seine Mutter war plötzlich verschwunden, und auch sonst fühlte sich Hegel mittlerweile stabil genug, sich der Realität zu stellen und sich den Tatsachen zuzuwenden. Erschießen konnte er sich schließlich immer noch.

»Moment, bitte.« Er griff die Klinke, drückte sie langsam hinunter und zog das schwere Eingangsportal auf.

Kurz sah er, wer da gerade geklingelt hatte. Dann wurde es schwarz um ihn.

KAPITEL 66

JULA

»Es waren die Hubschrauber.« Sie hatte Hegel ein kühlendes Tuch auf die Stirn gelegt.

Einige Sekunden lang war er wie ausgelöscht gewesen. Er hatte einfach nur dagestanden und sie angestarrt, als wären sie seiner Einbildung entsprungen. Sie, Mathilda, Elyas, Friedrich, Oswald Holder und seine Schwiegereltern Margrit und Bodo Konradi.

»Die Hubschrauber?« Hegel hatte sich auf den kalten Marmorboden im Eingangsbereich seiner Villa gesetzt, er war erkennbar mit den Nerven am Ende.

»Kommissar Holder und ich haben überlegt, was Sie gemeint hatten. *Vries wollte mit den Boxen machen, was er schon im Zug gemacht hat.* Sie haben uns beiden das in Ihrem Büro erklärt, es hieß wohl Beamforming. Dass man mit vielen Lautsprechern Schall auslöschen kann, ihn aber auch verstärken. Wir haben ein bisschen telefoniert, bis wir einen Professor für Phonetik am Telefon hatten. Der hat uns erklärt, wie man Schall zu einer Massenvernichtungswaffe bündeln könnte.«

Hegel trank einen großen Schluck von dem Wasser, das Friedrich ihm gebracht hatte. Mathilda hielt er fest an sich gedrückt, so richtig sicher, dass sie echt und am Leben waren, schien er sich noch immer nicht zu sein. »Und was haben Hubschrauber damit zu tun?«

»Ich habe darum gebeten, dass die Kollegen die Umgebung nach Boxen absuchen, die auf Hausdächern positioniert sind.

Und die Suche hat nicht lange gedauert. Aber keine der Boxen war auf das Olympiastadion ausgerichtet. Dafür aber alle auf den Mauerpark.«

Hegel schien zu aufgewühlt, um etwas sagen zu können, er zog seine Tochter nur fester zu sich heran.

»Mit der Hilfe der Beamten vor Ort haben wir so schnell es ging evakuiert. Der Park war komplett geräumt, als es losging. Es wurde niemand verletzt.«

»Außer meiner Seele!« Elyas klang bestenfalls eingeschränkt erfreut. »Alter, ich hatte volle Hütte! Und ab jetzt bin ich nur noch der Typ, auf dessen Konzerten man umgebracht wird.«

Hegel lachte auf. Etwas zu laut und zu schroff, aber immerhin, er schien allmählich wieder zu Kräften zu kommen.

»Dann ist es also vorbei?« Er atmete tief durch und roch an den Haaren seiner Tochter.

»Sie und Ihre Freunde im Mauerpark zu töten dürfte wohl das Finale von Vries' Plan gewesen sein.« Holder hatte seine Krawatte gelockert und die oberen beiden Knöpfe seines Hemdes geöffnet, noch nie zuvor hatte Jula ihn so leger erlebt. »Wir können davon ausgehen, dass es ausgestanden ist. Die Boxen werden gerade alle ausfindig gemacht und deinstalliert, von denen geht kein Schalltsunami mehr aus.«

Hegel schloss die Augen und atmete tief durch. Er schien jetzt wirklich verstanden zu haben, dass sie alle, wie sie um ihn herum waren, nicht allein seiner Einbildung entsprangen. Und mit dem Lächeln war allmählich auch der Glanz in seinen Augen zurückgekehrt. »Veith hatte einen anderen Plan, aber das erkläre ich später. Ich muss Ihnen allerdings noch sagen, dass in meinem Salon eine Leiche liegt.« Er sah Holder an. »Ich erkläre Ihnen das, wenn die Kollegen hier eintreffen.«

Holder nickte stumm, er schien sich mit dieser Erklärung zunächst zu begnügen.

»Wir haben es geschafft.« Jula sah mit Stolz im Blick in die Runde der Menschen, die ihr am Herzen lagen. »Alle gemeinsam, jeder mit seinem persönlichen Beitrag.«

»Geben Sie mir bitte Ihr Handy?« Hegel streckte die Hand zu Jula aus. »Es gibt noch eine letzte Sache, die ich erledigen muss.«

Es wurde plötzlich ganz still. Und wenn in den Gesichtern ringsherum auch Erleichterung und die Freude darüber, am Leben zu sein, vorherrschten, machte sich doch auch vereinzelt Besorgnis bemerkbar. »Welche letzte Sache?« Jula wurde etwas leiser.

»Ich habe Hunger.« Er griff das Handy aus Julas Hand. »Ich bestelle uns jetzt Pizza. Irgendwelche besonderen Wünsche?«

EPILOG

JULA, ZWEI WOCHEN SPÄTER

Allmählich hatten sich die Wogen geglättet. Die Medien hatten Vries' Angriff auf die öffentliche Sicherheit zur Genüge ausgeschlachtet, die Angehörigen der Opfer seines tödlichen Spiels waren so lange durch die Medien gezerrt worden, bis man sie selbst als Opfer hätte bezeichnen können, und Oswald Holder und seine Kollegen hatten Interviews und Pressekonferenzen gegeben, bis sie nichts mehr berichten konnten außer dem, was sie zu Mittag gegessen hatten. Julas Podcast zu den Ereignissen in Berlin war ebenso durch die Decke gegangen wie die Downloadzahlen von Elyas' neuem Album, sogar erste Anfragen von Labels aus dem Ausland hatten ihn erreicht. Doch das war jetzt alles nicht von Bedeutung.

Nicht in diesem Moment. Jula hatte sich mit ihrer alten Filtermaschine einen Kaffee gemacht, sich mit ausgestreckten Beinen auf die kleine Dachterrasse ihrer Wohnung gesetzt und ihren Kater Wallraff auf den Schoß genommen, um ihn ausgiebig kraulen zu können. Der Verkehrslärm von der Straße her kam ihr längst wie Stille vor, so sehr hatte sie sich an das unaufhörliche Rauschen gewöhnt.

»Meinst du, ich sollte vielleicht mal bei Paul anrufen?« Jula sah ihren Kater an, als wäre er ihr Psychotherapeut, was in einer gewissen Weise auch nicht unbedingt falsch war. »Ich meine, wie oft soll ich noch in Lebensgefahr geraten, bevor ich mir eingestehe, dass man wohl leben muss, solange man es noch kann?« Der Kater schnurrte nur und rieb sich den Kopf an Julas Knie. »Das verstehe ich jetzt einfach mal als Zustimmung.« Sie kraulte Wallraffs Nacken. »Ich schreibe ihm später eine Nachricht. Aber jetzt will ich erst einmal …« Noch bevor Jula den Satz beenden konnte, klingelte es an ihrer Tür. Wer immer zu ihr wollte, hatte es also bereits in den Hausflur geschafft und stand jetzt unmittelbar vor ihrer Wohnung im Hausflur.

»Das war ja wieder klar.« Sie stellte mühsam den Kaffee auf dem Boden ihrer Terrasse ab, hievte Wallraff gegen dessen entschlossenen Widerstand von ihrem Schoß und ging zur Tür. Bereits in dem Moment, als sie die Klinke hinunterdrückte, begann sie zu sprechen. »Was kann ich denn jetzt schon wieder …« Und weiter sprach sie nicht mehr.

»Hallo, Jula. Es tut mir leid, dass ich einfach so vor deiner Tür stehe, aber es ist wirklich, wirklich wichtig.« Paul lächelte zwar, dennoch wirkte er auf paradoxe Weise vollkommen ernst. Um genau zu sein sogar so ernst, wie Jula ihn noch nie zuvor erlebt hatte.

»Was machst du denn hier?« Die Frage war nicht allzu originell, doch Jula war zufrieden, überhaupt eine klare Formulierung gefunden zu haben.

»Also, es gibt keine Möglichkeit, das irgendwie schonend zu sagen.« Paul sah sie mit sorgenvollem Blick an, und seine Stimme klang, als habe er sie auf etwas vorzubereiten, das von Bedeutung war. »Ich bin nicht allein hier.« Er wendete seinen Blick zur Seite in den Bereich des Flurs, den Jula aus ihrer Wohnung heraus nicht einsehen konnte.

Sie vernahm Schritte, die ihr auf intuitive Weise vertraut vorkamen. »Moritz?« Sie wurde ganz ruhig.

»Ja.« Julas älterer Bruder trat vor ihre Wohnungstür. »Paul und ich müssen dir etwas sagen. Und, um gleich mit offenen Karten zu spielen, Hegel ist auch im Team. Er wartet unten im Wagen.« Moritz nahm Jula kurz in die Arme und legte ihr dann eine Hand auf die Schulter. »Ich weiß, dass du allmählich genug davon hast, in irgendwelche Verstrickungen hineingezogen zu werden. Aber es gibt noch eine letzte Sache, die wir gemeinsam erledigen müssen. Vorher musst du mir allerdings zwei Dinge versprechen.«

»Ich verstehe nicht …« Was war das bitte für eine absurde Situation? Julas Ex-Freund und ihr jahrelang tot geglaubter Bruder standen aus heiterem Himmel vor ihrer Wohnungstür und ließen allein schon durch ihre Körperhaltung und ihre Blicke keinen Zweifel daran aufkommen, dass es einen Grund für ihr überraschendes Auftauchen geben musste, der, vorsichtig formuliert, von nicht unerheblicher Bedeutung war. »Was muss ich versprechen?«

»Du darfst nicht schreien oder umfallen.« Moritz sah ihr mit tiefer Intensität in die Augen. »Und du darfst keine Fragen stellen. Später schon, aber nicht jetzt.«

»Okay, das bekomme ich hin. Glaube ich …« Jula zitterte am ganzen Körper, und zweifellos war sie auch blass geworden. »Und was noch?«

Paul richtete seinen Blick auf einen Punkt im Hausflur, an dem anscheinend noch eine dritte Person zu warten schien. »Ich glaube, sie ist jetzt bereit!«

Jula vernahm Schritte, die vertraut in ihren Ohren klangen. Sie konnte allerdings noch nicht zuordnen, zu wem sie gehörten. Paul und Moritz traten nun von zwei Seiten an Jula heran und griffen ihr sanft an die Schultern. *Was machen die beiden da? Wollen sie mich stützen?* Weiter kam Jula mit ihren Überlegungen nicht. Und würden Paul und Moritz sie nicht festgehalten haben, wäre sie der Länge nach auf den Parkettboden gestürzt. Denn jetzt, als sie das Gesicht sah, die wachen, klaren Augen, die gepflegte Haut, der Duft dieses ganz speziellen Parfums und die Frisur, die zumindest in ihrer Erinnerung immer die gleiche gewesen war, erkannte sie, was Paul und Moritz gemeint hatten. Und das, obwohl es absolut nicht möglich war!

»Mama?« Jula brachte selbst dieses eine Wort kaum hervor, ihre Kehle war schlagartig staubtrocken geworden, und ihr Kreislauf spielte verrückt. »Aber, du bist doch …?«

»Dement?« Julas Mutter sah sie mitfühlend an. »Das erkläre ich dir alles später. Jetzt musst du erst mal mitkommen. Aber, so schwer das hier auch alles für dich ist, ich muss dich um etwas bitten.«

»Ich, was …?« Jula wurde es schwindelig. Nichts, aber auch absolut nichts von der Trübnis, dem Abdriften und der geistigen Leere war mehr an ihrer Mutter zu erkennen. Ihre Haut war gepflegt, ihr Blick so wach und klug, wie er früher gewesen war. *Ich musste mich immer vorher anmelden, wenn ich zu ihr ins Pflegeheim wollte. Etwa, weil sie gar nicht …?*

»Jula, du darfst keine Fragen stellen, dein Handy muss ausgeschaltet sein, und nichts, was in den kommenden Stunden passiert, darf jemals an die Öffentlichkeit gelangen.«

Jula nickte stumm. Zumindest glaubte sie, dass sie nickte.

Und dann, gerade als Moritz und Paul ihren Griff an Julas Schultern lösten, vermutlich damit sie gemeinsam aufbrechen konnten, beugte sich Julas Mutter noch einmal zu ihrem Ohr vor und flüsterte ganz leise, so, dass nur Jula es hören konnte: »Um deine Frage von Mittwoch zu beantworten: Ja, mein Engel, ich bin sehr stolz auf dich!«

DANKSAGUNG

Wie Sie ja bereits meiner Widmung zu Beginn dieses Buches entnehmen konnten, ist »Tödlicher Schall« während und nach einer langen und beschwerlichen Reihe von Operationen und Krankenhausaufenthalten entstanden. Der Bauchspeicheldrüsenkrebs, den ich aufgrund vieler Glücksfälle und der Bemühungen eines großen Teams von Ärzten und Pflegern überleben durfte, ist ganz bewusst auch in die Handlung von »Auris 5« eingeflossen. Ebenso wie meine in der Klinik mit Galgenhumor festgestellten Erkenntnisse dazu, welche Ereignisse auf dem Weg in den Untergang eintreten. Ich bin zum Glück nur bis zum vierten gekommen, weswegen ich jetzt danksagen kann. :-)

Dem gesamten Krankenhausteam des »Klinikum Westend« habe ich bereits dieses Buch gewidmet, hier sage ich noch einmal ausdrücklich DANKE! Ich erinnere mich an Nächte, in denen ich solche Schmerzen hatte, dass ich die halbe Station wachgehalten habe. Aber es war immer jemand mit Hilfe oder auch nur einer Hand zum Festhalten für mich da. Alles Gute, das man tut, kommt zu einem zurück. Daran glaube ich, und allen meinen Helfern, ob Ärzte, Pfleger oder Servicekräfte, soll so viel Glück und Hilfe widerfahren, wie sie mir gegeben haben. Und noch viel mehr!

Sebastian Fitzek hat mir beim mittlerweile fünften Teil der Auris-Reihe ein goldenes Ticket ausgestellt: Er hat mir angeboten, diesen Band vollständig allein entwickeln zu dürfen. Was dazu geführt hat, dass ich eine ganze Reihe ausgefallener Ideen verwenden konnte, die schon lange in meinem Kopf herumschwirrten, sich aber bislang nie so recht in eine Handlung einfügen wollten. So habe ich das »Geschehen von ausgefallenen

Dingen« einfach zu einem wichtigen Bestandteil der Handlung gemacht. Und das war ein Riesenspaß für mich!

Lieber Sebastian, danke für dein Vertrauen und diese wirklich fantastische Zusammenarbeit!

Oliver Niebuhr, Professor und Doktor der Phonetik, war in ganz besonders origineller Weise an diesem Thriller beteiligt. Ich hatte ihn zu Beginn der Storyentwicklung gebeten, mir doch einfach mal zusammenhanglos Ideen für interessante phonetische Effekte zu nennen, die für den Thriller infrage kommen könnten. Die Liste, die er mir geschickt hat, war so faszinierend und ungewöhnlich, dass ich sofort die Idee hatte, diese Effekte zum maßgeblichen Teil der Handlung zu machen. Und wie immer gilt: Ja, das funktioniert wirklich!

Vielen Dank, lieber Oli! Ohne deine tollen Vorschläge für phonetische Besonderheiten wäre Auris nicht, was es ist!

Markus Michalek, mein Literaturagent, hat mich dieses Mal unter ganz besonders schweren Umständen durch die Schreibphase begleitet. Normalerweise reden wir regelmäßig über den Text und entwickeln gemeinsam Ideen. Dieses Mal musste Markus mich auch immer wieder motivieren und aufheitern, wenn die Folgen der großen Operation mich mal wieder quälen wollten. Ich war dauernd müde, habe immer wieder gesetzte Terminziele nicht einhalten können, und meine Motivation war viel zu oft schwächer als die Schmerzen.

Markus, das hast du super gemacht! Du warst ein Anker, auf den ich mich verlassen konnte. Vielen Dank!

Regine Weisbrod war wieder als Redakteurin für den Text zuständig. Ich werde oft gefragt, ob man als Autor später, wenn das Buch gedruckt ist, noch Fehler findet. Dinge, die nicht logisch sind oder einander widersprechen. Das passiert mir praktisch nie, denn dafür ist Regine zuständig. Sie hat jede logische Lücke, jede Ungereimtheit und jede Nachlässigkeit von mir entdeckt und behoben. Ein Buch schreibt man nie allein, es braucht ein Team, in dem jeder tut, was er am besten kann.

Regine, danke für deine Argusaugen und die große Aufmerksamkeit und Wertschätzung, die du meinen Texten widmest!

Carolin Graehl war die Lektorin von »Tödlicher Schall«. Und nachdem diese Geschichte schon ziemlich abgefahren ist, war ich glücklich, sie an dieser Position zu wissen. Denn, eine Story darf schon mal ein bisschen größer als die Realität sein – es muss nur in sich alles schlüssig und nachvollziehbar bleiben.

Dass mir da nicht die Pferde durchgegangen sind, verdanke ich dir, liebe Carolin!

Sylvia Lemke, mit der ich seit unserer gemeinsamen Schulzeit befreundet bin, hat mir wieder mit ihrer Expertise als Psychotherapeutin zur Seite gestanden. Eine Figur wie Veith Vries muss unbedingt eine Hintergrundgeschichte haben, die es schlüssig macht, dass er die Dinge tut, die er tut.

Sylvia, vielen Dank, dass du mir immer hilfst, so schön schreckliche Vergangenheiten für meine Schurken zu entwickeln!

Das Team von Raschke-Entertainment hält mir sowieso schon den Rücken frei, indem es mir alles abnimmt, was nicht direkt mit dem Schreiben zu tun hat. Dieses Mal war die Unterstützung aber ganz besonders: Aufgrund meiner krankheitsbedingten Terminprobleme durfte ich kurzerhand mit meinem Rechner in die Büroräume von Raschke-Entertainment einziehen und über viele Wochen diesen Thriller dort fertigstellen. Auf diese Weise war ich motiviert, hatte Ablenkung und eine gute Arbeitsumgebung.

Manu, Luisa und Angie, es war eine riesige Freude für mich, als euer Kollege mit euch zu arbeiten!

Das gesamte Team von Droemer hat wieder alles dafür gegeben, meinem neuen Thriller zu einem tollen Look und einer tollen Präsenz im Buchhandel zu verhelfen. Es ist nicht selbstverständlich, so viel Aufmerksamkeit für seine Bücher zu bekommen, und dass ich einen so engagierten Verlag habe, ist einfach nur schön.

Danke, liebes Team von Droemer!

Der letzte Dank geht auch dieses Mal wieder an Sie, die Sie dieses Buch gelesen haben. Ein Autor, der nicht gelesen wird, gehört zu den traurigsten Dingen, die ich kenne. Es steckt immer unglaublich viel Herzblut, Liebe und Eifer in so einem Buch. Und ganz viel Selbstoffenbarung. Dass ich diesen wunderbaren Beruf ausüben kann, verdanke ich Ihnen, meinen Lesern.

Vielen Dank, dass Sie da sind. Ohne Sie wäre ich nichts!

:-)